Roberto Ampuero

El caso Neruda

聂鲁达的情人

〔智利〕罗伯特·安布埃罗 著 赵德明 译

上海译文出版社

我问你：我的儿子在哪里？

——《慷慨的女人》（收录于诗集《船长的诗》）

目录

译本序

译完《聂鲁达的情人》后，我觉得有些背景资料应该提供给读者。一是关于聂鲁达的；二是关于阿连德的；三是关于本书作者罗伯特·安布埃罗的。

一、聂鲁达原名里卡多·内夫塔利·雷耶斯·巴索阿尔托。1904年7月12日出生于智利中部的帕拉尔城。祖辈以种植葡萄和酿酒为生。1906年全家迁居到南部的特木科。父亲是火车司机。母亲在他刚刚满月时就去世了。他是让一位名叫特莉妮达的奶妈喂养大的。

1917年7月年仅十三岁的里卡多·雷耶斯在特木科晨报发表了名为《热情与恒心》的文章。这是他第一次发表作品。1919年在一次省级诗歌比赛中，他的《理想夜曲》获得三等奖。1920年他正式使用巴勃罗·聂鲁达作为笔名。1921年进入智利大学教育学院学习法语。同年，《节日之歌》在智利全国学生联合会举办的文学竞赛中获得一等奖。1923年出版了第一部诗集《黄昏》。1924年《二十首情诗和一首绝望的歌》问世，引起智利文学界注意，一般认为这部作品是聂鲁达的成名作。

从 1927 年起，聂鲁达在智利外交部任职。他先后在仰光（1927 年）（与缅甸女子荷席发生恋情）、科伦坡（1928）、雅加达（1930）（与荷兰女子玛莉亚·安东妮塔恋爱）、新加坡（1931）、布宜诺斯艾利斯（1933）、巴塞罗那（1934）、马德里（1935）（与德莉亚恋爱）和墨西哥城（1940—1942）（与贝阿特丽斯偷情，与玛蒂尔德恋爱）担任领事或者总领事。

1936 年 6 月西班牙内战爆发。聂鲁达站在左翼政府一边，反对佛朗哥政变。智利外交部解除了他总领事的职务。1937 年他写下了著名的诗篇《西班牙在心中》。1939 年 3 月智利政府任命他为驻巴黎领事，专门处理西班牙政治移民问题。1940 年在担任驻墨西哥总领事期间，他写下大量反法西斯作品。1943 年 11 月他回到智利，在瓦尔帕莱索郊区的黑岛买下一处别墅，开始创作《漫歌》。这部美洲的史诗成为他文学创作的巅峰之作，奠定了他在世界文学史上的地位。1945 年他当选为智利国会议员，同年加入了智利共产党。同年，他还获得了智利国家文学奖。1946 年魏地拉政府宣布智利共产党为非法组织。聂鲁达被迫转入地下活动。1949 年他出国到苏联。1950 年获得斯大林国际和平奖。1952 年到中国大陆访问。同年智利新政府撤销了对聂鲁达的通缉令并且允许他回国生活。从 1953 年到 1971 年，聂鲁达集中精力创作了大量诗歌和散文。1971 年阿连德政府任命他为驻法国大使。同年十月获得诺贝尔文学奖。1973 年 9 月 11 日阿连德政府被皮诺切特将军发动的军事政变推翻。阿连德以身殉职。9 月 23 日聂鲁达病逝。

二、阿连德全名叫萨尔瓦多·阿连德·戈森斯。1908 年生于智利第一大港瓦尔帕莱索。青年时期就是学生领袖。二十四岁获得医学博士学位。二十五岁参加创建智利社会党的活动。1942 年到 1943 年担任社会党总书记的职务。1937 年到 1945 年、1945 年到 1970 年先后当选为众议员和参议员。1951 年到 1955 年担任议长。1952 年、1958 年和 1964 年三次竞选总统失败。1970 年 9 月再次作为人民团结阵线候选人参加竞选总统并获得胜利。他的政治主张是:"要使智利成为第一个按照民主、多元和自由的模式建立起来的社会主义社会。"他的一系列政策损害了美国在智利的利益,尤其是损害了智利大庄园主和矿业垄断势力的利益,因此立即遭受上述势力的反击。终于,1973 年 9 月 11 日皮诺切特将军发动了军事政变。阿连德在保卫总统府的战斗中英勇牺牲。此次事件在本书中有详实的描写。说明这件事对作者也有很大的影响。

三、关于本书作者罗伯特·安布埃罗,他出生于 1953 年,出生地也为瓦尔帕莱索。中学学过德语。1972 年考入智利大学教育学院语言文学系,攻读社会人类学和拉美文学。同年,加入智利共青团,他认为:"社会主义是民主、公正和繁荣的。"1973 年 9 月 11 日阿连德政府倒台后,他于当年年底通过民主德国大使馆拿到了前往东德的签证。1973 年到 1993 年他先后在东德、古巴、西德学习、生活和工作。1993 年到 1997 年返回智利生活。1997 年到 2000 年在瑞典生活。2000 年至今在美国读书和教书。这样的经历与《聂鲁达的情人》的主人公卡耶塔诺的经历基本吻合,因此书中的场景描写是非常真实的:街道、咖啡馆、旅游景点、博物馆均可对号入座。

特别值得注意的是作者透过卡耶塔诺的经历所表现出来的人生态度。在卡耶塔诺看来,人生就是一场假面舞会,人人都在演戏。聂鲁达在演戏,左派在演戏,右派在演戏。人生是复杂多变的,真真假假难以辨识。任何武断的预言都会受到历史的嘲笑。渺小的个人命运总是被冥冥之中的未知力量所操控。书中的贝阿特丽斯就是这种力量的台前人物。许多国际、国内的巨变都是这种操控势力暗箱运作的结果。这结果仅仅是冰山一角。巨变的起源和过程、计谋和策略的运用都是严格保密的,那才是冰山的主体。犹如股市的涨落可见,大操盘的庄家的运筹帷幄是幕后。百分之九十的老百姓的命运不是由自己掌握的。这些观点在书中都有生动的展示,非常值得一看。

译者译完本书的体会只有一句话:不信什么神仙和皇帝,全靠自己救自己,虽然很难!

赵德明

2011 年 11 月 20 日于青岛大学外语学院西语系

第一章　荷席

一

卡耶塔诺·布鲁雷感到纳闷：是什么事情让阿尔马格罗·鲁西埃罗公司[1]的老板及其合伙人感到如此不安呢？他们请他火速赶到公司的办公室。这是二月里一个炎热的上午，他离开自己位于瓦尔帕莱索[2]金融中心图里大楼的顶楼办公室，乘坐兽笼式的电梯下到布拉特大街。自从民主政体恢复，阿鲁公司已经变成智利最有影响的咨询公司了。据说，没有什么合同或者大型投标是不经过该公司办理手续的。该公司的触须从总统府延伸至企业家们那新哥特式的总部大厦，从国会延伸至共和国的审计署，一路囊括各个部门、政党、大使馆和法院。阿鲁公司的律师们能拿到法规和法令，办成补助和免债，达成豁免和大赦，还能洗刷耻辱以及粉饰名人每况愈下的威信。阿鲁公司总是进行暗箱操作，尽管公司高层经常出入首都的重要招待会和晚宴，公司的真正业主实际上是不露行迹的，只在极少数的场合参加社交活动，或者接受记者采访。但是，一旦决定在国家政企舞台上亮相，他们总是穿上意大利制的西装，打上丝绸领带，他们那胜利者的微笑和大都会的举止让人们感到眼花缭乱，他们总是对一切发表晦涩难懂的意见，如同从特尔斐[3]发出的神谕。卡耶塔诺从布拉特大街楼群的夹缝中抬头望去，他看到图里大楼上的大钟显示的时间是十一点四十五分，钟声忧郁地回荡着，海鸥们在晴朗的天空下叫嚣着飞翔。他想起了希区柯克[4]导演的《鸟》，他是在毛利剧院看的周日下午场。随后，他迈着矫健的步伐钻进了日常嘈杂的人流中。

走到阿尼帕尔·品脱广场，饥肠辘辘的感觉迫使他走向诗人咖啡馆的餐桌，他想：耽误几分钟没关系。阿鲁公司的头头们不会因为他的迟到而变脸，恰恰相反，他们可能会不安地猜想：搞不好别的客户在这时间也正求卡耶塔诺提供服务呢！此时，炒咖啡的浓香透过他那潘乔·维亚[5]式的胡须钻进鼻孔。这家咖啡馆，除去他喜欢的牛奶、咖啡和三明治之外，还有旧式打蜡地板、摆放着英式茶具的玻璃柜、港口风情的油画以及铜制台灯发出的柔和光线。他特别喜欢选择一进门处的座位，因为可以

---

① 以下简称阿鲁公司。

② Valparaíso，意即“天堂谷地”，位于太平洋岸，为智利第一大港。

③ Delphi，古希腊城市，因有阿波罗神庙而出名，特殊的地形让聂鲁达曾在诗中描绘它是“一座像天上凹陷”的城市。

④ 阿尔弗雷德·希区柯克（1899—1980），英美籍电影艺术大师。

⑤ 潘乔·维亚（1878—1923），墨西哥大革命中的农民军领袖。

观赏广场的百年棕榈以及海神座像——座像周围圈着岩石，里面是有金鱼的一泓池水；他甚至能看到卡尔赛山顶上的公墓，那是一块离奇古怪的墓地，每次地震，它都会喷吐出大量的地穴砖块、木头十字架以及带有尸骨的破烂棺材，一直吐到市中心的大街上。从这张餐桌旁，他还能看到从苏黎世进口的二手电动车，它们带着原来的德文招牌转来转去，仿佛依然运行在瑞士安安静静的楼群缝隙中，仿佛从来不曾登上瓦尔帕莱索那有坑洼、野狗、纸片和流动小贩的街道。

一句话，阿鲁公司尊贵的头头们需要耐心等待。这就是卡耶塔诺·布鲁雷的结论。他一面整理着显眼的印有绿色羊驼图案的紫色领带，一面等候女服务员前来听他点菜。她是一位脸色苍白的哥特女郎，头发乌黑发亮，身穿黑裙，佩戴着肯伊威斯特[①]式的耳麦，让她能够与厨房保持沟通。卡耶塔诺打开地方报纸，从头版上得知备受苦难的漫游者足球队再次失利，得知一名女模特儿在维尼亚德尔马[②]的赌场花园里被杀害，还得知本地区失业人口数量正令人心焦地上升。对于最后这一条消息，他并不吃惊。瓦尔帕莱索的衰落由来已久，广为人知。十九世纪瓦尔帕莱索一度是太平洋最重要和繁华的港口。恩里克·卡卢梭[③]和莎拉·伯恩哈特[④]都曾经在瓦尔帕莱索剧场演出；迦特暨

---

① 肯伊威斯特（1977— ），美国歌手。

② Viña Del Mar，与瓦尔帕莱索相邻的海滨城市。

③ 恩里克·卡卢梭（1873—1921），意大利男高音歌唱家。

④ 莎拉·伯恩哈特（1844—1923），法国女演员。

查维斯公司以及欧洲专营商号都在这里的大街上开门营业过；港口四分之一的人口是外国人，不讲西班牙语。但是，1906年8月16日黑夜的大地震摧毁了这座城市，把三千多居民埋葬在建筑物的废墟下面，仅仅几秒钟的时间房倒屋塌。当夜，成千上万的人永远地离开了这座城市。留下的人们从此便在回忆往昔的辉煌和浮华中度日；城市的美貌不再了；人们期待着不久的将来奇迹会再次带来进步。但恰恰是在八年后，上述进步却给这座城市又一个猛击：1914年8月5日巴拿马运河通航，把瓦尔帕莱索打个半死。一夜之间，港口海湾变得空空荡荡，港口仓库变得安静寂寥，码头上的起重机纹丝不动，酒吧、商店、餐厅永远关门大吉，把店员、妓女和流氓抛进了长期失业的人流。

卡耶塔诺在不了解上述历史的情况下（不停地衰落，似乎天谴多于宿命），被这座城市发狂的建筑风格和地形所迷惑，被居民和蔼可亲以及沉默寡言的性格所吸引，于1971年带着那时的妻子玛莉亚·帕斯·安贺拉来到智利时，他决定在瓦尔帕莱索安家。那时是萨尔瓦多·阿连德和人民团结阵线执政时期；社会上群情沸腾，但后来国家并没有走向人民的美梦，而是走向了奥古斯托·皮诺切特将军的独裁统治。从那个时期（许多人后来都宁可忘记它）到如今，过去了多少年了？三十多年吗？总而言之，瓦尔帕莱索人总是保持尊严，如今他也自认为是瓦尔帕莱索的一员了，他们相信好运和厄运就埋伏在街头巷尾或者某个石阶拐弯处，因此生活里的一切都是有限和短暂的。对于已经习惯了爬山和下山的瓦尔帕莱索人来说，生存就如同这座城市一样：有时你可以信任浪峰，高高兴兴地出海；有时你只能沮丧和疲惫地躺在谷底。总是上上下下。没有安全感，永远没有。任何环境都不是永恒不变的。活着就不安定，只有死亡无需调整。他是个死不悔改的乐天派，只要不缺咖啡和面包就行，有时还得来杯冰镇啤酒或者一定分量的朗姆酒，因此，虽然对于一个私家侦探来说，在世界的边陲之地（如今已经变成出口水果、葡萄酒和鲑鱼的强国，越来越多的家庭买了第二辆轿车，常去哈瓦那和迈阿密休假或者无限制地借贷花钱）没有什么工作机会，但对他来说，让阿鲁公司的老板等一等，并没有什么不快之处。

十六年前，即 1990 年，智利人民通过和平示威游行重新夺回了民主权利；如今在这个所谓的灰色保守的国家里（不久前还没有《离婚法》），管理国家的是一位离异妇女、独身母亲、社会党员和无神论者。这清楚地表明：这块尖刀般的土地始终在太平洋的巨浪和终年积雪的安第斯山脉之间摇来晃去，总是连人带家具几乎要跌入海底，是个独一无二、不可重复和变化多端的地方，总是令人眩晕地从兴奋转到沮丧、从团结一致转到个人主义，是一种考古学家亨利希·斯列曼[①]所说的费解的象形文字，

① 亨利希·斯列曼（1822—1890），德国考古学家。

至今无人能完全破解，无论爱它还是恨它，都取决于环境、情绪和节气。

“这里谁也不会永远躺在坟里，”卡耶塔诺猜想，一面望着远处的白色坟墓，它们像阿塔卡玛的硝石地一样在卡尔赛山顶闪闪发亮，“只要一发生地震，他们就会冷不防来到人间。”

女服务员问他：“先生用点什么？”

他要了双份拿铁和三明治套餐，焦急等待的同时，他不停地梳理胡子。

现在，他准确地忆起了往事。大约三十五年前，他带着玛莉亚·帕斯·安贺拉乘坐智利航空公司的波音飞机降落在圣地亚哥机场，安贺拉拥有一半智利贵族血统，有革命信念，曾经在美国一所专门的女子学校读书。一天夜里，二人在古岛[1]的一处沙滩上的椰子树下做爱的时候，她说服他参加萨尔瓦多·阿连德在南美洲推动的社会主义建设。这两段经历——参加阿连德的建设和与安贺拉恋爱——说真的，后来都因皮诺切特于1973年9月11日发动的军事政变而灾难性地突然结束了。她跟着一个民间文艺团体的五弦琴手跑到巴黎避难去，而他像一艘旧驳船一样在智利搁浅。他必须躲避左翼人士，因为他们把他看成是来自迈阿密的古巴外逃者；还得躲避右派分子，因为他们蔑视

① 美国佛罗里达半岛最南端的城市。

他，说他是卡斯特罗派来卧底的。在军事独裁统治时期，他不得不试试各种工作，碰碰运气：他卖过图书和保险，推销过雅芳美容霜，当过法院接待员的助手——徒步跑遍了瓦尔帕莱索陡峭危险的山头，给窃贼、买卖赃物者或者走私贩送传票去。后来由迈阿密远端教育学院颁发的侦探文凭救了他一命，因为这文凭能吸引一些人来请他（花钱不多）做调查，例如，跟踪红杏出墙的女子，破获饮料店收银机盗窃案，或者某个好战街坊的恐吓。这个工作不仅让他活得有点尊严，而且具有独立、理想和快乐的精神。

"请看！"女服务员拿出一张印有咖啡馆提供的各种三明治和糕点的彩色照片的点菜单放到他的近视眼前。

点菜单不仅刻意要让顾客开胃，而且要表现一种文化特征，因为它试图讲述这座有非凡历史的城市，它昔日以"太平洋的珍宝"闻名于世。严格说来，这是一块磨损相当厉害的宝石，它可绝对不是什么政府、民间和教会打造的。这里居住着五十万受苦的百姓，有五十座山头被人们肆意、无序地住着，有一个马蹄形的海湾——一座令人惊奇的圆形剧场，有战后破旧的电车，有十几辆不断呻吟的缆车——人们冒着生命危险乘坐它们上班、下班回家，他们的住宅有望海台、阳台和斜坡上的花园，这些房子成功地攀登到了山顶或者在斜坡上极力保持脆弱平衡。由于瓦尔帕莱索的建筑风格和地貌特征，联合国教科文组织宣布其为人类文化遗产，现在它重新开始露出复苏的迹象，开始有美国、加拿大和欧洲的退休人员怀揣美元、欧元，打扮成青少年模样，在夏季集体乘坐越洋轮船至瓦尔帕莱索海湾登陆。

卡耶塔诺满意地想：瓦尔帕莱索的生活也不坏。他租了一套漆成黄色的房子，是新维多利亚风格的，位于贡赛蒲赛翁山的海尔瓦索尼林阴大道上；他从那里可以远眺太平洋；在夏季温暖的凌晨甚至可以忆起自己在古巴哈瓦那面对海湾、背对防波堤玩耍的情景。在他当私家侦探的过程中，有个日本裔的瓦尔帕莱索人协助他一起进行调查工作，那人名叫铃木，他夜间照看自己的小炸食摊（名叫 kamikaze）。小摊位于港口区，介于海关广场和马特里兹广场之间的巷弄里，那里用方石铺路，有酒吧间，还可以听到妓女和流氓的闲言碎语。这些人跟扒手和窃贼一样，又回来享受旅游旺季带来的好处了。卡耶塔诺虽说已经五十岁，却仍然相信自己能找到生活伴侣，相信自己能当上爸爸，无论生男还是生女，只要自己健康，在完全谢顶和变成一个患有关节炎并且易怒的退休人员之前办到就行。虽说一开头适应智利人的严厉和瓦尔帕莱索山地气候的变化有些困难，但如今古巴岛以及那里的亲人和气候更多的是一种遥远和模糊的记忆了，因为这个新的祖国，无论光明或黑暗，最终征服了他，尽管智利不是绿色的，也并非岛屿，即使是岛屿，也是另一种形式的岛屿。

“您决定好吃什么了吗？”女服务员送来了拿铁，问他。她手臂白嫩、透亮，透出了青色的粗血管。

“奶酪煎肉三明治，双份牛油果[1]。”他一面点菜，一面想象着如何抚摸那青色血管，进而上溯到那幽香的腋窝去。

在给拿铁加糖并品尝之后，他的眼睛注意到了菜单的封底，那里有一张聂鲁达的照片——诗人懒散地坐在瓦尔帕莱索家中的扶手椅上。卡耶塔诺感到心脏停止了跳动，他慢慢地吸气，最后近视眼里充满了泪水，他露出了一丝微笑。他忽然间觉得那些棕榈树、坟顶上的十字架，甚至那座海神像都开始如同沙漠里的海市蜃楼一样地摇晃起来了。于是，记忆力把他拉回了 1973 年冬季那个早晨，那是他开展第一桩调查工作的早晨，那桩案子他没向任何人吐露过，是他一生中守口如瓶的秘密，一直会守到被埋进墓地为止，墓地里的死者会在夏天温暖的黑夜里，按照探戈、昆比亚舞曲[2]和波丽露舞曲[3]的节拍绕山而行，渴望着来一次地震把他们再次抛回瓦尔帕莱索风景如画和复杂多样的街道上去。

他闭上眼睛，忽然间感觉马达声、盲人们在手风琴和自动钢琴伴奏下的歌声，甚至叫卖草药、花生、有奖彩票的吆喝声，都开始消失了；觉得忽然间通过什么花招戈雅多小巷中那扇木门上

① 又名鳄梨、酪梨，原产于南非、中美洲等热带地区的水果，除了鲜食，一般被做成沙拉食用。
② 一种哥伦比亚民间舞。
③ 源于安地列斯群岛的民间舞曲。

的粗糙纹路特别清晰地在他眼前出现了……

二

眼前就是有着干燥节瘤的木门，但没人给他开门。这一回，他摸摸那个铜制的旧门环，然后双手插进羊皮夹克的口袋里，心想：等着吧！在港口冬季有雾的早晨吐出白色的气之后，他开心地想到：这好像是抽烟，好像是在一座已经没有火柴和香烟的城市抽烟。

刚才他在阿里巴巴浪费了一个小时，那是一家咖啡店，位于街角，过去就是德国大街，与毛利剧院成对角线。他就是在那里读到欧玛尔·萨维特拉·桑迪斯[①]发表在《大众报》上的专栏文章以及恩里克·里拉·马西[②]在《智利报》上发表的文章。与此同时，土耳其人哈达德正在给他准备咖啡。一个脑子有病的家伙在谩骂物质匮乏、购物排队现象和街头骚乱，害怕政治上的分歧会肢解国家并将他扔进垃圾桶里去。卡耶塔诺再次看手表，十点已经过去了。他一边想着也许他[③]还没从首都回来，一边望

---

① 欧玛尔·萨维特拉·桑迪斯（1944— ），智利作家、记者、剧作家。现侨居德国。

② 恩里克·里拉·马西（1934— ），智利著名记者，自学成才。

③ 指聂鲁达，原名 Neftali Ricardo Reyes Basoalto。

望海雾里隐约可见的港湾。

他和聂鲁达的相识是几天前的事情，地点在瓦尔帕莱索市长的住所，那是在一次石锅海鲜的聚餐晚会上；他妻子拉他去的，想让他与本地区进步的政界、知识界人士有所认识。安贺拉说："你应该认识一下众议员古斯塔维诺和安德拉特，认识一下歌唱家帕约·格隆多纳和卡托·阿尔金塔，认识一下画家卡洛斯·埃尔默西亚以及港口浪漫诗人萨利塔·维亚尔和恩尼奥摩尔特多，他们是些有革新思想，有创造力，敢于对社会进步有担待的人。"安贺拉跟这些人有很好的关系，她不遗余力地帮助丈夫找工作，在那个混乱时期对于一个像他这样来自加勒比海地区、在智利仅仅待了两年的人，找工作可不容易。但是在妻子那几乎是母亲般的努力和希望后面，卡耶塔诺领悟到她有别的忧虑：她希望理顺一个没有解决的问题，然后再转移到别的问题上去，也许仅仅由于这件唯一没有完成的事情而把别的问题都给耽搁了。安贺拉的计划并非是安排一种夫妻生活，而是一种政治生活，没有政治担当，甚至连个正式的职位都没有，跟她来到这个国家的丈夫就无法融入这个社会。他在这个晚会上的感觉正是如此：不在圈子里，而是在游戏规则之外；要不是他老婆拉他来，没人会邀请他，而他也不想来。他越想情绪越坏。他不愿意掺和到妻子建议的名人圈子里去，更不愿意到那位被赞扬和神话包围的主人身边去，卡耶塔诺有一种朦胧的失望感，决定撤退到本世纪初建造的这所住宅的图书室，由于它有黄色薄锌板包裹，因而在月光下熠熠生辉。图书室的地板，看上去像是橡木条，书架上摆着皮面精装书，光线昏暗，正如卡耶塔诺预想的那样，室内无人。他在面对窗户（外面是花园）的一把法国藤条式圆椅上坐下来。花园里有几个客人不怕寒气，边抽烟边谈话。他呼吸着从太平洋吹来的浓香，回想起加勒比海和另外一个安贺拉。

就这样，他没了时间概念。显然，没人想着他。但恰恰就在他觉得这场智利人聚会已经遥远得几乎像是从前某个时期的事，确切地说，几乎像是一场漫长、模糊的梦时，他听见身后有脚步声。这惊醒了他朴素的梦境。有人进来了！幸亏这个人也没开灯。那进来的人像他一样也喜欢昏暗的环境，可能也梦想着独处。他一动不动，避免出声。也许那人弄错了地方，或者一看没人，就会离开。但是，脚步声越来越近了，速度很慢，好像怀疑脚下的地板。终于，那人在他身边停了下来。

“您好，骑士！”

这称呼的口气有点嘲讽的意味，又像友好的表示，好像早就认识他，要和他开个玩笑，这不寻常的问候方式，很有个性，和蔼可亲，让卡耶塔诺吃了一惊，因此一时不知如何回答才好。由于冷场让他觉得这声问候越发显得不真实，他连忙找出一句回话来。

他说："要是对嘈杂声嫌烦，这里就太好了。"他想起了刚才脚步声的缓慢节拍，心想：这一定是个上了年纪的人。于是他又说："是恢复体力的好地方。"既然希望那人离开，干吗要说这话？好像要邀请那人留下来似的。至少，他还没转身去看那人，而是继续注视着窗外的海景。但是，他感觉那人就在自己身后，也加入他的行列。

"这让我回想起年轻时在缅甸仰光的情景。"他听见那人说道。他心里纳闷：这南国的寒冷与那个遥远、淹没在热带雨林气候中的亚洲国家，哪里有共同之处呢？"士兵之夜。那人被海浪拉到了远方。[①]"那人说着，好像在沉思，又像是描述给他听的。这人从哪里来的呢？海风拍打着窗帘。卡耶塔诺望着波浪。他估计那人也正在看海呢！"男人只要来到大海面前就好像是站在了大海中央。"

卡耶塔诺打断对方的话。

"您在说谁呀？"

"你不是外国人？""你"这个称呼让他吃了一惊，但并不觉得讨厌。他是希望独处，可是那人的声音让他感觉是可以接受的。"一个人如果远离家乡，就没了家，就要四处漂泊了。我曾经也

---

① 这是聂鲁达在《大地的居所》里的一句话。全句是："我创作了士兵之夜，创作了没有忧伤和毁灭的男人的时间，他被海浪拉到了远方。"

喜欢这样的角落。”

“您至今还喜欢角落呀!”他觉得现在是他让那人吃惊了。那人笑了。他觉得两人离得更近了。

“你说得对。我至今还喜欢角落。”气氛松弛下来了。但是,好像双方都有意保持对话的距离,互相避免望着对方,都继续望着太平洋。“如今我有几处避难所,到处有朋友。可是,往往还需要这样的角落。你是古巴人,对吧?”

卡耶塔诺想,是口音暴露了他的国籍。他把身份说得更准确些。

“哈瓦那人。”

“那你是安贺拉的丈夫。”卡耶塔诺有突然被人剥光衣裳的感觉。那陌生人像个朋友一样连忙为他披上衣裳:“别惊讶!她在这里很有知名度。我们都知道她跟美国佛罗里达州的一个古巴人结了婚。”

这个“我们”都是些什么人啊?他第一次觉得很想回身看看对方的模样。但他克制住了这样的诱惑:自从他跟在老婆屁股后面热情洋溢地来到这个世界南端的国家并且一事无成地过了两年的时间后,他已经学会了遇事不急于表态。

“是个住在郊外的哈瓦那人。”他小心谨慎地强调。

那人在他身后笑了。

“你老婆很漂亮,聪明能干。应该感到自豪。”

可他没有这种感觉。大概那人有所察觉。借助双方的距离，借助分散了二人视线的海浪，他假装有自豪感。

“是的。别人都很羡慕我。肯定会有人猜想：为什么她不在这里找男人而一定要去美国呢？”

这一次，那智利人没笑。

“世界上不幸的爱情都有共同的氛围。”那人突然高声道，又一下子阴沉起来了。一种旧时的悲伤（延续的岁月超过了卡耶塔诺能计算的长度）似乎顷刻间就扎根进前一刻还谈笑风生、平和、可亲、有文化教养的声音里了。尽管在继续说下去前稍稍一顿，但再开口时，他声音响亮的程度仿佛是要冲锋陷阵。“小伙子，请原谅我的直率！可是我知道戴着那些面具是多么痛苦。只要看见那些面具，我的眼睛立即就可以洞穿它们。我一看见你坐在窗前，远离那座你本该与妻子携手散步的花园，就猜出了是怎么回事。我见过有人刻意远离老地方，好像就是为了不承认它的存在。”

卡耶塔诺沉默了。人家很有说服力，他没话说。而这个怪怪的对方似乎还有很多话要说。

“到了我这个年龄，人们会自以为见过世面了，不会上当受骗了，叛变也吓不倒自己了……不对。恰恰相反，只要轻轻一推，只要在天天走的老路上意外地一滑，本来以为的平衡就会打破。另外，本能的反应已经没了。时间所剩无几。”那人的声音，本来是热情洋溢的，一提到时日无多就降低了。后来，他又重新提高了嗓门：“燃烧的还在继续燃烧，无法扑灭，也没办法忽略……”稍一犹豫，又说：“也没有力气去检查它。”他在寻找结束语：“年轻的时候，很快就会绝望，立刻会担心：谁要爽约，就不会再见了。可这个世界总是颠来倒去的……”

最后这句影射的话虽然说得模糊，卡耶塔诺明白那人是在说自己。但是，上述这番话在某种程度上对他也有价值。他有这种直觉。

卡耶塔诺问：“您是作家吧？”

“小伙子，你很有侦探的才干。”那陌生人用半嘲讽的口气说道，“将来你工作累了，可以在一间乱七八糟的小办公室外面挂个牌子，等着有人花钱雇你调查什么事情。”

卡耶塔诺实在无从判断，身后那人是在拿他开心吗？还是为他指路？不过反正都是游戏罢了。

“先生，我会记住您的话……”

“……我姓雷耶斯。名叫里卡多·雷耶斯①。”那人好像在微笑，“你叫卡耶塔诺，对吧？干什么工作啊？”

“这些日子，有什么干什么。我在等一份工作。但是，已经等了两年了，现在我开始认为安贺拉的人脉关系不一定那

---

① 聂鲁达的原名。

么好。”

这次，雷耶斯什么也没说。突然间咳嗽起来了。卡耶塔诺没动弹，为刚才埋怨自己的老婆而感到羞愧。不过，他想起自己应该有些礼貌。

“要不要把窗户关上？”

“别担心！不是窗户的原因。”雷耶斯回答说，他清清喉咙，打算把咳嗽压下去。“这么说你是在找工作啦……”他还要说下去，但是一个女人高跟鞋的声音传进了图书室。

“人们都在打听你呢！可你却像个牡蛎一样藏到这里来了。”这是个黄头发女子，声音铿锵有力，“走吧！你的鳗鱼汤已经好了。市长要向你致欢迎词。走吧！走吧！”

此女的闯入使得卡耶塔诺终于转过身来了。他这才发现那人不是在身后，而是站在他身边。吃惊之余，他认出了那人！整个晚上，他都没敢靠近此人，他的拘谨不单单因为包围此人的密不透风的仰慕者们，而且还因为此人（粗壮的形象和迟缓的动作）所造成的权威性；此人那蜥蜴般的大眼皮下流露出来的憔悴眼神刚才从海上移到他身上，又从他身上回到海上，而他居然在整个谈话间都不屑回头看人家一眼。眼下，这位伟大的诗人、阿连德政府派遣的驻法国的尊敬大使，要被那个女人拉走了。他从来没跟一位获得诺贝尔奖的人独处过。忽然间，激动的心情传遍了全身，让他热血沸腾。

"凡是玛蒂尔德[1]指挥的地方,水手就得服从命令。"大诗人朝他挤挤眼睛,他身穿那件奇洛埃岛的斗篷,戴着常年不离身的鸭舌帽,摇晃着有巨大黑痣的面颊准备离开,"一句话,你已经知道了:这几天如果有空,请来塞巴斯蒂安之家看我!小伙子,我那里有你的故乡哈瓦那老城的明信片。只要给我打电话就行了。"

之后他一直没敢打电话。反倒是诗人来电找他,请他来家坐坐。因此,现在他来到了戈雅多小巷。终于有人来开门了,那人打开这扇合页生锈、吱吱作响、有干燥结瘤的木门。

三

开门的正是诗人。

"对不起。刚才我看书的时候睡着了。另外,我的司机塞尔希奥也不在,他去商店里看看有什么可买。我现在下楼可费劲了。你会看到这里有点乱糟糟。来,跟我走!请吧!"

他俩穿过与毛利剧院为邻的小花园。走过灌木丛后,卡耶塔诺看清了城市和停泊在防波堤后面的战舰,还有远处的安第斯山脉。诗人费力地登上一段楼梯。卡耶塔诺随身其后。到了

---

① 西班牙语原名 Matilde Unutia,聂鲁达的妻子。

二楼，二人经过一段走廊，继续上楼，这一次攀登的是一段窄窄、弯弯的楼梯。通过一个圆窗，卡耶塔诺看见了许多明亮的屋顶和阴暗的街道，好像这座房子是设计在瓦尔帕莱索头顶上。

诗人到达三楼时已经几乎喘不过气来了。头上还戴着几天前那顶鸭舌帽，身披一条西班牙制的咖啡色毛毯。诗人要干什么？要谈什么？居然把他卡耶塔诺邀请到家里来！他只不过是个外来的粗人，在两人迄今为止唯一的对话中竟然把诗人晾在身后，既不尊重诗人的岁数，也丝毫不表示敬仰之情，甚至没有像大家一样有个尊敬的态度。诗人把他领进一间起居室里，那里的墙壁是深蓝色的，一面敞亮的大窗户俯瞰整座城市。诗人请他在一把绣花椅子上坐下，对面是一把黑皮椅。房间宽大、明亮，中间摆了一匹绿色的旋转木马；房间的一侧是餐厅，也有同样的大窗户。另外一侧有个酒吧，摆着酒瓶和酒杯，还有一个铃铛和一面铜牌，上面写着“聂鲁达在此”。卡耶塔诺不由得再一次把诗人的热情好客与自己之前的笨拙的社交举止加以比较，直到前天突然接到诗人的电话后，他才对自己的举止稍微有所纠正。

诗人在黑皮椅上坐下后，说道：“谢谢你能来我家。”现在他好像飘浮在城市钟楼的上方。“卡耶塔诺，我不跟你拐弯抹角。你肯定会纳闷：我为什么邀请你来。答案很简单：因为我觉得你能帮助我。还有，我认为你是世界上唯一能帮助我的人。”

尽管此前卡耶塔诺决心表现得友好些，可仍然保持了高度的警觉。

“巴勃罗阁下，请您别拿这么大的责任吓唬我！”他的口气几乎是崇敬的，但旋即察觉自己的话里有讽刺的意思，便连忙改用比较谦卑的口气，“我这样一个人怎么能帮助您呢？”

“还是我来告诉你吧：我对你有些了解，但是，更好找的人是你太太。她支持人民团结阵线的政府。我估计你也一样。这个时候，可不能随便相信一个人……”

卡耶塔诺望着诗人浮肿的双手、长长的鼻子和憔悴的面庞。他属于体格健壮的人，但衣领显得宽松，好像近几个月来突然消瘦了许多。于是，他想起了不久前诗人突如其来的悲伤和阴沉的影射话语。只不过眼下诗人在自己家中，借助外来的阳光，看起来便显得坚定而热情。但卡耶塔诺还是不晓得诗人究竟要说什么。

“我是古巴人，但住在美国佛罗里达。”他尽量用幽默的口吻冲淡诗人的热情，“我还是不明白……”

聂鲁达打断了他的话：“正因为你是古巴人才能帮我忙。”

卡耶塔诺扶正眼镜，紧张地摸摸胡须。

“正因为我是古巴人？”

“我们一点点地说吧。”诗人补充道，他的口气变了，“我发现你一直在看这个房间。首先，这个住宅名叫‘塞巴斯蒂安之家’，为了纪念西班牙人塞巴斯蒂安·戈雅多。1959年我从他手里买下来。他把阁楼设计成一个大鸟巢并带有迎接太空船降落的跑道。”

这时，卡耶塔诺开始担心自己会成为笑柄。

“巴勃罗阁下，您此话当真？”

“绝对当真。”他说，严肃地合上眼睑，“将来某一天会有太空船在这里着陆。我有四所住宅，没有一处像这里是飘浮的。首都圣地亚哥那一处是藏在圣克里斯托瓦尔山坡上的；黑岛那一处是一艘准备远航的美丽帆船；曼盖尔那一处原来是个砖石结构的马厩，是用诺贝尔文学奖金购置的，位于遥远的诺曼底半岛的森林里。但是，卡耶塔诺，塞巴斯蒂安之家像手镯一样把空气、大地和海洋串成一线。因此，这里是我特别心爱的住处。不过，我给你打电话不是以建筑师的身份，而是以诗人的身份请你来。”

卡耶塔诺愣住了。他跟诗歌有什么关系啊？他能给一位著名诗人帮什么忙呢？一只海鸥从大窗户前面飞了过去。

聂鲁达接着说：“这事用不着紧张。当面见到本人时人们总会感觉我并不像在报纸和电视上那样令人敬畏。还有就是年龄，明年我就满七十岁了，岁月不饶人啦！但是高龄还没有剥夺我写作和爱人的欲望。”

卡耶塔诺希望进入正题。

“巴勃罗阁下，我怎么帮助您呢？”

诗人沉默起来，双手交叉放在腹部，全身沐浴在上午的金光里，阳光使得房屋的表面和群山的线条都清晰起来了。

“我需要找到一个人。”诗人沉思片刻后，望着地面说道，“应该由个谨慎的人去找。是私事。我会支付你的全部开销。你要多少钱我给多少钱。”他惴惴不安地望着卡耶塔诺。

“您希望我去找人？”

“对，就是这样。”

他想起了初次见面时诗人说的话：“您要雇我当私家侦探？”

“正是。”

“巴勃罗阁下，可我不是侦探啊！至少现在不是。”他露出一丝无奈的微笑，“我连侦探怎么办事都不知道啊！”

诗人从一张小桌子上拿过来几本红塑胶皮的书。

“看过乔治·西默农[①]的作品吗？”诗人狡黠的目光扫过他的脸，让他直皱眉头，“乔治是比利时侦探小说领域的大作家啊！”

“没有，从来没有，巴勃罗阁下。”卡耶塔诺为自己缺乏文学知识感到难堪；他表示歉意，好像自己的无知会让东道主生气。“真抱歉。我只看过阿加莎·克里斯蒂[②]和雷蒙德·钱德勒[③]的

---

① 乔治·西默农（1903—1989），比利时法语侦探小说家。
② 阿加莎·克里斯蒂（1890—1976），英国著名女侦探小说家。
③ 雷蒙德·钱德勒（1888—1959），美国侦探小说家。

作品，啊！当然了，还有夏洛克·福尔摩斯……”

“那你就读读比利时这位大作家的书吧！”诗人说道，口气势不可挡，“因为如果说诗歌可以把你送到天堂，那么侦探小说则可以把你领进实实在在的生活，可以弄脏你的双手，可以像南方的火车煤烟一样把人熏得满脸乌黑。这些书借给你，好好从马格雷探长[①]那里学点本事。我不劝你读爱伦·坡的作品，他是个大诗人，但他的侦探故事是编造的。也别看柯南·道尔的什么福尔摩斯。知道为什么吗？因为他们笔下的侦探们实在是太过古怪和理智了。在我们这个混乱的拉丁美洲，他们连最简单的案件也解决不了。在瓦尔帕莱索，扒手能在电车上把他们的钱包偷走；山上的小伙子们能用石块把他们给抓住；野狗能龇牙咧嘴追得他们满街乱跑。”

这些话让他感到十分紊乱。要强迫他当侦探吗？难道通过侦探小说能学侦探手艺？如果这话说出去，人们肯定会说他是疯子。不仅说诗人，也包括他自己。

“所以你把这些书带走，好好看看吧！”聂鲁达很有权威地说道，然后有点费力地把那些书装进了网袋里。

卡耶塔诺接过网袋的时候，心里想：面对一位诺贝尔文学奖得主，他不能拒绝，何况是个有病的获奖者呢！一共六册，都是

---

① 乔治·西默农笔下的人物。

小开本，不沉，有红塑胶皮的封面，用的是葱皮纸，手感很好。要是能从中学到一些东西，那又完全是另外一码事了。如果商店有肉的话，网袋至少可以用来装肉。当然前提是市场上有货，因为几周以来牛肉和瘦肉都缺货，黄油、食用油和糖也一样。黑市上的价格简直就是趁火打劫。

"要找的是什么人呀?"卡耶塔诺觉得这声音好像不是自己的。

"卡耶塔诺，我本来对你没抱什么希望。"诗人用感性的口气说完，喘了一口气。他拖拉着便鞋走到起居室门口，听听外面是否有人。"因此，现在请注意我说的话。我尽量三言两语把事情给你说明白……"

四

"事情是这样的：请你找一位古巴人，你的同胞。他曾是我的朋友，但很早就失去了联系。"诗人说道。他的语气平静，有鼻音；眼神里有突如其来的闪光，怀着希望，但仍有孩子气。

卡耶塔诺回答说："我很久没去过古巴了。离开那里的时候，我还是个孩子。"

"我还没天真到以为你认识所有古巴同胞的程度。但是，你古巴人的身份可以帮你完成这个任务。等着瞧吧。几个月来我一直寻思这件事，尤其是在巴黎病倒以后，一度曾打算找党内同志帮忙，甚至想找驻古巴大使馆一位好朋友。可是这些想法我都否决了，因为到了这个时候，有些事情不能散播出去。你是知道的，政治这东西……”

卡耶塔诺望着诗人，不知该说什么才好。

诗人继续说道：“你肯定会想为什么我会信任一个陌生人呢？道理很简单，就是凭着直觉。不久前，在这里举行的一次同志会议上，我一听说你的情况，心里就想：这正是我需要的那个人——他在智利没熟人，因此只能守口如瓶。另外，他是古巴人，访问古巴时不会引起怀疑。还有他没工作，委托他找人正合适呀！”

“所以您在那个星期天的聚餐上就去图书室找我，对吗？”

“对呀！是预谋好的。”

卡耶塔诺不自在地微微一笑。诗人把穿了毛袜子的双脚放在白皮板凳上。而他的双手一直在出汗。他想，这个忙很难帮上，但是如果不稍稍试一试，那诗人肯定会很失望，再也不会理睬他了。随随便便失去和这样的大诗人做朋友的机会可不好，虽说这友谊刚刚开始。从某种程度来说，诗人忧伤的眼神和长长的胡须让他想起自己的父亲：一名热带乐队的小号手，他喜欢放荡不羁的生活，是家族中人见人爱的宠儿，他死于50年代，那是在美国布朗克斯的一场音乐会之后的那个雪夜里，他在布朗克斯为哈威尔·古卡特[①]，甚至是班尼·莫雷[②]当伴奏很多年，莫雷真是旋律大师，他演唱的《今日如昨》闻名遐迩，跳起舞来仿佛从小是在跳康加舞[③]和波丽露[④]中而不是在喝牛奶中长大的。父亲去世后(死于坚尼街上的一次夜间骚乱)，对母亲来说，古巴岛成了遥不可及的地方，她只好在美国联合市缝缝补补勉强度日。

"巴勃罗阁下，那个古巴人叫什么名字?"

"要是你想了解具体事项，那首先就得保证工作内容保密。"

"巴勃罗阁下，您可以相信我。我一定、一定成为您的私人探长马格雷。"

"对，小伙子，就是这个意思。"诗人热情地回应道。随后，他看看有着玫瑰色墙壁的酒吧间和铜铃铛，问道："敢喝冰镇威士忌吗？好牌子，至少放了十八年。瞧瞧我的手艺吧！我是智利最好的调酒师。你要双份的还是三份的?"

诗人不等回答就去了酒吧间。进了吧台后面，他拿起一个杯子，放入冰块，斟酒时非常慷慨，那可是起瓦士[⑤]啊！卡耶塔诺觉得不应该上午就喝酒，因为他还得去圣胡安·德·迪约斯山

---

① 哈威尔·古卡特(1900—1990)，西班牙裔美国籍音乐家。

② 班尼·莫雷(1919—1963)，古巴著名歌唱家。

③ 一种非洲舞。

④ 一种加勒比地区舞蹈。

⑤ 原文：Chivas，苏格兰最著名的威士忌品牌，窖藏的时间不少于十八年。

的日本商店买中国制造的猪肉罐头呢！不过，他承认也不是天天能有一位诺贝尔奖得主为你特别调制顶级威士忌啊！何况还要雇你做私家侦探呢！

“我不能跟你干杯了，因为刚刚在范布伦医院接受了治疗。”说着，诗人高兴地闻闻威士忌杯里的浓香，然后把酒杯递给卡耶塔诺，“但是，到了晚上，如果心情好，我会赶忙喝上一两杯波特酒①，可是不能让老婆看见。要是她发现了，会大喊大叫的。可我知道没有什么好药能跟波特酒相比。一杯波特酒没事。你说呢？”

晃动着酒杯里叮叮作响的冰块，卡耶塔诺不由得自问：怎么能对这样一个人不友善呢？眼下，忽然间，仅仅是出于对诗人萌生的好感，他只想回报诗人对自己的信任。

“巴勃罗阁下，要是不说奉承话，您会觉得不爽……”

“小伙子，别担心。到了我这把年纪，溢美之词已经没有诱惑力了。”诗人正细看着卡耶塔诺的脸色。后者在喝酒。又一只海鸥从大窗户前飞过，伸展着翅膀，收缩着爪子，左顾右盼，警觉地哇哇尖叫。它飞越附近的屋顶，然后返回海湾，好像在指路。

卡耶塔诺感觉第一口酒下去后一股热流迅速传遍肠胃。他不习惯上午喝酒。

---

① 葡萄牙生产的葡萄酒，主要产在波尔图(Porto)。

诗人问他："怎么样？"

"巴勃罗，这酒真是棒极了！"他这么说一点也不夸张。

"我从没失手过。不懂吃喝的诗人就不是诗人。"

卡耶塔诺把酒杯放在吧台的铜铃下方——铜铃吊在一个铜制的横杆上。

"还有呢？他叫什么？"

"起瓦士，十八年的起瓦士。"

"巴勃罗阁下，我说的不是酒，而是那个古巴人，我应该找到的那个古巴人，他叫什么名字？"

"他叫安赫尔。安赫尔·布拉卡蒙特医生。"

他把酒杯放到吧台上，摸摸横杆下方的铜铃。

"没听过这个名字。"卡耶塔诺说道，一面看看诗人。这话一出口，他就发觉诗人有一丝失望的神色。

但诗人还是继续往下说。

"1940 年我在墨西哥城认识了他。那时候我在那当领事。他是肿瘤专家，正在研究墨西哥恰巴斯地区土著人用来抗癌的草药疗效。布拉卡蒙特大约跟我同龄，或者大一点。1943 年我带着那时候的老婆德莉亚①回到智利以后就跟他失去联系了。

---

① 西班牙语原名 Delia del Carril，是聂鲁达的第二任妻子，比聂鲁达大二十岁，活跃于阿根廷的社交圈。

预计他如今还在墨西哥呢！”

这么说那谣传是真的啦！诗人患上了癌症。谜题终于解开了。患上癌症的聂鲁达希望他能找到那位古巴肿瘤专家，请这位专家给他治病。卡耶塔诺这样想着，一口喝光了杯中酒，为的是给自己打气。癌症解释了他为何疲惫不堪，呼吸急促，黑眼窝突出，面色蜡白。恐怕再也不能重返巴黎的大使岗位了，搞不好会死在故乡，死于阿连德的革命事业，他为此已经奋斗了终生；他一面想着诗人的事，一面望向大窗户外面商船和居民区的方向，那边有自己的家，房子盖在对面的山上，墙上涂着黄皮色，上方是冬天灰蒙蒙的空气。

“巴勃罗阁下，很抱歉。可是您没想过在《至上报》上登个广告，让布拉卡蒙特博士马上来电吗？可不能拿健康当儿戏啊！”

“谁跟你说这是一个健康问题？”聂鲁达问他，脸上有些掩饰不住的紧张。

“因为他是医生嘛……”他立刻猜出诗人出于自尊不想说出找人的理由。他是年轻，可并不幼稚。古巴没有幼稚的人。傻瓜、不要脸的人、投机分子比比皆是，就是没有幼稚的人。诗人需要肿瘤专家和医治癌症的草药，这是显而易见的。

“我找他不是因为健康原因。他应该在墨西哥。我需要你找到他的住处，然后通知我。但是，请你听明白了！”诗人口气严肃地说明，一面用食指点着他的鼻子，“这事绝对不能说出去！

一个字也不行！任何人也不行！包括他本人！你查明他的住处，就马上告诉我！只能告诉我一个人！然后，我告诉你怎么办。明白吗?”

“完全明白。”

“注意！诗人很难上当。有病的诗人更难。”

“巴勃罗阁下，那么我从墨西哥大使馆开始调查?”

“卡耶塔诺！像个图书管理员那样跑到大使馆里打听事情，是会一无所获的！你现在应该做的事情就是上飞机，去墨西哥城，到那里去打听！我需要你尽快确定安赫尔·布拉卡蒙特博士的住处!”

五

卡耶塔诺无法立即飞往墨西哥，因为飞机客满。他决定翻翻西默农的作品打发时光。小说中的几个人物立刻把他给吸引住了：他们游荡在巴黎的大街小巷、餐馆和市场。他还去寻找那些知道聂鲁达的人，想从他们口中了解到一个新的聂鲁达，而不是那个众所周知的伟大诗人，以及他的旅行和爱情经历。如果能多多了解聂鲁达，他会感觉舒服些，因为这位诗人开始让他觉得神秘了。诗人隐藏了他的私生活的很多方面，就像春天的海雾掩盖了瓦尔帕莱索的楼梯和电梯。调查自己客户的情况的时候他是很小心的。谁也不会想到聂鲁达会交给他这样一个任务。的确,对人不信任的感觉燃烧在胸中,这让他感觉自己很丑恶,但是他需要通过第三方了解这位诗人,因此他使用了急躁的马格雷探长用过的方法:无愧地、但十分隐蔽地监视自己最可靠的线人和身边的同事。

两天后,他在港口区卡尔多纳尔市场的港口餐厅吃船员特餐的时候,从佩特·卡斯蒂约那里弄到了一个有用的资料。佩特是偶然迈进这家餐厅来吃欧芹蛤蜊的。一个渔夫用竹篮刚刚送进来这种"穷人吃的蛤蜊"。蛤蜊的贝壳像晴朗早晨的金沙一样熠熠生辉。佩特是工会领袖,住在卡耶塔诺家附近的修女山崖下的水上木板屋里。阿连德当选总统后,佩特中断了在教育学院的第三年学习,全心全意地投入到小区的政治活动中,但是他继续猛攻拉美小说,因为他是胡里奥·科塔萨尔①、胡安·卡洛斯·奥内蒂②和埃内斯托·萨瓦托③的热情读者,他也读博尔赫斯的作品,但是认为博尔赫斯虽然文笔绝妙,可却是个令人蔑视的反动派。

"我不崇拜聂鲁达。"佩特一面声音低沉地明确表示,一面用又黑又粗的大手朝着张开口的蛤蜊上洒柠檬水,蛤蜊肉痛苦地

---

① 胡里奥·科塔萨尔(1914—1984),阿根廷著名小说家。
② 胡安·卡洛斯·奥内蒂(1909—1994),乌拉圭著名小说家。
③ 埃内斯托·萨瓦托(1911—2011),阿根廷著名作家。

收缩着。“他所写的歌颂斯大林的《葡萄园和风》，还有他否定通过武力在智利建设社会主义的主张，都让我非常不相信他。这位诗人把我们大家给资产阶级化了。”

“行啦，别吹毛求疵了，告诉我：谁能告诉我有关他的事情？我是说他的私生活。”

“也许卡米罗·普林德斯司令能够帮助你吧！”佩特仔细想了想说道。他吸掉蛤蜊肉，贝壳内干干净净，然后，喝了一口家里的白葡萄酒，涮一涮口中的美味。“这位司令现任智利大学建筑学院最激进的大学生突击队指挥官。要是我没记错的话，他有个表妹是专攻诗歌的，据说，是个通晓世事的美女。她应该知道聂鲁达的事情，再说了，认识这样的美女也没什么损失，因为她总有额外的好处给你。”

“哪里可以找到你说的这个家伙？”

“在吴思科饼干厂。”

“这年头他就忙着制作下午茶饼干吗？”卡耶塔诺从海鲜汤里夹起一块鱼肉来，又白又嫩，好像格林兄弟故事里的公主们的脸蛋。

“卡耶塔诺，千万别嘲笑这位司令。普林德斯还要向上发展呢！吴思科饼干厂在工人们手里，他们要求征用，受司令领导。他已经成功地征用了几家工厂了；还征用了几处不到五十公顷的庄园，根本不理睬政府的反对。普林德斯参加过 1968 年的巴黎动乱，在那个时候认识了丹尼尔·科恩本迪特[①]，并在哈瓦那受过完全合格的训练。他削弱了改良派对智利总统府的危害，也有点资产阶级化的味道，但是懂得用铁腕。”

当天夜里，卡耶塔诺向吴思科饼干厂走去。工厂的窗户透出灯光，机器的轰鸣声也传了出来，这一切让工厂看上去就像一艘正航行在平静的大海上的远洋轮船，至少行走在工业区迷雾中的卡耶塔诺感觉如此。工厂的墙壁上悬挂着社会党、人民行动团结运动党和左派革命组织的旗子，还有要求扩大经济国有化、结束资本主义的横幅。工厂虽然被占领了，但依然运转，不过据佩特说，原材料短缺开始影响生产了。卡耶塔诺来到工厂的大门口。那里有几名头戴钢盔、手持木棍的守卫在静静地抽烟。

“佩特·卡斯蒂约同志派我来的。”他出示了佩特在餐桌上用餐巾纸胡乱写下的路条，“我要找卡米罗·普林德斯谈谈。”

一个守卫查看了路条，在一个本上记下了卡耶塔诺的住址；接着，用电话问了什么人，就放卡耶塔诺进去了。穿过现在被工人占领的工厂大院，空空荡荡的氛围让他产生了孤立无援的感觉。走近一个办公室的时候，有个守卫交给他一根有弹性的长竹竿。

“到北门那群人那里吧！要不然拿个双截棍吧？”

---

① 丹尼尔·科恩本迪特(1945—　)，德国学生运动领袖。1968 年法国和德国的学生运动的组织者之一。

"从来没用过那玩意儿。"

"那就拿竹竿吧！当长矛用!"那不善交际的人瞅了他一眼，"走左边！走到头会有人给你指示的。"

走到尽头有扇大铁门，那里有几个戴钢盔、手持木棍的守卫告诉他，如果发现有可疑的人走动，就拿起地上的锤子敲大门。

"遇到紧急情况，大家都知道怎么办。别担心普林德斯司令。他每天夜里查岗，跟工友们说话。祝你好运。"

那些人手持自制的武器走了。卡耶塔诺在箱子上坐下来，点燃一支好彩牌香烟[①]。在这不安的夜里，这烟的香气让他感到安慰。能在塞尔希奥·布拉迪克那里弄到香烟真是走运。塞尔希奥是港口区的商人。香烟没货了，一包烟在黑市上贵得要命。他慢慢地抽烟，让热气温暖着全身，他想到了诗人聂鲁达，想到了诗人交给他的奇怪任务，还想到了马格雷探长的故事。他自己的生活有了一个不真实的发展方向，因为他被捆在一个奇怪的秘密中，这把他与别人隔离开来。手持竹竿等着一位革命家，在这样一个受到内战幽灵威胁的国度里，莫非是自己的一个梦？生活在瓦尔帕莱索、离自己的美国迈阿密附近的海厄利亚老家万里之遥，莫非是自己的一个梦？莫非老家其实是在古巴哈瓦那？他的手指拍拍衣袋里的西默农的书。那几天，他已经阅读

---

① 原文：Lucky Strike，美国香烟。

了几部小说，并非因为相信从中可以学会当侦探，而是因为西默农善于用开心的方式讲述故事，而且他觉得马格雷探长诚实可信。葱皮纸、塑胶封皮的书，页脚有折痕，是他与聂鲁达谈过话的证据，不是梦。

有辆车开到了大门口。卡耶塔诺用脚踩灭了烟头，在一根柱子后面躲起来。让人从外面发现对他不利。据说，祖国与自由民族主义运动组织的成员或者说罗兰多·马图斯[①]机动队常常近距离开枪杀人。他屏住了呼吸。越来越近的车灯亮光把石板路面照得发亮。终于，他看见了。那是一辆吉普车，上面有士兵。不久前军人开枪杀害了几个占领工厂的工人，拒绝把凶手交给法院审判。吉普调转了车轮，没有发现卡耶塔诺。

突然，有个声音在他身后问道："看什么书呢？"

转过身来，卡耶塔诺看见面前站着一个面色苍白的年轻人，头发和胡须都很长，头戴贝雷帽，身穿短大衣，脚踩皮靴。两个身穿绿橄榄色夹克的人跟在那人身后，保持一定距离。

"西默农的作品。"他让那人看看封面。

"您喜欢侦探小说？"

"很好玩。"他瞧了一眼街道方向。吉普车没了踪影。

---

① 1971 年成立的祖国与自由民族主义运动组织领导人，极右翼分子，领导暴力、暗杀、破坏活动。

“我第一次看这本书是在巴黎，正在上学。”那人说道，一面在装卸机的起重架上坐下来。此人很高，很瘦，不容置疑的神气很像切·格瓦拉。他掏出一盒希尔顿香烟，递给卡耶塔诺一支。他俩抽着烟，耳边传来工厂机器的隆隆声。“西默农是个多产大众作家，热衷于捍卫法国现状。对了，我就是普林德斯。您是卡耶塔诺·布鲁雷。工友们说您找我。”

“是的。”

“您喜欢侦探小说……”

“我更喜欢诗歌。”

“啊？真的？比如说，喜欢谁的诗？”

为了直奔主题，他撒了谎：“聂鲁达的。”

普林德斯低头摸摸胡须，动作十分舒缓。他问：

“您是哪国人？”

“古巴。”

“菲德尔·卡斯特罗不喜欢聂鲁达。”

卡耶塔诺理理胡子，扶正眼镜框，为的是争取时间。他想起古巴作家恶毒攻击聂鲁达的一封信，因为聂鲁达否定通过武装斗争的道路走向社会主义，还因为聂鲁达参观了美国一些大学。

普林德斯继续说道：“那里有尼古拉斯·纪廉[①]。有《松哥罗·戈松哥》[②]等等那些东西。”

---

① 尼古拉斯·纪廉(1902—1989)，古巴著名诗人。

② 尼古拉斯·纪廉的诗歌。

"您更喜欢纪廉的作品?"卡耶塔诺问道,同时觉得自己正迈入一个完全陌生的领域。

"我更喜欢那边的井井有条:工人的政党、革命的军队,人人吃穿一样,都上一样的学校,个个有工作。没有老板。智利也应该如此。"吸口烟,吐出去,他继续说道:"至于聂鲁达嘛!您喜欢他的爱情诗歌还是政治诗?"

"爱情诗。"

普林德斯用嘲讽的口气轻声低语道:

"'今天晚上我能写出最悲伤的诗。比如,写下:星空,颤抖,发蓝,远处有星辰。/夜风在天空盘旋,歌唱……'"

一声枪响像晴空霹雳传过来,拖着长长的回音,接着又是连续几声。

"是毛瑟枪!来自马伊布兵营。"大胡子眉头紧锁,嘟囔一句,"他们打算用二战时生了锈的破枪吓唬老百姓……"

他俩一动不动地呼吸着夜间发白的空气,倾听着山上狗群的狂吠声以及港湾流水管的回声。整座工厂突然安静下来了。

"是可恶的备料问题。我得走了。"普林德斯说着站了起来,他把烟头扔到地上,用高筒皮靴踩灭,"如果保加利亚那边不赶快把答应的备料寄过来，我们就没饼干吃了……”

“做短缺的准备吧！”

“这口号不错。可是老百姓还是想吃饼干。”说着，他揉揉双手。

“佩特·卡斯蒂约告诉我，您认识一位非常了解聂鲁达的人。”卡耶塔诺没等对方拔腿，连忙说道。

“他大概指的是我一个表妹。她叫劳拉。”他骄傲地一笑。这个话题至少暂时让他放下了工厂的变故。“她在莫斯科卢蒙巴大学念过书。很早以前，她就在写关于聂鲁达的回忆录。但是，现在她为供给与物价委员会食物分配部工作。请您记一下她的电话号码……”

六

夜黑得不见五指。夜空下面，一辆绿海牌公交车从塞拉诺大街已经关门的店铺前缓缓驶过，车内空空荡荡。热带音乐的旋律从大船酒吧里传出来。防波堤内，那艘战舰在黑暗中静静地摇晃。黑乎乎的街道上，传来一阵阵高跟鞋的敲击声。卡耶塔诺转身，模模糊糊看到柯克伦爵士[1]博物馆附近有个身穿短

---

① 柯克伦爵士（1775—1860），英国海军将领。1818 年应智利政府邀请，建立了拉美第一支舰队。

大衣、戴围巾、双手插进口袋里的女子正沿着石板路走了过来。

前天上午，卡耶塔诺拨打了卡米罗·普林德斯给的电话号码。这个电话让劳拉·奥莱斯特基吃了一惊，因为居然有人在这乱哄哄的日子里关心她的学术论文。现在这个时候没人谈诗歌韵律，人们只关心夺权、无产阶级专政、智利的社会主义道路；在这令人头晕目眩的日子里，人人引证的是列宁语录、托洛茨基的话或者阿图塞[1]的理论，还有玛塔·哈阿内克[2]写的辩证唯物主义和历史唯物主义教程。他和她商定晚上八点在柯克伦博物馆门前见面。在此之前，她必须参加一个党内会议。现在的时间是八点二十。

劳拉说："对不起，我迟到了。总是有个别与会者到最后才来。"

她很有魅力，刚刚从共青团转入党内，嘴边有颗美人痣，眼圈黝黑、下陷。卡耶塔诺想，这是那种睡眠不足、劳动过度或者性生活频繁的人的外貌特征。不知为什么，他推测劳拉是个性爱经验丰富的女子，黑眼圈就与激情有关。他和她走下面对鲁道夫旅馆的台阶，来到城里的平地上，朝阿尼帕尔·品脱广场走

---

① 阿图塞(1918—1990)，法国哲学家，结构主义马克思主义理论奠基人。
② 玛塔·哈阿内克(1937—　)，智利女社会学家、马克思列宁主义作家。

去，准备在老字号的辛萨诺餐厅共进晚餐。

“这么说聂鲁达让一位哈瓦那人产生兴趣了。”二人在餐厅落座后，劳拉开心地说道。一位双鬓银白、穿着整齐蓝色西装的老人在一名六角形手风琴演奏家的伴奏下唱着探戈舞曲；那位演奏家脸色苍白、消瘦，已经列入死神征召的名单。有两对男女在坐满顾客的餐桌之间跳舞。

“正像我跟您说过的那样，我打算写一篇关于聂鲁达在墨西哥的生活的报道。”卡耶塔诺说道，“大家对聂鲁达那几年的事知道的很少。过几天，我就飞往墨西哥城。”

“您写给古巴的《格拉玛报》还是《波希米亚》杂志?”劳拉问他。她的眉毛弯弯的，又细又长，很像罗密·施奈德[①]。卡耶塔诺兴奋地想，劳拉就是南美的罗密·施奈德。

“我写好文章以后，首先给您看。”他担心自己缺乏说服力。

二人点了一瓶葡萄酒，鸭汤，下酒菜是共和国独立之后智利各家餐馆必备的“牛油果女王”[②]。辛萨诺餐厅设法保证各类菜肴的供应，但是价位很高。卡耶塔诺想，太贵了，简直冲上云霄了。与此同时，他悄悄观察餐厅里的气氛：哀愁，一种世界末日的感觉，压倒了黑夜。这家餐厅是港口革命浪漫派传奇人物喜

---

① 罗密·施奈德(1938—1982)，奥地利和德国籍电影女演员，以主演《茜茜公主》闻名遐迩。

② 一种凉拌菜，以鳄梨为主。

爱的聚会点之一，他们中有诗人，以令人钦佩的盲目信念和恒心自费出书的作家，薪金微薄但有尊严的文学和历史教师以及热情、有头脑、热爱极端乌托邦思想的文科大学生；除此之外还有政客，大部分是本地人，至少这个晚上如此，悬挂在吧台后面的大镜子映照出了他们的身影，他们在摆满了三角蛤、牡蛎、海鳗的托盘的另一边努力想要忘掉国家终于变成了太平洋上令人不知所措的铁达尼号这一事实。

劳拉去厕所的时候，卡耶塔诺想，这一天很有效率。上午，他读完了西默农另外一本小说（幸亏篇幅不长，而且极有趣），订好了机票，拿到了墨西哥城价位合理的几家旅馆名单。虽然聂鲁达说过别在意花钱，但他不愿意滥用这样的信任。后来，到了吃午饭的时候，妻子安贺拉电话通知他：她在圣地亚哥逗留的时间要延长，那里提名她担任一家被工人占领的纺织厂的审计员。她认为，两地分居有助于克服眼下的夫妻感情危机。卡耶塔诺怀疑此说，心想，悉听尊便吧！放下这件事，他确信现在应该办的事情就是多多了解关于聂鲁达的情况。

“聂鲁达于 1940 年至 1943 年生活在墨西哥城，担任智利使馆的领事。”这是他和她在吃橄榄、喝葡萄酒的时候，劳拉给他的介绍，“那时候，聂鲁达极力摆脱在缅甸、印尼和新加坡当领事的阴影，在亚洲那段时间是他一生中最糟糕的时期。他不理解亚洲，谁也不认识。只有临时性的情妇，其中很多是妓女，里面有个英国爪哇的混血女子，名叫荷席・布里斯。这女子一度想用匕首刺死聂鲁达。后来，聂鲁达跟一个荷兰女子结了婚，生下一女，取名叫玛尔娃・玛莉亚・特莉妮达。”

“小姐，你真熟悉聂鲁达的生活和怪事。”

“他到达墨西哥的时候是带着第二个妻子的，她名叫德莉亚・卡利尔。这个女人是阿根廷人，有钱，有文化，对聂鲁达的生活来说，她至关重要。”劳拉继续说下去，瓦尔帕莱索的食品短缺让她烦心，能够暂时解脱几个小时让她感到高兴，“在欧洲，德莉亚把聂鲁达介绍给左翼知识分子，说服他在西班牙内战时支持共和派。是她把聂鲁达拉进了共产党。假如没有德莉亚，聂鲁达可能还在写类似《大地的居所》那样深奥的诗歌呢！可能既成不了左派，也变不成今天这样知名的大诗人。”

“她年龄比他大，对吧？”

“二人认识的时候，他三十岁，她五十岁。”

“显然这种情形就像摆在孩子们面前的蛋糕，保存不了多久……”

“您写聂鲁达的时候怎么能忽略这事呢？”她担心地叫起来了，“聂鲁达利用了她，利用了她的社会关系、经济实力和思想意识形态，还利用了她来给他做伴。1955 年他离开了德莉亚，娶了玛蒂尔德・乌鲁蒂亚，就是现任妻子。那个时候的玛蒂尔德是个夜总会的歌女，身材苗条，是个文化水平很低的女人，不及德莉亚鞋后跟的水平。”

辛萨诺餐厅斜截的镜子里映照出几对男女在餐桌之间跳探戈《归来》。与此同时，那些放荡不羁的文人们一边喝酒一边吃热香肠和炸薯片，他们高谈阔论，大谈革命与反革命，大谈阿连德、阿尔塔米拉诺[①]、哈尔帕[②]、智利共产党、智利社会党以及左派革命运动组织，大谈古巴马埃斯特腊山游击战的经验教训、越南人民的抗美战争以及十月革命。卡耶塔诺看到纱窗外面有辆军用吉普驶过绿宝石大街。他又低头喝了一口葡萄酒，一种无依无靠的感觉袭上心头。

劳拉说：“这是我研究过聂鲁达生平之后的坦率想法。”

“也就是说，他不是你所崇拜的那种圣人。”他回想起聂鲁达站在楼梯上静静地望着他走下塞巴斯蒂安之家的样子。那时，他手里拿着聂鲁达给的美元。

她说：“作为诗人、艺术家，我对他没有任何挑剔的意思。诺贝尔文学奖，他受之无愧。我不喜欢的是他诗歌里表现出来的女性，更不要说他对女人的态度了。我讨厌他说的‘我喜欢你沉默的时候，因为你仿佛不在’。这纯粹是大男子主义的毛病。是孩子时期的梦想：希望女人当个温顺、听话的动物。”

---

① 阿尔塔米拉诺（1922—　），智利社会党总书记。

② 智利国会餐厅里的一种三明治。

卡耶塔诺保持沉默。他算谁呢？哪里有资格跟劳拉谈论诗歌呀！吃了一颗橄榄之后，他说：

“小姐，我还有另外的问题。到了墨西哥，我想了解聂鲁达常去的地方，跟什么人交往。你认识什么消息灵通的墨西哥人能在这方面给我帮助吗？”

七

卡耶塔诺敲敲戈雅多小巷237号的大门，然后，双手插在短大衣的口袋里，等候开门。太平洋的冷风爬上了山顶；这时的海面被黑雾埋葬了；天使角灯塔的警笛不时地发出公牛垂死挣扎般的嚎叫声。他转身沿着小巷返回。一只麻木的朱顶雀站在一个有康乃馨花瓶的阳台上叫个不停。走进阿里巴巴咖啡店，那位土耳其人哈达德为他准备了一份拿铁和一份奶油甜甜圈。卡耶塔诺开始翻阅当天的报纸。马里奥·戈麦斯·洛佩斯在一篇专栏文章里揭露右派在策划一场颠覆阿连德政府的政变，后台是美国大使馆；但是，文章警告说，这一图谋将遇到人民的坚决抵抗。他把这篇文章读了两遍，喜欢这位记者的笔法。广播台在播送劳斯·海瓦斯乐队演唱的《大家团结在一起》。对面的商店前，人们排长队购买食用油。

卡耶塔诺想，也许聂鲁达现在在范布伦医院里。而他需要得到诗人最后的许可才能上飞机。他也有可能无法自由自在地完成任务，这种可能性让他感到难受。马格雷探长在小说里传授的经验教训不足以保证成功。在这个问题上，聂鲁达太天真了。在一座他从没去过的大都会里，有着几百万居民，怎么能找到一位上了年纪、姓布拉卡蒙特的医生的住处呢？他努力振作起来。也许借助墨西哥医师协会的帮助以及劳拉（最终她也不认识墨西哥城里的任何人）的指引，或许他能在墨西哥城里不迷路。以后，他再对妻子说自己出国是完成秘密任务去了，她会高兴的，因为她喜欢搞革命政治阴谋。不过，这次他在墨西哥的任务是他和那位诺贝尔文学奖得主之间的绝对秘密，他想，这事绝对不能让任何人知道。接着，他默诵起聂鲁达为纪念塞巴斯蒂安之家建成而写下的诗歌：

我建造了这座房屋。
起初用的是空气。
接着，我向空中升起旗
并让旗子悬挂在苍穹，
悬挂在星空，
悬挂在光明和黑暗中。

“在自言自语呢？”哈达德站在他身边问道，端着满满一杯咖啡。土耳其人的黑眼睛里闪烁着嘲讽的目光，咖啡店的灯光在他那和尚般的秃顶上发亮，像是幽灵闪烁。“您现在这个时刻就开始说梦话了，真不知道最后会怎么样呢！还是尝尝我的咖啡吧！瓦尔帕莱索无人能比！”

他看看杯子里旋转的细丝，点燃一支好彩牌香烟，喝一口热咖啡暖暖肠胃。口感尚可，但还是不告诉哈达德为好。那土耳其人正在柜台里忙着用一把大刀聚精会神地切肉片。他从窗户向外望去，看见几条狗蜷缩在毛利剧院的门厅里睡觉，旁边贴着一张海报：“瓦尔帕莱索，我亲爱的宝贝儿。”他想，有时候他会觉得自己像一条野狗，迷失在这大陆南端，没有女人，确切地说有一位，但却无法理解，这比没女人还要糟糕。马格雷探长可没有这些事情，恰恰相反，探长生活在蜜月里，因为他对老婆从来不动感情，那女人为探长烧菜，用天使般的双手做出他喜爱的美味佳肴，不掺和政治，更不会卷入加勒比地区疯狂的游击冒险活动。另外，马格雷探长在巴黎有自己的套房，在警察局里有稳定的工作。可他呢？在德国大街 6204 号租了一间房，现在失业，还有难言之隐，希望通过阅读侦探小说当上侦探，所有这一切都是因为聂鲁达(对文学寄以过高的期望)认为阅读侦探小说能把他卡耶塔诺变成私家侦探。

聂鲁达在塞巴斯蒂安之家的酒吧里往威士忌杯子扔冰块的时候，曾经对他说：“好好读读乔治·西默农的小说吧！在什么侦探培训班报个名。那就差不多啦!”

再次品味着咖啡,他回想起聂鲁达十几年前结婚的事情,这位诗人跟一位比他大二十岁的女子成婚,这是劳拉说的。哈达德给他端上一盘油汪汪、热乎乎的烤饼[①]的时候,他想,德莉亚过去一定是个特别有魅力的女子。难道聂鲁达从来没考虑过自己到了五十岁时床上的事情吗?难道他从来没想象或者怀疑过,仅凭着机会主义便决定与那个女人结成连理了?跟一个五十岁的女人睡觉会是怎么样的呢?她的肉体会有怎样的触感?亲吻她的嘴唇又会是怎样的滋味呢?一个英国酒吧里多米诺骨牌的大玩家跟他说过,肌肉结实的年轻女子看起来比较刺激,如果追求床上快乐的话,有经验的成熟女人比年轻姑娘强多了。那位多米诺骨牌玩家挤挤眼声称:姜还是老的辣啊!他建议他去维克多利亚广场找个五十岁的娘儿们。“春夏之交的上午,比较容易引诱她们上钩,因为天气和暖、天空蔚蓝、鸟儿鸣唱都对你有利啊!”那人一面洗牌一面说道。卡耶塔诺想,找一天去维克多利亚广场看看就明白了;但是,眼下用不着,因为吸引他的是脸蛋光洁、细腰、美腿的女孩们。原来这位说话有鼻音、声音单调、身材粗壮、眼神忧伤的诗人(几乎可以看成是朋友了)年轻时居然是靠女人吃饭的男人啊?莫非他欺

① 原文:Gyrus。一种薄烤饼里卷上烤肉、番茄、洋葱的地中海地区美食。

骗了一个熟女，让她替自己打开欧洲的政治界、出版界和知识界的大门吗？那后来抛弃那熟女就因为找了一个比他年轻三十岁的歌女吗？

他品味着烤饼，不断地朝着哈达德点头，后者双手叉腰，目光炯炯地站在柜台后面等待着他的裁决。他想，如果他准备为聂鲁达工作，那就必须深入了解这位诗人。如果他受聂鲁达委托前往墨西哥，就应该至少知道自己是在跟谁打交道呢！获得了诺贝尔文学奖仅仅意味着他是个大作家，但他不一定是个好人。爱一个比自己大二十岁的女人会是什么滋味呢？他反复猜想。年龄差距如此之大的一对男女有性欲可言吗？如今的德莉亚怎么样了？据劳拉说，她在首都生活，衰老、孤独、贫穷，家产已经挥霍一空，从事绘画工作，画桀骜不驯的漂亮骏马，至今还爱着聂鲁达。

就在这个时候，他看见聂鲁达的司机走进了戈雅多小巷。司机驼背，走路很慢。他一口吞下烤饼，喝光杯中咖啡，走出阿里巴巴，并不忘在餐桌上留下一张皱巴巴的钞票。他轻轻打了个饱嗝，心满意足。

八

诗人聂鲁达坐在他心爱的扶手椅上，用放大镜查看一个大海螺上的珍珠母光泽。他的司机塞尔希奥在有铜钟的壁炉附近置放干柴。聂鲁达对进来的卡耶塔诺说:“请坐吧,什么时候出发?”

卡耶塔诺递过去一张发票,说道:“要是您按照这个数目开一张支票给埃克斯布林特尔[1],下周我就可以启程了。”

聂鲁达瞥了一眼发票,然后将它放在《世纪日报》[2]的头版上,那报纸就躺在“云椅”的腿边。他等司机离开房间后才开口道:

“你最好还是告诉我需要多少钱吧!我一次性地开在支票上。数字方面我很没用。玛蒂尔德在黑岛呢!我刚刚看过医生回来。小伙子,我虽然筋疲力尽,可是我相信你在墨西哥的活动不会没结果的。”

“聂鲁达先生,您看着吧!我会找到您那位医生的住址。别担心!”当侦探后的最初几步行动让他觉得对自己很有信心。

“我信任你。你年轻,头脑清醒,在三个国家生活过。由你去找另外一个古巴人谁也不会感到奇怪的。一句话,认识你真走运。”诗人松口气,看看瓦尔帕莱索乌云密布的天空。

卡耶塔诺听了诗人的评价感到很光荣。他对自己这个新角

---

① 智利一家旅游公司。
② 智利共产党机关报。

色感到满意。他继续问诗人：

“这个大海螺怎么了？”

问得好。聂鲁达露出一丝微笑。

“大海螺是我半个世纪前在缅甸仰光当领事时买的。那是我第一次当外交官，得感谢几个在外交部供职的朋友。”聂鲁达仰起头，做出事关重大的样子来，“只是到了后来我才明白谁也不愿去仰光的原因：薪金微薄。结果我只能依靠给圣地亚哥写稿子维持生计。在仰光可做的事情不多。不过至少我可以写诗。没错，很多诗写得神秘难解，连我自己都说不明白。可是，欧美一些学者喜欢，觉得这些诗就像躺在床上的裸体美人，或者像美男，因为，卡耶塔诺，大千世界无奇不有。”

卡耶塔诺回想起那次在面对安恰海滩的聚餐晚会上第一次与聂鲁达见面的情景，他觉得聂鲁达有的时候仍然相当神秘。他没去反驳诗人刚才的话，只是希望紧紧抓住出差的话题。

“我估计仰光的气候大概跟哈瓦那差不多吧！对吗？”

“卡耶塔诺，仰光跟你老家一样炎热、潮湿和充满异国风情。空气密实到让你嘴巴含不住。花草树木跟古巴岛的植物一模一样。水果也一样。中午只能躺在吊床上睡午觉。我的住所面对大海，紧邻沙滩，沙子又细又白，像面粉，三面椰树环绕……如今我们这里连炸果子的面粉也没有了。住所很简单，木板房的屋顶是斜面马口铁的。小伙子啊，我始终没能学会那种与台风有相似之处的语言。到了晚间，我就去大饭店面对大河的酒吧间找女人。”

“缅甸女人漂亮吗？”

“绝代佳人啊！”从笑容上可以看出，聂鲁达没忘记那些女人，“但我始终不知道她们心里想什么。她们做爱的时候都不说话，像是蜥蜴。”他降低了声音，又说：“她们的大腿强劲有力，小细腰，臀部丰满，乳房轻盈、羞怯，体型像体操运动员，在蚊帐里动作优美。卡耶塔诺，那里的女人跟我们这里的完全不同。”

诗人邀请他上顶楼看看书房。他艰难地爬上那些混凝土台阶。那是一间木制墙壁房间，摆满了书架，还有个带镜子的衣柜。城市和港湾的景致尽收眼底。一台老式的黑色打字机摆放在面对两扇窗户的旧写字台边上。这引起了卡耶塔诺的好奇心。

“您写诗用打字机吗？”

“你疯啦？好诗打字机是敲不出来的。朋友，诗歌是用手、用笔写出来的。诗句从脑海里出来，就像奇洛埃省海边的落潮，它们传送到手上，注入到纸上。”就在诗人解释的时候，卡耶塔诺开始观察一扇被一张深棕色大照片掩饰着的门，照片上是个瘦长的男子，留着又长又白的胡子。

卡耶塔诺问：“那是什么门？”

“它通向塞巴斯蒂安·戈雅多设计的直升机机场。这间房本来打算设计成面向城市开放的大鸟巢，可是你瞧，结果成了我的书房。”

“对不起。您是说直升机机场？”卡耶塔诺吃惊地问道。

诗人慢腾腾地眨眨眼睛说道：“正是。就是直升机机场。塞巴斯蒂安是个伟大的幻想家，喜欢想入非非。”

于是，话题从宇宙飞船转到了直升机。说实在的，诗人总是异想天开。卡耶塔诺决心打破沙锅问到底。

“照片上这位先生是您父亲吗？”

聂鲁达开心一笑：“在某种程度上，是的。这么说吧！他是我的老师。我的伟大导师之一。让你明白明白：我这里甚至还收藏着他的扮装服呢！”说着他打开了门旁边的衣柜。“这个人就是惠特曼，美国杰出的大诗人。”

“他还活着吗？”

“可以说还活着。卡耶塔诺，伟大的诗人是与世长存的。”

聂鲁达从衣柜里拿出一个架子，上面有白胡子、斗篷和一顶宽边草帽。他把白胡子上一根绳子系在脖子上，戴上草帽，再披上斗篷，从一个口袋里又掏出一副金属框眼镜和一根又长又直的烟斗。

“像他吗？”

卡耶塔诺把惠特曼的形象与聂鲁达做了比较。

他肯定地说：“可以说他更像您。”

“说得好，卡耶塔诺。可是没有他就没有我呀！”聂鲁达沉思道，又一次仔细看看衣柜里面，“你穿穿看！”

“我？”

“不然是谁？”

“问题是……”

“是什么？”

卡耶塔诺不得不吐露出心中的偏见。

“对不起。我觉得扮装这玩意儿，无论怎么出于尊敬地说，都有同性恋的意味，聂鲁达先生，说真的……”

“真的什么？要知道这里只有我和你，告诉你吧！惠特曼有点娘娘腔。”

“您瞧：还是不扮装的好。我乐于这个样子。”

“别瞎扯。卡耶塔诺，人的一生就是一次扮装游行。你在此之前，一直扮装成哈瓦那人、移民、美国兵和丈夫，现在又成了私家侦探。再多加一次扮装也没有什么嘛！再说了，人不可貌相啊！我特别喜欢为朋友们筹办化装舞会。这是了解朋友的最佳方式。你选择什么扮装服就彻底地暴露了真实的自己，可你自己还不知道。行啦，小伙子，别不用脑子，穿上吧！”

卡耶塔诺只好遵命。

“这是高加索服装。你穿上合适。”卡耶塔诺穿好后，聂鲁达摸摸下巴说道，“这种斗篷叫巴斯里克，很适合冬天穿；帽子叫卡卡库尔。我告诉你：这一套服饰可花钱啦！是苏联作家协会送的礼品，是斯大林时期的事情。不过，还是别去回忆为好……”

“我就像个哥萨克人。”

“你看这个！”聂鲁达从衣柜里拿出一条羊驼图案的丁香紫领带，“是土著人的织布机产品。我前妻德莉亚送给我的。可是玛蒂尔德不让我用。你也知道，女人就跟哥伦布一样，她们总希望自己来了之后历史才开始。送给你了，因为能带来好运，否则的话，说不定哪一天她就会把它给扔进垃圾桶里去。”

“真的送给我了？”那领带看上去粗糙，但是手感很好。在丁香紫的衬托下，羊驼们欢蹦乱跳，或者聚精会神地吃草，或者望向远方的地平线。

“它总是给我带来好运。有四十年了。住在马德里阿尔奎耶斯区的时候，我常常佩戴这条领带去见一些欧洲大知识分子。后来转入地下活动，我还用它。在斯德哥尔摩，我本想佩戴它去领诺贝尔文学奖，可是玛蒂尔德和瑞典皇家学院礼宾人员串通好了，强迫我戴蝴蝶领结，就像高档餐厅里的侍者一样。就差手里端个盘子了。真荒唐！可你知道我是怎么办的吗？”

“不知道，巴勃罗阁下。”

诗人关上了衣柜门。忽然间，镜子里出现了惠特曼和哥萨克两个形象，一动不动，目瞪口呆。卡耶塔诺心里纳闷：究竟是谁变了装？是惠特曼乔装成了聂鲁达，还是后者乔装成了惠特曼？按照聂鲁达的说法，这一辈子就缩小成一场永久性的狂欢节了，那么，他自己又是谁呢？

“一个不懂得变装的侦探就相当于一个不会吃喝玩乐的诗人啊！”“惠特曼”说着便把领带缠到了哥萨克男子的脖子上了。

“可是您还没告诉我在斯德哥尔摩您是怎么处理这条领带的呢？”

“我把它折叠好放进燕尾服的口袋里了。”“惠特曼”眼镜后面的双眸中露出了笑意，同时摆正对方的领结，“总之，我还是带着它领了诺贝尔奖。现在送给你，让它保佑你。也许它不能帮助你获得诺贝尔文学奖，但至少不让别人说你是坏侦探。走！下楼吧！”

起居室里，壁炉里的干柴燃烧得劈啪作响。与此同时，户外，浓雾正在散去，留下一块块晴空。

“我们在说仰光的女人呢！”卡耶塔诺在提醒诗人，这突如其来的侃侃而谈是由于说到了变装的缘故。仰光这个名字听起来就带有感官的愉悦。诗人想，在不遥远的将来的某一天应该离开这个寒冷的瓦尔帕莱索，去访问仰光，重新体验被热带黏黏糊糊的空气包围的感觉。

“她们令人费解。”聂鲁达继续说道，同时在扶手椅上坐下来。那长胡子落到了腹部。“在爱情方面，一句话，她们令人失望。我始终不明白在床上是我让她们享受快感呢，还是她们跟随便什么男人都有快感？我始终不知道我是不是可有可无。每个男人都让她们得到同样的快感，还是我独占花魁呢？直到今天，我还纳闷：女人跟不同的男子做爱享受的快感是不是都一样呢？”诗人补充完后，突然沉默下来了。

卡耶塔诺不愿意二人共同分享的快乐和信任转眼逝去，于是，冒险地说了一句：“巴勃罗阁下，这取决于我们对待她们的方式。我父亲说过：女人就像是横笛，全看你怎么照顾和爱抚她们了。”

“这个比喻稍稍有点贫血的感觉。不过，可能你父亲说得对。”诗人宽宏大量地让了步，“如果是这样，那情况就不一样了。”他说完了。

“巴勃罗阁下，您指的是什么？”

“要是随便什么人吹奏同一个女人结果音符都一样，那么每次做爱的唯一性和不可比拟性就没了。一句话，正如我刚才说的，在仰光，我遇到的女子种族不同，习惯也不同。”诗人疲倦的眼神里有一丝微弱的闪亮。他接着说：“有时，我一次就请来三个女子到家里来。在潮湿的深夜里，我们玩得天昏地暗，四个人的汗水浸透了蚊帐，而我全然不知道亲吻了哪个女人的外阴，哪张嘴唇，或者进出了哪个女人的仙人洞。”

“可是，巴勃罗阁下，那是极乐世界啊！”卡耶塔诺兴奋地笑着说道。他把哥萨克帽子放在膝盖上，聂鲁达的故事让他浑身发热，难以相信。

“这事听起来很刺激，其实并没有什么了不起的。我仅仅是进入了她们的肉体而已，从来没进入她们的灵魂深处。明白吗？我总是像个筋疲力尽的遇难者，面对那些冰冷和神秘女子组成的不可征服的大墙败下阵来。”

“巴勃罗阁下，我倒是很想游到她们身边去啊！”

“可问题是到了最后一无所获啊！”诗人疲惫地概括道，“卡耶塔诺，有人是为了爱情或者出于嫉妒、愤怒、吃醋去杀人。可是，你从那些热情的肉体上，最后是一无所获啊！无论是她们说话的回音还是她们在镜子里的形象，什么都没有留下。”

卡耶塔诺想，他和聂鲁达见面那天的忧伤情绪又回来了，这位诗人除去化装之外还有许多戏剧性性质。好像他除去扮演惠特曼之外还扮演自己那名人的角色，正如聂鲁达（真名叫里卡多·雷耶斯）第一次在昏暗的图书室里表述他的激情与悲伤带有的表演成分（让人怀疑背后的意图）时说出的那番话。他努力想象着聂鲁达年轻时的模样：浓密的黑发长及前额，总是向女人献殷勤的眼神，清脆的声音，消瘦的面颊。他很难相信眼前这位面色发黄的老者曾经是那个在遥远东方的黑夜里、在海滩上纵欲狂欢的小伙子。聂鲁达还能记得那些肉体的摩擦吗？还被再去抚爱和占有那些浑身汗水的肉体的欲望所折磨吗？莫非那些回忆如今已经平静、模糊、失去了激情？他拿起了《世纪报》旁边的海螺。《世纪报》的头版头条揭露右派为了打垮阿连德而策划了全国交通罢工事件。他想，这个海螺在面朝仰光的海洋深处爬行的时候，聂鲁达跟他现在一样，也是个二十几岁的小伙子。他不由得打个冷颤，想象着，此时此刻，瓦尔帕莱索的海底沙石上正爬行着另外一只海螺，半个世纪之后当另外某个小伙子将其拿在手中时，他自己也将是年过七旬的老人了。他用指尖摸摸海螺外面细细的纹路，想一些只有老年人才想的事情，忽然间还想到现在就折磨他而又不明白为什么的一个道理：为什么生命如此脆弱？为什么生命转瞬即逝？

“这个海螺壳真薄，像风筝纸。”他突然这样说道，“巴勃罗阁下，只要一刮南风，它就能飞上瓦尔帕莱索的屋顶上空。”

“你这番话说明你正在变成诗人。”这位诺贝尔文学奖得主满意地声称，同时摸摸假胡须，摆出一副哲人的姿态，“有时候，我一些朋友感觉自己是诗人，好像我的诗歌传染给了他们。卡耶塔诺，你若是想当诗人就首先要了解惠特曼。不过，我干吗要建议你攀登这样的高峰呢！为了办好我们的事情，你还是先读读西默农就行了。他写的东西够多了。”

“头一本书的前言里说，他写过好几百部小说。”卡耶塔诺一面说着，一面脱下斗篷，整整齐齐叠好，放在那把有花卉图案的扶手椅上。

“他写了三百多部长篇小说。说实话，我真不知道这个西默农有没有时间大小便和做爱。”

就在聂鲁达站起来，穿着他起床时就穿上的休闲鞋走过起居室的同时，卡耶塔诺出于让自己放下心来的需要，问聂鲁达，为什么信任他？为什么相信他会好好用这笔钱——现在这笔美金也是一笔财富啦——去寻找那位布拉卡蒙特医生呢？仔细想想这些事情，他卡耶塔诺也有可能忘掉那位医生，忘掉聂鲁达，忘掉一切，然后在墨西哥城消失得无影无踪啊！他是绝对找不到他的，哪怕打着灯笼也找不着。

“我已经跟你说过了：仅仅凭着诗人的直觉而已。”聂鲁达严肃地回答说。这时，他已经到了吧台后面，依然装成惠特曼的样子。“想要一杯高钙特龙吗？”

“一杯什么？”“哥萨克”问诗人。

“高钙特龙，是我几年前发明的一种特调。”聂鲁达从柜台里拿出几个瓶子、两个高脚杯，开始调制饮料，“一点法国白兰地，一点法国昂热地区的君度橙酒，双份的橘子汁。特别好喝。你可要小心胡子！来！加勒比的马格雷探长，为成功干杯！”

九

啊，马里格纳。

可能你已经发现了那封信，可能已经愤怒地在哭泣。

可能已经在咒骂我的母亲，骂她是烂狗和狗娘。

（摘自《鳏夫的探戈》）

荷席·布里斯会在哪里呢？荷席是个狂女、妖女、缅甸的金钱豹，是她让我摆脱了圣地亚哥寒冬的潮湿、冰凉的被窝里进行的那种大学生玩的小心谨慎且需承担责任的性交活动，把我领进了仰光肉搏式的狂热战斗里。在那之前，我从来也没有紧紧地搂抱过像她那样淫荡、聪明和无拘无束的女子。荷席远远超过了一具肉体，她是闪电，是有着蓝色披肩、四肢秀美的仙女，她有着深色的乳房、纤纤的细腰和一双深邃而神秘的眼睛。我认识她是在一场暴雨袭击了仰光之后，那时洪水冲进了我那面向大海的普罗鲍凌戈大街上的租屋。她是个美人，脸上体现出亚洲人的血统，是相当纯粹的缅甸人，因为虽然大街上充满了混血儿，但仍然有血统纯粹的缅甸人，而那些混血儿总是身穿华丽的服装并散发着迷人的香气。仰光的大街两侧布满了干瘦的印度人的摊位，上面摆放着梳子、绸缎和香料，关在竹笼里等待成为祭品的白鹅，还有样子像神话动物的鱼干，苍蝇们围绕着它们盘旋。

荷席出现在我租屋时，雨水仍旧不停地沿着雨水管道往下滴落。是她哥哥推荐她来的。她哥哥是个初出茅庐的医生，既没有平息我的胃痛，也没能治好我来到仰光后一直折磨我的高烧。她像个黑影一样悄悄地走进我的房间，而我则无可奈何地在蚊帐里等待着死神的光临。

“我来实现你的愿望。”她用一种有气无力的英语语调说道，声音像个小女孩，温温柔柔的。接着，她用手摸摸我那发烧中布满汗水的额头，然后配制了一种药水，从而救了我的命。

开头几天，她穿得像英国女子，但很快就把欧洲衣裳丢在一边了，开始穿上一件白色、轻薄的绸子纱笼，让她看上去很像轻飘飘的仙女。她穿着纱笼走来走去，那里面是完全赤裸的，我是有一天把她按倒在床上以后才发现的。她笑个不停，好像那芥菜颜色的身体不是她的，而她正从剧院的包厢里观赏这裸体美人。荷席为我这个来自多雨的南方、来自圣地亚哥孤寂的街道上的小青年提供了毋庸置疑的快乐：她笑着让我看她那有如成熟的无花果般的湿润、芬芳的外阴部；她的乳房在我嘴唇上擦来擦去，像硕大的葡萄串。但是，她绝对不允许我亲吻她的樱唇，从来不让我的嘴唇落到她的嘴唇上，绝对不让我的舌尖滑过她的白牙，从来不允许我的舌尖探索她的口腔。我记得有一天夜里她对我说，我可以支配她的肉体，可以随意进入她的阴道，无论多少次都可以，甚至可以在她嘴里射精，只要我乐意就行，但是，别打算亲吻她的嘴唇。

随着时间的推移，荷席开始在家里赤裸着身体走动了。赤裸着送来早餐；赤裸着熨烫我的衬衣和领带；赤裸着打扫地面；我下班后，她又赤裸着为我送来热茶。她随时随地都可以跟我做爱：在炉灶旁做午饭时，在弯腰从地面捡起我的袜子时，在给我的白皮鞋扑粉时。她强迫我每个礼拜、每一天、每个白天和晚上都做爱。让她着迷的就是这么一件事：让我玩得心满意足、筋疲力尽，不让我脑海里闪过背叛她的念头。她希望我的全部精力都消耗在她身上，全部热情都用在她那里。于是，她开始突然造访我的领事办公室，开始检查我的信件，开始销毁那些可能是情书的纸片，开始闻闻我的西装，开始寻找我后背是否有别的情妇留下的抓痕。一入夜，她就出现在窗前，一动不动地等候着我回家。一见面她就迫不及待地抱住我，为我脱衣服，从足部到头部为我按摩，使用的是一种暖暖、香香的乳液。她时不时地骑到我身上，验证一下我此前是否跟别的女人做爱。但是，她的嘴巴一直是不许我攻占的堡垒。

一天夜里，地板的吱吱响声把我给吵醒了。我看见她赤裸着身体围绕着蚊帐转来转去。她身上抹了椰子油，像印度教女神一样地闪闪发亮。她手里握着一把细长、锋利的匕首。我至今还记得那匕首闪烁的亮光，记得她那呼呼的喘气声，记得我自己飞快的心跳声，恐惧麻木了我的四肢，我的嘴巴干燥得如同我徒步穿越过的智利北部的阿塔卡玛沙漠一样。

“我知道你醒着呢！”她低声道，而我则假装躲在暗处睡着了。匕首在她手中晃来晃去。我吓得全身开始冒汗。在黑暗的房间里，她的眼睛由于吃醋和疯狂而闪亮。“只要你入睡，我就宰了你。死了你就没法欺骗我了。”

第二天拂晓时分，我逃到了斯里兰卡。那里有个领事的位子在等着我，那是我与一位在外交部的朋友秘密协商的结果。但是，那妖女很快就携带我出逃前丢下的唱片和衣物来到了斯里兰卡。她就居住在我家对面，并从那里手持匕首追赶任何一个敢靠近我家大门的女子。我不得不再次逃跑。逃向远方。逃向她一辈子也无法找到我的地方。

我至今还记得最后一次见到她的情景。那是在港口，一个炎热的上午。河水散发出腐烂树木的气味，散发出汽油和剩饭菜的气味，香料的气味也随风飘来。我正要登船逃避荷席的追踪，忽然震惊地发现她手里拿着提包就在乘客上船的栈桥中央等着我呢！我正排在乘客的队里，只好随队前行，结果，那疯女人拦住了我的去路。我停下来，从她身侧发现了她的提包里的匕首尖正闪着光。我的心差点从口中跳出来,吓得浑身出汗。此情此景让我视力模糊,全身摇晃,忽然,我看见荷席将匕首愤怒地刺向我的胸口,每刺一下我都感觉到火烧肉一样的疼痛,热血喷涌而出,又黑又浓,染红了我的衬衣、白色西装以及栈桥破旧的木板,我失去了平衡,摔进了河里。这地狱般的幻觉花了好长时间方才消失,它是我胡思乱想以及河水臭气熏染的结果。实际上,荷席一动没动。她像一尊石像那样简简单单地站在我面前,在无声地哭泣,挡住了乘客上船的去路。忽然,她开始轻柔地亲吻我的额头,接着她的双唇滑到了我的鼻子、面颊,随后又沿着我洁白、平整的西装下滑,一直亲吻到我的白皮鞋。她弯腰,下跪,抱住我的双脚,仿佛我是下凡的神仙。海鸥们在我俩的头顶上方盘旋飞过,一路叫个不停。一声船笛声划破了晴空。等到荷席抬起头来时,我看见她那美丽的脸庞上有痛苦和扭曲的表情,让我终生难忘:她的面颊、前额和鼻子完全被皮鞋上的白粉弄脏了。她无声地哭泣,难过得发抖,脸色苍白,好像患病的幽灵。

"求求你了。别走!"她跪在摇晃的栈桥上哀求道。

"为了你,我本来可以留下。"我记得那时我是这样说的。乘客的队伍在我身后还等着通过呢!

"既然你可以为我留下来,那为什么还要走呢?巴勃罗!"

"为了你，我本可以留下来。可是如果留下来，那我就永远也当不上诗人了。"我回答说。接着，我用手轻轻地但是非常坚决地推开了她，提着我的木箱朝着已经挤满了乘客和动物的船走去。

这就是我最后一次见到荷席的情景。

十

卡耶塔诺那天夜里回到他在商船居民区的租屋(位于圣胡安·德·迪约斯山上)时，看见妻子正在卧室里收拾行李。

"出什么事啦？安贺拉！你不是打算在圣地亚哥逗留几个月吗？"他问她。这时已经快十点了。海雾已经笼罩了全城。跟聂鲁达谈话后，卡耶塔诺就立即确认了机票和墨西哥城的旅馆；后来，他在老英国酒吧喝下一杯皮斯科鸡尾酒[①]，接着又去欣赏多米诺骨牌的玩家们如何打牌。他没有料到妻子在家里，更没想到她在收拾行李。

她回答说："我要去哈瓦那了。"

"哈瓦那？"

"对，就是这么回事。要去三个月。"

---

① 秘鲁和智利北部生产的一种葡萄酒。

这消息让他吃了一惊，有些羡慕老婆。他想象着自己在哈瓦那旧城区散步，耳边听着乱哄哄的人声和老宅子里直到黎明前都一直会传出的音乐声，从家家户户敞开的窗户里窥视到室内人们在温暖而散发着汗味和酒气的晚上席地而坐的样子。他妻子在政治上是激进派，他是知道的；她支持阿连德政府也说明了这一点。但是，他绝对没想到她会在此危急时刻、“如此复杂”的关头（正如卡米罗·普林德斯司令断言的那样），竟然出国一走了之。而且一去三个月。虽说他也要出国旅行，可却感到沮丧和受到了威胁，有被人出卖的感觉。

“能说说去做什么吗？智利现在四分五裂，而你却去加勒比游玩……”

安贺拉把整个体重都压在行李箱上，可它就是拒绝关上。她说：

“是政治任务。”

“政治任务？”

“对，正是。”她的眼神里有挑衅的意味。

“去做什么？”

“为下一步的事态做准备。我要去零点基地。”

他一屁股坐到了床沿上，紧张不安又难以相信。零点基地是军事基地，是古巴政府培训全世界游击队员的地方。远处什么地方响起一声步枪声。

他反对老婆的计划："你疯啦？你是不是已经厌倦了管工厂的事情，现在又打算去开展游击战了？小姐，事情真的那么糟糕吗？你认为智利政府军也像古巴巴蒂斯塔独裁的军队那样不堪一击吗？用三百名长着络腮胡子、带上长短枪的人，你就能打败政府军吗？这是不负责任的做法。"

"你爱说什么就说什么吧！反正我是要去古巴的。要是不用武装力量来保卫这个政府，那别人就要把它给推翻了。右派和尼克松加上军人在搞阴谋。"

"贵党不是到处呼吁'不打内战'吗？"

"要是敌人看到我们有所准备，能够打败他们，就不会发生内战。这恰恰是党内老人不明白的道理。"

他不得不承认老婆并非唯一有这种想法的人。据说，社会党、人民行动团结运动党、左派革命运动组织，甚至连基督教左派以及激进革命青年团这些不久前还走温和路线的党派都派人去古巴接受军事速成班的训练。他们学习使用 AK 步枪，跳跃障碍，攀登绳索，制作手持式汽油弹，各式进攻和撤退的战术，最后从哈瓦那何塞·马蒂机场上飞机，飞往墨西哥城或者捷克首都布拉格，再分别取道返回智利。零点基地位于首都哈瓦那附近，是声望很高、名闻遐迩的培训中心之一，因为那里的明星教官就是传奇人物贝尼格诺少校，曾经跟切·格瓦拉一道在玻利维亚山区作战，他神奇地突破了玻利维亚和美国突击队设下的包围圈。那么共产党人呢？不久前他们还信誓旦旦要捍卫阿连德总统和平实现社会主义的主张，难道现在也要去一趟哈瓦那吗？难道几个月后说话时也要配上加勒比地区的口音？大惊小怪地打着手势？嘴巴上叼着雪茄？头戴贝雷帽，身穿橄榄绿夹克，脚踏高筒皮靴，好像自己就是司令一样？好像拙劣地模仿菲德尔·卡斯特罗就是当个革命者的先决条件似的。年轻人怀着对武器、革命中心论、AK 步枪的多功能性以及古巴起义军史的痴迷心态回国了，他们抛弃了智利的政治传统，准备高喊着“誓死保卫祖国”的口号建立社会主义。现在，他老婆就是要去做这件事……

“我本以为遇到这么大的事情在你做决定之前，应该会跟我谈谈吧！”他捻着胡子，掩饰不住声音中的颤抖。

安贺拉双手叉腰，穿过房间，在窗前站住。在卡耶塔诺看来，那窗外的城市景色已失去了真实性。

安贺拉忽然冷冰冰地宣称：“我们的事没法解决了。这样分手很好。对你来说，也许最好的做法就是离开智利。你在智利不适应，也别回迈阿密，回古巴岛吧！参加革命去！你无论在这里还是在美国，总是个外国人。没有祖国可是糟糕透顶。”

“这话说得好啊！你不但明白什么对你有好处，也知道什么对我和别人有好处。”他生气地反驳道。老婆的性急、冲动和快速做决定的毛病让他很恼火。

“在你喜欢的国家总比在别处要好过活一些吧！”

“安贺拉，现在用不着你来安排我的生活！”

“至少我是真心的。”

“你已经习惯于做影响别人生活的决定。这一回也影响了我的生活。”

“卡耶塔诺，因为我们的事情没办法继续下去了，别蒙骗自己。你想要我说什么？我的开诚布公让你不高兴了？”

“谢谢你。关于我们的事情进行不下去这件事，你无需提醒我。所以你一走好几天，我并没有吵闹嘛！你做你的，我过我的。”

“宝贝，我跟你说明白：我是在完成政治任务，不是谈情说爱。这一点你要清楚！”她语气激昂地喊叫起来了。

“小姐，你完成什么与我毫不相干。但是，别指派我到哈瓦那去。如果说我们的事完蛋了，那我知道该怎么办，也知道该去他妈的什么地方！”

从前，他就被她的话迷惑过。所以现在他来到了瓦尔帕莱索。他曾经在美国佛罗里达州海厄利亚生活得很平静，就算那里不是哈瓦那，至少气候相似，动物种群相似，可以让他对宝岛祖国永久怀念。古巴人热爱自己的祖国，但必须身处国外；而智利人则相反，即使在国内受罪，也绝对不出国，祖国是千金不换的。由于他在美国爱上了安贺拉并且相信阿连德的革命进程值得参加，所以在 1971 年 3 月就跟着安贺拉来到了智利。那个时候，智利革命进展顺利，智利人民满怀期待地注视着这场革命，全世界都赞扬这场革命，他也为群众的激昂而高兴，这股热情席卷全国，宣布了新道路的开端。他不了解古巴的社会主义，在佛罗里达州他已经习惯了去看和听流亡报刊和电台传播的小道消息，习惯了用记忆中的顽皮生活来弥补对古巴岛的经验不足。他不了解安贺拉从岛外就热情支持的岛内革命；现在，他来到一个并非属于他的国家，是出于混杂爱情的政治好奇心。这个国家与他出生的岛国截然相反，冬天让人们的嘴唇干裂，仿佛世界末日就要来临；智利人严肃认真，与加勒比人游戏人生的态度大相径庭；智利人讲牺牲和勤劳，这与永远讲究欢乐的古巴人是格格不入的。他的结论是，在这个南锥体国家里，不幸的是，人们对生活的态度太严肃了，好像生活在腓特烈一世的普鲁士王国里。不！不能再听老婆的建议了。她很秀气、漂亮，对生活里的不公平、不公正现象有着非常清醒的认识，毕业于外国人办的贵族学校，是有经验的滑雪运动员和女骑士，家族在科尔查瓜省有田产，在企业里有股份。但是，绝对不能再听她的话了。不能再当傻瓜了，不能再跟着这样一个女人了：她吃的是父亲（资本家）的饭粮，却厚颜无耻地支持别人剥夺父亲的财产。不，绝对不能再听她的建议了，她那些主意给他带来的只是不幸，从今以后，他要依靠自己的勇气做事。

“你应该去古巴，应该在那里生活，应该理解古巴革命。”安贺拉一味地坚持自己的意见。木地板在她脚下吱吱作响。行李箱还没有盖好，旁边还有一瓶香奈儿的香水；箱子一侧还露出一截爱马仕的丝巾。

“你这番话说明你不了解我。我梦想的是独立自主，就像我在佛罗里达州的海厄利亚和西屿时那样，真他妈的见鬼。在这里，我至今连一份可怜的工作都没有。”

“我早就说过，工作随时都会有的……”

“小姐，这话已经老掉牙了。现在是1973年6月，可我还在等待，还在驾驶着你老爹送的车子，还住在你老爹花钱租的房子里，我们的吃饭开销还是你老爹掏的腰包呢！这种处处依赖老爹的生活毁坏了我们的爱情。”

“你说毁掉了我们的爱情？”

“对，毁掉了，毁掉了。”

“我看是你现在正断送我们的爱情。”

“是你早就断送了我们的爱情。”

“我不跟你争论这种蠢事。”她说，同时再次打算把爱马仕丝巾塞进行李箱里去，“今天夜里我就动身去古巴，别说了！这事最好等我回来再谈吧。小伙子！这时候不适合小资产阶级式的争论，到此为止吧！”

十一

麦哲伦广播电台的即时快讯传到阿里巴巴咖啡馆，播音里有枪声做背景音乐。记者从首都市中心现场直播，他说罗伯托·索帕上校指挥的塔克纳步兵团已经开始叛变阿连德政府了，正向总统府拉莫内达宫进军。骚乱的喧闹声从广播台直接播送出来，很像美国电影，面对发生的事情，老百姓成了被动的观众。卡耶塔诺坐在咖啡馆的窗户旁边，似乎拒绝接受这一政变，眼前有一杯热气腾腾的咖啡，他等着聂鲁达穿过戈雅多小巷回家，以便跟这位诗人辞行。

“叛乱的是一个名叫什么索帕的上校。”老板哈达德用围裙擦擦手，说道，“这下子可都完蛋了……”

记者们叫喊着描绘那个智利的主力步兵团坦克群开进的情况。有个记者呼吁老百姓在工厂、农村、港口、办公室和学校里保持镇定。有个记者从事发区活动车上报道说，阿连德总统已经从汤玛斯·摩罗大街的住所里出发，在卫队保护下，全速开向总统府拉莫内达，他们乘坐的是125型的蓝色菲亚特。总统准备平息叛乱。

“那些忠于阿连德的部队在哪里呀?”卡耶塔诺问哈达德。后者正望着窗外的毛利剧院沉思，那里躺着一群狗。戈雅多小巷显得漫长、荒凉又肮脏。他继续说：“老兄！要是连总统都要亲自上阵对付叛乱的人们，那我们可就真的完蛋了!”

哈达德说：“好像不是所有的军队都支持索帕上校。”

“啊，是吗? 你怎么知道的?”卡耶塔诺问道，点燃一支香烟。

他一面担心地想到，外面的生活还在继续，好像什么也没发生，一面惬意地吐出一个烟圈。就是说，生活依旧悄然地继续着，无声无息，没有什么狂热的人们上街抗议首都发生的事情。浓雾开始让城市变得若隐若现了。卡耶塔诺忽然觉得这可不是好兆头，他感觉自己像是丢了魂一样。现在妻子在什么地方啊？是在首都某个安全的住所里吗？准备拿起武器保卫政府？还是已经到了炎热潮湿的哈瓦那，身穿橄榄绿制服，肩扛着 AK47 步枪[①]在泥沼里匍匐前进呢？

人民团结阵线委员会公告宣布：政府很快会拿出对付政变分子的指导方针；请智利人民在各自的学习和工作岗位上进入战备状态。记者们说，阿连德总统在上午的车流中继续向总统府前进，这个前进的过程好像没完没了，像进入了迷宫，而一旦到达总统府，他将向全国发表谈话。卡耶塔诺心想：对于他卡耶塔诺这样一个失业的外国人来说，这保持镇静的号召有什么意义呀？他应该跑到那座饼干厂（前天夜里，他还在那里站岗呢）去听从卡米罗·普林德斯司令的指挥吗？然后呢？去对付那些武装军人、坦克、装甲车，去对付那些他妻子说的阿连德一上台就阴谋政变的军官吗？可是拿什么对付他们呢？难道手持饼干厂交给他的竹竿吗？用弹弓？用石块？用双截棍吗？

① 苏联制造，卡拉什尼科夫突击步枪，主要作为华沙公约诸会员国的军用步枪。

两辆卡车满载工人驶过德国大街，他们挥舞着红旗和绿旗，表示支持人民政府，看样子他们是要急急忙忙赶到某地集合。但是，在戈雅多小巷里，狗群继续蜷缩在剧院的天棚下面。依然看不到聂鲁达的身影。莫非这位诗人还在医院里？上午医生们给他看病了吗？莫非叛乱者拦住了他的去路？卡耶塔诺感到十分无奈。眼前这情景让他惴惴不安：首都出现了叛乱的上校，安贺拉即将动身前往古巴，夫妻关系要破裂，聂鲁达生病，而他的任务是要找到那唯一可以救治聂鲁达的医生。他担心这叛乱活动会像聂鲁达身体内的癌细胞那样扩散到全国去。

他只能干坐在阿里巴巴，心里有这样一种泄气的感觉：他仅仅是这些重大事件的单纯观众。他老婆说得有道理。当个外国人糟糕透顶。宁可在自己的祖国吃苦，也绝对不在外国不好不坏地活着。他又向哈达德要了一杯咖啡。就在哈达德往咖啡杯子里倒奶粉时，他又听到了一条广播新闻。这一次，记者用发哑、浑浊的声音播报：这是下午两点的广播剧时间，现在军事首脑卡洛斯·普拉茨①将军拿着手枪走在首都的市中心大街上，镇压叛乱。那位记者在喇叭和呐喊声中惊慌地发问：其余的部队会支持谁呢？三杯咖啡后，紧张的局势缓和了。广播里说：索帕

① 卡洛斯·普拉茨（1915—1974），智利国防部长，支持阿连德政府。1974年被杀害。

准备投降了。于是一切回归秩序和平静，亲政府的广播台称赞普拉茨将军是英雄；据说，阿连德已经回到总统办公室领导全国的工作，他掌控的疆土从北方的阿里加省延伸至南方的麦哲伦海峡，包括复活岛和鲁宾逊·克卢梭岛。左翼各个党派立即于当天下午在总统府前召集示威大会。奇拉巴扬乐团[1]唱起了那首甜美的《木盆歌》，用加勒比的旋律给这一天带来欢乐。德国大街上，行人再次走动，汽车和小型公车再次露面。阿里巴巴又挤满了快乐的顾客，城市充满了生命力。

据在阿里巴巴喝散装葡萄酒（令人作呕，因为哈达德深夜往酒里掺水）的人们说，阿连德已经迫使军队把叛变镇压下去，因为他决心用武装力量捍卫民主政权。他从菲亚特 125 型的广播里告诉军队，如果军队不执行命令，他要亲自持枪上阵，因为他有卫队和人民的支持；他说，必须对将发生的事以及历史负责。听了总统的威胁，连参与政变的将军们都支持阿连德，因此，那位忠诚的普拉茨将军得以上街解除那些不服从命令者的武装，因为他背后有人支持。这传说迅速变成了神话：普拉茨将军孤身一人，持枪严阵以待，挡住了隆隆前进的坦克群；与此同时，人行道上的老百姓齐声喊着将军的名字，索帕上校从坦克的瞭望孔像老鼠一样向外窥探，看见人们发疯似的欢呼民主力量的胜利。

---

① 智利民间音乐乐队。

那天夜里，智利的所有广场上都举行了由总工会和人民团结阵线组织的示威大会。在首都圣地亚哥，成千上万的市民在总统府前集会。阿连德站在阳台上发表演说，感谢普拉茨将军，感谢军民捍卫《宪法》的行动。在瓦尔帕莱索，卡耶塔诺参加了人民广场的集会活动，他跟一位黑色鬈发女孩跳昆比亚舞和波丽露舞；她的眼睛是绿橄榄色的，牛奶咖啡色的皮肤，身穿一件深红色衬衣，微笑时露出一口整齐的白牙。他跟那姑娘在一家名叫霍达·克鲁斯的酒馆里，挤在人群中喝皮斯科鸡尾酒，吃地道智利美食乔里亚纳，一种由炸牛排、鸡蛋、土豆、洋葱组成的混合物；人们一面喝酒一面高唱《红旗》①和《国际歌》。凌晨，卡耶塔诺回到家中。

他正在寂静的卧室里阅读马格雷探长的故事时，电话铃响了。

老婆用来自阴间的声音先说了一句："别问我从哪里打的电话！今天的事情只是政变的演习。现在人家知道了：老百姓没有武器自卫。我们在人家手里呢！你也天真地跑去观看法西斯政变的大彩排了吗？"

十二

在卡耶塔诺看来，墨西哥城的天空是铅灰色的，其浓密的程

---

① Bancfera Rossa，老西班牙共和国歌曲，意大利语"红旗"的意思。是有名的社会主义运动歌曲。

度可与停泊在瓦尔帕莱索港湾的军舰媲美；此时此刻，他正坐在“鳄鱼”[1]的后座上，离开机场前往位于玫瑰区的预订旅馆。克莱斯勒转弯驶入小型公车、卡车、计程车、摩托车的车流里，穿过市中心叫卖针头线材、梳子、饮料和报纸的流动小贩的人群。新建钢筋、水泥、玻璃大楼逐渐代替有花园和阳台的大宅院，改变了街道的面貌。高大的商业招牌掩饰着后面破旧的棚屋；大量车尾镀铬的凯迪拉克牌轿车及其身穿制服的司机们，说明墨西哥积累了财富。不计其数的餐厅在露天的人行道上摆上了餐桌，迎合着首都温和的气候，到处坐满了欢声笑语的顾客，给墨西哥城染上了相信自己必会找到发展之路的乐观情绪。卡耶塔诺伤心地想着圣地亚哥城，此时此刻，智利的首都正泡在寒冷和黑暗中，为街头骚乱的呐喊声所包围，淹没在催泪瓦斯的烟幕里。

卡耶塔诺至今仍不明白聂鲁达为什么在派人寻找可以救他性命的医生时会如此小心谨慎。他觉得对于一个预感到死神来临的人来说这样的态度很难让人理解。病情保密真的是为了不给右派提供反对阿连德的武器吗？真是问题成堆，没有答案，他一面这样想着，一面落下车窗，呼吸着街道上的汽油和沥青的味道，倾听着马达的轰鸣声以及女人们跟随计程车奔跑恳求人们购买蜡烛和火柴的叫喊声。严格说来，聂鲁达是世界左翼人士

① 美国克莱斯勒旗下一款轿车，形状像鳄鱼。

的偶像,因为他是著名的诗人、共产党员和阿连德的朋友。尽管布拉卡蒙特意味着他最后的希望,他却并不利用自己的名声向其求援,莫非是因为想要摆脱偶像的包袱?

卡耶塔诺在想他离开的那片土地:那个四分五裂、悲惨的智利,那里食物匮乏,人心慌乱;那个瓦尔帕莱索城,它迷失在早晨寒冷的浓雾里,雾气模糊了城市的轮廓,降低了噪音,把居民们浸泡在伤痛中。索帕上校的政变尽管被平息了,却给政府带来了不良的后果。几天前,几位将军的老婆在一个公开场合向普拉茨投掷玉米,骂他是娘娘腔,因为他不反对共产主义。普拉茨将军在反对声中,迫于压力,向总统提出辞职。阿连德失去一员大将,代替普拉茨的是他任命的一个不善言辞、缺乏才干、俗不可耐、装腔作势的将军;据长期光临英国酒吧的老顾客们说,此人有一个优点:遵守《宪法》到了五体投地的程度。他名叫奥古斯托·皮诺切特·乌迦特[①]。

卡耶塔诺在萨沃伊酒店门口下了计程车,酒店位于一个漂亮的住宅区里,这里的房屋都是两层小楼,街道两侧栽满树木,随处可见热热闹闹的餐厅、酒吧、咖啡馆、书店和画廊。下车时,卡耶塔诺想道,诗人现在在做什么呢?他猜测,聂鲁达这个时候

---

① 奥古斯托·皮诺切特·乌迦特(1915—2006),1973年至1990年为智利军事独裁首脑。在美国支持下,他通过流血政变推翻了民选总统阿连德建立军政府。在任内进行了资本主义的新自由主义经济改革。

可能在写回忆录，或者在创作新诗，又或者在比较、衡量贝壳类的收藏品，并沉浸在蜥蜴般的宁静里。每次去范布伦医院治疗之后，他肯定会卧床休息几个小时，一言不发，眯着眼睛打瞌睡，相信他卡耶塔诺能够找到布拉卡蒙特医生的下落。而诗人的妻子玛蒂尔德此时肯定会趁机收拾不断从法国运来的图书、面具、家具和玩偶。老婆分拣这些物件的热情和细心却引起了聂鲁达的怀疑。

在卡耶塔诺动身前，聂鲁达把他请进塞巴斯蒂安之家的起居室里，推心置腹地告诉他："我估计她不是因为我们正式回国而整理东西，而是为了等我死后开办博物馆做准备。"

旅馆的门童把卡耶塔诺的行李运进来了，接待员告诉他："卡耶塔诺·布鲁雷先生，您的房间在四楼。"

卡耶塔诺坐到床上的时候，床铺发出一声可怜的呻吟。他在电话簿里找安赫尔·布拉卡蒙特的名字。正如他之前想的那样，布拉卡蒙特这个姓氏很常见，但是没有一个人是叫安赫尔·布拉卡蒙特。他没有泄气。要像马格雷探长那样行动，明天去访问那些可能有他所需资料的地方：医师公会和《至上报》。

通过电话，他很快就安排好两场约会。一场是跟医师公会公共关系部女负责人；另一场是跟《至上报》新闻报导部主任。卡耶塔诺自称是独立记者，为智利左派杂志《今日》撰写报导。上述两个单位都表示欢迎。在墨西哥，阿连德及其政府赢得了许多人的同情、好感，人们把阿连德看成新大陆的希望，因为腐败的政客太多了。

后来，他给劳拉打电话，后者在瓦尔帕莱索。他答应去找她委托其寻觅的图书并口气肯定地告诉她，他感受到了墨西哥城的活力和乐观情绪。

“你很快就会在那里重构出诗人的生活轨迹。”她说。此时的劳拉正在办公室忙于修正瓦尔帕莱索山区住户分配面包、肉类、食用油的办法。这个时候正赶上蔬菜和鸡蛋都短缺，更不必说家禽了。她告诉卡耶塔诺：“聂鲁达是墨西哥壁画大师大卫·阿法罗·西凯罗斯和迪亚戈·里维拉的朋友。诗人还在 40 年代去过古巴旅行。”

“他去古巴了？早在 1959 年古巴革命之前？”

“甚至比格拉玛号带着八十二位远征战士向古巴前进还要早，格拉玛号登陆古巴岛是在 1956 年。①”

“那么说，40 年代聂鲁达的政治嗅觉已经非常灵敏了，是吗，姑娘？”

“不对。有件事情，今天已经没人愿意提起了。”

“什么事情？”

---

① 这一年菲德尔·卡斯特罗带领八十一位同志从墨西哥出发，乘坐格拉玛号前往古巴。登陆成功后，在马埃斯特腊山区开展游击战争。1959 年 1 月 1 日占领了首都哈瓦那。

“40 年代的时候，聂鲁达很钦佩古巴独裁者巴蒂斯塔。他在哈瓦那发表了赞美巴蒂斯塔的演说，说这位独裁者是古巴人民的好儿子。那个时候，巴蒂斯塔拥有古巴共产党人和苏联的支持。”

卡耶塔诺吃惊地问道：“等一等，等一等！你指的是巴蒂斯塔，那个暴君巴蒂斯塔吗？”

“对，就是此人。我估计就是因为这个原因菲德尔·卡斯特罗和聂鲁达没办法扯上边。”

十三

卡耶塔诺在旅馆的房间吃了早餐：咖啡、蛋糕、煎蛋和菜豆，同时浏览了一下当天的报纸。接着，快九点的时候，他坐上计程车，前往人类学博物馆参观。这是聂鲁达的指示：绝对不要失去参观这个博物馆的机会。实际上，前一天下午，医师公会那位公关部女负责人坦白地告诉他说，她从来没听说过什么安赫尔·布拉卡蒙特博士，不过她愿意尽量帮助他；如果他中午之后到达她办公室，她可以去查档案，帮他找找资料。在前往查普尔特佩克公园[1]的途中，卡耶塔诺努力回忆，却怎么也想不起马格雷探

① 人类学博物馆所在地。

长在哪一个章节里曾去参观罗浮宫。看来，侦探们不习惯在办案过程中参观什么博物馆。

但是，一旦置身博物馆的大墙内、面对着哥伦布到达美洲之前的美洲文化证物，他立刻惊呆了，同时觉得自己渺小得一文不值。大量的庙宇、雕像、陶器和金银首饰让他惶惶不安，不仅是因为它们的丰富、多样和完美，以及它们所暗示的古代社会的复杂性，而且因为这些物证向他展示了一个事实，也许是由于古巴的原始土著人发展水平低下，身为古巴人的他，一直忽略了这个事实，那就是，早在哥伦布登上新大陆的几千年前，美洲就开始发展了；特诺奇蒂特兰①在科尔特斯②到达之时，其城市规模要比欧洲任何一个大都市都更壮观。他第一次有了这样清醒的认识：白人入侵和占领美洲给土著造成了极大灾难，而看看镜子就知道他自己的血管里也流淌着白人的血液。

看着阿兹特克太阳盘中央雕刻着的由神双手托举的两颗人心的时候，他忽然间意识到已经是中午了，在博物馆里他完全没了时间概念。于是他急忙向改革大道跑去，跑到筋疲力尽时，上了一辆出租车，前往中央广场。由于喘不过气来，他害怕地想，可不能再过于激动了，必须认真对待墨西哥城位于海拔两千多

---

① 特诺奇蒂特兰，阿兹特克人的首都，墨西哥城的前身。

② 埃尔南·科尔特斯（1485—1547），征服墨西哥的西班牙军事首领。

米高这一事实。坐在出租车后座上，他一面调整呼吸和整理思绪，一面不得不承认，参观了人类学博物馆之后，他再也不是原来那个拉美人了。他不停地去想象这座城市在哥伦布登上美洲大陆之前是多么壮丽辉煌，不停地去想象阿兹特克皇帝蒙特祖玛与那个金发、白脸的男人埃尔南·科尔特斯（印第安人祖先准确地预言出白人的模样）第一次见面后，那令人压抑的世界末日般的气氛是如何吓坏了惊讶的阿兹特克人。他本来对哈瓦那传奇般的历史以及瓦尔帕莱索那不确定的起源感到自豪，但现在他明白了，墨西哥民族存在的时间更长，这个陌生的体会，这几千年的时间概念对于他这样一个来自只有五百年历史的岛国的人来说是无法想象的。他点上一支香烟，换一种方式审视这座城市及其居民，这次他仿佛见到了墨西哥人的祖先正穿过特诺奇蒂特兰明净的空气，正穿过历朝历代、各座神庙和各场花之战争[①]，他感觉自己很渺小，心里想应该给聂鲁达打电话，把所有这些想法告诉诗人，问问诗人身体如何，问问诗人从前是如何理解墨西哥的。聂鲁达那时有时间去领会这一切吗？还是终日忙于领事工作、写诗、谈情说爱或沉湎于内疚之中？这一天的黎明时分，清风溜进他旅馆的房间的时候，他已经读完了马格雷探长的

① 花之战争，指阿兹特克三国联盟与敌对国家之间的战争。旨在获得战俘，用于祭祀。

又一个故事，确实相当有趣。

故事里，马格雷探长回忆起西默农来。这种有创意且令人开心的把戏（虚构的人物描写活生生的作者）让他对马格雷探长有了好感。探长住在电影中的巴黎，那里埋伏着种种危险，同行们也并非急公好义。现在他对探长的老婆露依莎更有好感：她为丈夫精心制作美味佳肴，比如，意大利佛罗伦萨式的熘肉片、白酒鸭、扁豆炖羊腿；她总是让家里保持干净整齐。让卡耶塔诺开心的还有书中那些罪犯、西默农让读者同情罪犯的本事以及马格雷探长经常喝酒和消磨时光的那些温馨的餐馆和酒吧，好像探长拖延回家的时间或者迟迟不肯审讯疑犯，仅仅是为了给他的父亲，即西默农，一些时间，以便其可以在书中花一些篇幅去描述复杂的心理活动和各种思考。似乎现在只要一读西默农的作品并分析一下现实，他卡耶塔诺就能够破解侦探小说家运用的某些手法——把侦探小说变成比较深刻和有思想的作品的手法。阅读完西默农的几部长篇小说，卡耶塔诺开始羡慕起这位作家平静的生活方式了。西默农这个人早晨不慌不忙地起床，跟老婆共进早餐，套房里布置了旧画，铺着木质地板；户外，秋风、秋雨敲打着玻璃窗户。这似乎还嫌不够，西默农漫步至方石铺路的街道尽头，看到了埃菲尔铁塔——他所在城市的永久和可爱的纪念。也许聂鲁达说得对：这类侦探小说熟悉侦探职业，能让读者了解赢得线人信任以及恢复案件本来面貌的计策。

他准备吃过午饭、喝完一杯龙舌兰酒后，开始阅读西默农另外一部作品。这一回，他要假装在上新生（新手侦探）的课程那样读书。他高兴地想，文学作品不仅可供娱乐，而且还有点用处。

莫妮卡·萨尔瓦特[1]在一幢破旧楼房的五层办公室里等候卡耶塔诺，那是医师公会租下的房子。莫妮卡年轻，黑发，黑眼睛，声音悦耳，几乎算是位美女了。她身上有着浓浓的柔情，这是安贺拉早就失去的优点。起初，在佛罗里达，他喜欢老婆那灵动活泼的眼睛，有时她会消沉地望着你，有时会十分果断；喜欢老婆那嘶哑但热情的声音；喜欢老婆那发亮的长发；尤其让他着迷的是那浓浓的柔情。因此，他毫不犹豫地就离开了美国，来到了地球的南端，因为他对她突发的爱意引领他来到了智利。安贺拉是在什么时候没了柔情的？他犯了什么错误使得她对他开始冷淡？他对安贺拉的激情是怎么从心里就溜走了呢？

"我查过档案了。我不得不遗憾地告诉您：一点关于布拉卡蒙特博士的资料也没有。"莫妮卡·萨尔瓦特把他从回忆中突然召唤回来了，"喝咖啡吗？"

她走出办公室煮咖啡的时候，他看了看那发黄的壁纸、布满灰尘的百叶窗以及她写东西时用的老式打字机。这办公室给他的感觉是荒凉，没有生气，是个死气沉沉的地方，厌倦了自身存

---

① 医师公会公关部负责人。

在的官僚部门。楼下，沿着起义者大道，车辆缓慢稳步行驶着，大巴士上挂着什么也没说清楚的街区招牌。莫妮卡回来了，端着一个托盘，上面放着两杯咖啡和一个铝制糖罐。他喜欢莫妮卡扭摆腰臀的样子，和古巴女人走路的姿势一模一样；当然也喜欢咖啡的芳香，肯定比智利人喝的难以下咽的饮料要好得多。

“更糟的是档案室里一片混乱。”莫妮卡端着托盘过来时说道，“你要找东西，总是找不到。”

“那您的建议呢？”他端起一杯咖啡，放入三勺白糖，一边搅拌，一边怀疑地望着那掺了水的咖啡，“我需要见到布拉卡蒙特博士。我来墨西哥就是专门找他的。”

“我不知说什么好。”她品味着不放糖的咖啡，这可是糟糕的兆头，“可您不是智利人吧？您说话不像智利人。”

“我住在智利。可我是古巴人。”

二人谈起了智利的事情，说到了古巴和墨西哥的不同。还谈到了阿连德、人民团结阵线和智利革命，说到了尼克松坚决反对智利的态度和做法。她问到智利所谓的社会主义道路会通向何方的时候，他不说话了。是古巴式的社会主义吗？还是什么不一样的模式？卡耶塔诺说他不知道，他的确不知道。谁知道呢？他说，连阿连德都不明白。但这事用不着那么担心，最后人们总会有活下去的办法，好像总会知道向何处去，只是现在不知道。他借用聂鲁达的话说道：“生活不仅仅是戴着假面具走台

(莫妮卡喜欢这个比喻),而且还是一种每天上午都重新抽奖的彩票。实际上,生活就是瓦尔帕莱索,时高时低,一切都有可能突变。只要突然找到一个意外的梯子就足以登高,或者踢到石头就足以滚下山去,在港口码头上摔得粉身碎骨。”“一句话,我们的生活里空空如也。”他断言道。“当然啦,有的只是死亡。”他稍稍纠正一下,喝了一口咖啡,很苦。

“我必须找到布拉卡蒙特医生。是生死攸关的事情。”他神情严肃地强调道,一面把杯子放到托盘上。“我在调查治疗癌症的草药,墨西哥恰帕斯地区有。”他补充道,“只有您能帮助我。”

“那我们就换个方式试一试吧!”

“什么方式?”

“查找档案的同时,应该找一找当年行医的大夫。肯定有人还记得布拉卡蒙特医生。过几天,我可以打一些电话。”

“您说过几天?莫妮卡,我可没那么长时间啊!我是说,那位病人……您知道我的意思。”

“明白。”她说着低下头来,“四年前这种病夺走了我母亲的生命。她逐渐消瘦,最后剩下了一把骨头,浑身疼痛。我母亲可是大好人,真可怜,吃了很多苦啊!”

“莫妮卡,真对不起。”他停了一下,摸摸胡子,等候她平静下来,“能不能尽早帮我?”

“明天您可以进档案室。主任不在。您可以随便找东西。”

她低头说道，眼睛是湿润的。

“您去找退休医生查询吗?”

“放心吧！我会的。”

“您确定能让我进档案室吗?”

莫妮卡发出一声叹息，对自己这么快就同情这个陌生人感到惊讶。

她补充道：“别抱太多希望。档案室混乱得一塌糊涂。并不是所有的医生都在公会里注册登记。但是，正如我母亲（愿她在天之灵安息）说的，做总比不做强吧……”

十四

卡耶塔诺很快就发现在这间昏暗、没有窗户的房间里很难找到有关布拉卡蒙特医生的资料，档案室里不仅存放着布满尘土的档案，还有成卷的电报纸、账本和废旧家具。室内干燥的空气开始刺激咽喉了，他只好垂头丧气地撤出阵地，回到莫妮卡的办公室。

她推测道：“如果那位医生 40 年代有四十岁左右，那么今天应该七十多岁了。这座城市里很难有人能活这么久。找到点什么吗?”

“没有。”他泄气地吼了一声，在莫妮卡对面坐了下来，“您不是要去查询那个时代的医生吗?"

"卡耶塔诺·布鲁雷先生,我把手头的急事一办完,下午就去。这里有位名叫乌戈·巴尔托洛托的律师在催我把希曼卡斯的档案拿出来。还是先说您的事情吧!有个问题让我很不安。"

"什么问题?"

"既然您找的是一位所谓的名医,而无论我还是办公室的人都没听说过,那这就有可能意味着……"

"……意味着医生死啦?"

"或者是他根本就没在公会登记注册过。"

"还有呢?"

"还有就是他的医学研究一直没进展,所以才没人认识他。"

"他是个招摇撞骗的家伙?"他泄气地问道。果真如此,聂鲁达可就没治了,这侦探式的寻找就是浪费时间了。

"可能吧!您不是告诉我他能治疗癌症吗?"

"别人是这么说的。"

"那么,既然是医生,又能治疗癌症,没人记得他就有些奇怪了,您说呢?"

他想着聂鲁达坐在"云椅"里,四周是图书和报纸,诗人努力写着回忆录,盼望他在墨西哥的活动能有结果。他回想起聂鲁达如今那体弱多病的老人和无奈的见证者形象,他只能眼睁睁地看着反动派围攻自己的朋友阿连德的政府以及自己疾病缠身的惨状。先是法国医生们的治疗失败了,接着是苏联专家失败,如今是他最后的希望(尽管他还不知晓)再次破灭,诗人本来寄希望于一位古巴医生(十几年前此人亲口对聂鲁达说自己可以使用草药对付癌症)。

他又快又含糊地说:"也许布拉卡蒙特医生早就离开了墨西哥城,所以没人记得他。也许在尤卡坦半岛的某座城市里,或者在美国,就像很多人那样嘛!"

莫妮卡说:"别妄下结论!他肯定是古巴人吗?"

卡耶塔诺把莫妮卡的电话号码装进口袋里,走出了办公室。二人商定,第二天晚上在市中心餐厅共进晚餐。这位小姐让他产生了好感:温柔、细心自然而然地从她手势、眼神、内心流露出来。他想,不管怎样,当个侦探真不容易。马格雷探长有时要用好几天的时间才能确定侦查方向。但不必过分迷信探长。尽管探长了解下层社会和收买线人,在一个像拉丁美洲这样混乱且突发和不可预料事件层出不穷的大陆上,办案很难有结果。如同杜宾先生[1]和福尔摩斯一样,马格雷探长可以在美国或者法国那样的稳定有序的国家里自由行动,那里有理性主义哲学思想统领人们的生活;有明白无误的法律法规给生活印下逻辑的烙印;有办事牢靠、有威信的机构;警察办事得力,恪尽职守,因而

① 美国作家埃德加·爱伦坡笔下的人物,是个大侦探。

人们遵守法律。但在拉美一切相反，盛行的是随心所欲和专横跋扈，是腐败和受贿，种种坏事都可能发生。在拉美，一个共产主义国家与多个现代资本主义社会共存，还与封建的（就算不是奴隶的）剥削天地同在。拉美有原始密林，那里的历史停留在山顶洞时代，欧洲侦探在这里毫无用处。这样，一切就简单、粗暴多了。在这个亚马逊、安第斯和加勒比的世界里，杜宾、福尔摩斯和波罗等大侦探那令人眼花缭乱的推理对于破案一点也不管用。问题在于拉美不遵循欧美的逻辑行事。就是马普尔小姐、马罗、山姆·史贝德[①]来这里也无济于事。

卡耶塔诺想，侦探犹如美酒，例如，朗姆酒、龙舌兰或者啤酒，都是特定土地和气候的产物，谁要是忘记这个道理，肯定失败。谁能想象得出菲力普·马罗站在哈瓦那大教堂前的样子吗？哈瓦那下午两点钟的阳光能把马罗烤焦，会有人抢走他的帽子和雨衣，而他全然不会察觉。或者谁能想象马普尔小姐（已经是上了年纪的贵妇人）很有尊严地缓缓走在利马的市中心呢？她只要尝上一口生鱼片就会中毒，利马阴险的计程车司机会把她从机场拉到一处偏僻的茅屋里，里面会有两个歹徒恭候她的光临。最后，人们在她身上连假牙都找不到了。如果那个娘娘腔的波罗撅着屁股、戴着雪白的手套穿过瓦尔帕莱索的卡尔多纳尔集市的话，又会怎

① 英美著名侦探。

样呢？窃贼会偷走他的竹杖、有金链的怀表甚至那顶蘑菇形的帽子。人们会当面嘲笑这些大侦探；野狗会疯狂地追逐他们；孩子们会凶狠地向他们投掷石块。现在，卡耶塔诺开始怀疑西默农的小说（虽然优美动人）对于他在格兰德大河[1]以南当侦探能有多大用处了。一位马格雷探长不能让拉美汹涌澎湃的现实平静下来。这就像是强求卞贝尼多·格兰达[2]在尼加拉瓜首都马那瓜或者洪都拉斯首都特古西加尔巴演唱舒伯特[3]的艺术歌曲，而不是波丽露舞曲，或者像是强求希莉亚·库兹[4]在第八街[5]的一个卸货场上模仿玛莉亚·卡拉斯[6]。仅仅墨西哥医师公会乱糟糟的档案对于福尔摩斯、马格雷和马罗这一群人来说，就是一个难以战胜和会令人精神失常的挑战，因为他们习惯于在宽敞、安静的大机关客厅（处于豪华大楼，有镶木花样地板、枝形烛台和层层帷幕）里翻阅整整齐齐、工工整整的档案材料。

卡耶塔诺乘上一辆计程车前往《至上报》报社。他自我安慰道，总算晚上还可以跟莫妮卡共进晚餐。途经查普尔特佩克公园、十九世纪大宅前面以及正在兴建的楼房的鹰架前面的时候，他

---

① 美国与墨西哥之间的界河。

② 卞贝尼多·格兰达（1915—1983），古巴著名歌手。

③ 弗朗茨·舒伯特（1797—1828），奥地利著名作曲家。

④ 希莉亚·库兹（1925—2003），美籍古巴裔女歌手，是拉丁地区国家级天后，被誉为萨尔萨舞曲天后。

⑤ 迈阿密的古巴中心社区。

⑥ 玛莉亚·卡拉斯（1923—1977），美籍希腊裔女高音歌唱家。

想，最好能在报社找到一位有经验的记者和一份整齐的档案。墨西哥城热闹非凡。这座城市好像正处于辞旧迎新的阶段，仿佛在抱怨失去了平静和古建筑的消失，但同时又赞美和渴望现代化的到来。市中心的各条街道挤满了流动商贩。到那里去散步的不仅有穿着时尚的人们，还有身穿土著服饰的妇女，还有头戴草帽、身穿牛仔裤的男人，好像路易斯·阿吉拉尔[①]的电影中的群众演员。卡耶塔诺觉得城市在计程车车窗后面分解为各种现代场景和传统场景，二者互相矛盾，像不连贯的碎片。他推测，或许布拉卡蒙特医生在墨西哥城熙熙攘攘的人群里带着他那神奇的药水正在转来转去；或许此时已经走在哈瓦那的街头，胸前挂满了革命勋章；或许正生活在面对着青绿色海水的金塔纳·罗奥[②]海滩的木屋里，隐蔽在密林中，如同他和安贺拉相爱时曾经梦想居住的地方。总之，布拉卡蒙特医生可能行走在任何一个地方，同时也可能哪里也没有他，很有可能已经不在人世，想着这些的时候，计程车正围绕着市中心的大广场和硕大的墨西哥国旗绕来转去。

十五

记者路易斯·塞万提斯问道："是安赫尔·布拉卡蒙特医

① 路易斯·阿吉拉尔（1918—1997），墨西哥演员、歌手。
② 墨西哥海滨度假胜地。

生，肿瘤病专家？”

这位记者的耳朵和嘴唇都很厚实，鼻子和面颊发红，像橡皮娃娃。这位六十岁的“娃娃”在一间墙壁有斑点、玻璃肮脏和窗帘褪色的办公室里敲击着打字机。

为了帮助记者回忆，卡耶塔诺补充说：“那时他四十岁。住在墨西哥城。研究恰帕斯地区草药的疗效。应该有知名度。”

“是墨西哥人吗？”

“一半古巴人一半墨西哥人。”

路易斯·塞万提斯双手放在打字机上，面露困惑的神色，想不起什么人姓布拉卡蒙特。他想道，在墨西哥，并非所有的医生都是名人，大概别的国家也如此吧！在墨西哥，甚至有居住在中心广场附近的医生还生活拮据呢！尤其是那些恪守医德的医者，给贫民区的人看病，那些穷人一辈子也没有什么机会体会听诊器放在胸部的感觉。

塞万提斯说：“对不起，我觉得那位先生既然专门研究草药应该是医生啊！可我感觉他更像是部落里的巫医和巫师，而不是在大学里任教的教授。您肯定他是医生吗？”

实际上，卡耶塔诺没有考虑过这种可能性。他再三分析过种种可能性，采取了一些预防措施，但是没有想过聂鲁达会把三十年前一位草药郎中与科班医生混淆在一起。为什么没有这种可能呢？既然诗人连安赫尔·布拉卡蒙特的母姓也给忘记了，那就有这种可能性了。当然了，诗人是不关心细节的，对，诗歌例外，可诗歌是另外一回事啊！他估计，这位记者不打算帮他。莫妮卡提醒过他，在墨西哥，“是”往往就是“不”，而“不”则要看情况了。塞万提斯不像医师公会那位女秘书有求必应，对他的出现似乎感到心烦。

这位记者说：“坦白地说吧！自从有个古巴人抢走了我大学的未婚妻以后，我对古巴人就没了好感。”

“我们彼此彼此。有个墨西哥人在迈阿密抢走了我老婆。那可是我准备跟她白头到老的女子啊！”卡耶塔诺迅速反击，如同小时候看的罗伊·罗杰斯[①]的连环画里掏枪的骑手一样，“但是，我不恨墨西哥人。那位朋友甚至还帮了我的忙呢！”

这位记者望着街道，一副思索的样子，好像看见了他过去的未婚妻从窗前匆匆走过。卡耶塔诺心想，也许这位专业记者说得有道理，安赫尔·布拉卡蒙特不是医生，而是把偏方当科学的家伙，更像在大教堂一侧等待买主的草药贩子，而不是外科医生。说不定是癌症破坏了聂鲁达的记忆力。但也有可能这是一种自卫的方法。既然当代医学不能拯救聂鲁达，巴黎和莫斯科的肿瘤病专家已经证明了这一点，那诗人现在把希望寄托在一位可以暂时救命的巫医身上是完全可以理

① 罗伊·罗杰斯(1911—1998)，美国诗人、演员。

解的。

卡耶塔诺指望这位墨西哥记者能够转变态度："真的没有办法找到那位先生的住处吗？人家委托我给智利一家报纸写一篇关于那位先生的报导呢！"

"可怜的智利人面临如今这样的处境，还有时间关心一个招摇撞骗的家伙吗？"

"求您只考虑一件事吧：布拉卡蒙特的草药有可能挽救智利一位被医院宣判了死刑的人的性命。"

"对不起。万事都有可能，谁也无法预料。"好像卡耶塔诺的话打动了他的心，塞万提斯若有所思地坦言道，"我有个相当机灵的助手，说不定可以帮助您。如果有所发现，我一定会告诉您的。"

"如果您能到旅馆找我，那就非常感谢了。要么通过医师公会的莫妮卡也行。能相信您吗？"

"完全可以。"

"真的？这里的人常说'可以'，其实仅仅是为了让你放心而已。"

"你说这里？"

"就是这里，墨西哥。很多人这么告诉我。"

"真他妈的！先生，这也看情况而定。一句话，相信我好了。"

“真的很感谢。如果安赫尔·布拉卡蒙特医生还健在,一定会有很多读者感到高兴的。”

“别担心,我会关注此事的。不过,您先告诉我:我的那位同胞是怎么抢走您的至爱的?”

第二章　玛莉亚·安东妮塔

十六

莫妮卡问："这件事你怎么看？"

卡耶塔诺和莫妮卡在玫瑰区的魅力餐厅（专卖玉米卷饼）的嘈杂声中要了尤卡坦半岛的爆米花、三杯龙舌兰酒、桑格利亚酒[①]和柠檬汁。有个三人合唱团在为一桌闹哄哄的美国人表演，这些美国人身穿夏威夷衬衫，哈哈大笑，已然喝醉。卡耶塔诺瞅了那张剪报一眼。那是一张典型的外交招待会上的照片，常常刊登在社交版面上。照片上有四个男子和三名女士面对镜头微笑。

"是你的亲属吗？"卡耶塔诺问莫妮卡。在来这家餐厅的路上，莫妮卡向他讲述了自己的家庭情况：母亲是俄国移民，父亲是墨西哥人；她自己是在克约阿甘区长大的，距列夫·托洛茨基住的地方很近，拉蒙·麦卡德[②]就是在那里用冰镐杀死他的。

她问："看见那个穿西装、戴领结的男人了吗？"

"是你父亲吗？"

“是安赫尔·布拉卡蒙特医生。地点是古巴大使的寓所。时间是1941年10月10日。”

卡耶塔诺再次拿起那张剪报，仔细看看人群中央那名男子。他越是把眼镜凑近剪报，那人的面庞就越是在无数的印刷斑点中显得模糊。他看出来那是一张瘦削的脸，大眼睛露出倦色，额头发际线很高，满头银丝，胡须浓密。他想：“这就是聂鲁达要找的那个人啊！”同时尽量克制着内心的激动。

“你在哪里找到的？”

“是记者塞万提斯给我的。文章没说布拉卡蒙特是医生。更糟糕的是，他的名字没出现在公会的登记册上。也许他从来就没登记过，或者根本不是医生。行了，给你吧。有这么个人。不是幽灵。塞万提斯是在那个年代的一本杂志上发现的。”

“应该给他什么答谢的礼物？”他目不转睛地注视着布拉卡蒙特的面孔。

“他只要基曼图出版社③的两本书和一瓶智利红葡萄酒就行了。”

“放心吧！我会给他寄去的。他是怎么发现这张照片的？”

---

① 用红酒、柠檬和果汁调制而成。

② 拉蒙·麦卡德(1913—1978)，苏联特工，受斯大林派遣去墨西哥做卧底。1940年杀害了托洛茨基。

③ 智利著名出版社。

"沿着古巴国庆日招待会的线索寻找。"

"如今布拉卡蒙特在什么地方?"他一口喝干了龙舌兰酒,又喝了一口桑格利亚酒,免得龙舌兰刺激肠胃。他想庆祝一下。墨西哥城之夜开始变得美好起来了。

"不知道。但至少你认识这个人的长相了。"这时三人合唱团正在唱《我们》。"你也知道了,也许这个人根本就不是医生。"

突然,一阵担忧涌上心头。如果布拉卡蒙特是那种走遍拉美各地、兜售神药的骗子,那对于聂鲁达来说,情绪上的影响会是灾难性的。服务员跑来为他斟满了龙舌兰酒。

"你认识照片上在他周围的人吗?"

那几个女士的头发都梳成丽塔·海华丝①的发型,个个袒胸露背。似乎活得很自信。男士们都穿深色西服,右手端着酒杯或者夹着雪茄。都是成年人,只有一个女孩站在布拉卡蒙特身旁。

"是他女儿吗?"

"是他妻子,大约二十岁。像是他的孙女。如今该有五十岁左右。无法找到她,因为不知道她单身时的姓名。你那位朋友不记得贝阿特丽斯②吗?"

---

① 丽塔·海华丝(1918—1987),美国著名电影女演员。
② 即布拉卡蒙特的妻子。

“我朋友认识布拉卡蒙特医生。可能不认识他妻子。”

贝阿特丽斯头发金黄，束向脑后，神情忧郁。好像芭蕾舞演员。从远处看，她最年轻、漂亮，不那么傲慢；从首饰上看，最朴素。这是卡耶塔诺的想法。

莫妮卡问他：“注意到图片说明了吗？”

“男士有名有姓；女士只有名字，没有姓氏。他们在庆祝古巴国庆。”

“你看文章里还提到即将举行为抗癌基金会募捐的晚宴……”

“那就应该是他！”卡耶塔诺又看了一下文章，叫喊起来，“那人就应该是我要找的安赫尔·布拉卡蒙特医生啊！莫妮卡，你真是个天才。他们拿到了基金会的电话号码吗？”

“我试着找过，但基金会已经不存在了。”

这消息犹如一桶冷水，泼得他通身冷彻入骨。他又喝了一口龙舌兰酒。

“我们就不能找到照片上其他人的住址吗？”卡耶塔诺问道，感觉心中又萌发了一线希望。

“他们都过世了。只有边上这个人的妻子除外。”她的指头落在照片的边缘上。“她是塞巴斯蒂安·阿雷曼的遗孀，右边谢顶的男人，他是国内最主要的啤酒公司最大的股东之一。她至今还活着。”

“要怎么样才能找她谈谈呢?”

“接近她很困难。卡耶塔诺,在墨西哥,有权有势的人们就像好莱坞的大明星。他们深居高墙大院,乘坐的豪华轿车都有黑玻璃遮挡,身边全是保镖。不过,走着瞧吧!看情况再说。”

十七

“请问您是巴勃罗阁下吗?”

“是我。”

“我在墨西哥城给您打电话。方便说话吗?”卡耶塔诺床上放着劳拉借给他的《聂鲁达诗选》。书是打开的,那一页这样写道:

> (隆萨德对你说过)女孩,等你上了年纪以后,
> 你会想起我曾经对你说过的诗句。
> 你伤心的乳房会哺育你的儿女们,
> 那是你空虚生命的最后几个新芽……

“小伙子,我在塞巴斯蒂安之家。刚刚看病回来,很累。你的电话把我给吵醒了。找到那个人了吗?”

“差不多吧!巴勃罗先生。”

“怎么会差不多呢?”

“就是说,没找到他的地址。但是,很快可以跟知道他下落的人谈谈。”

“这么说你还不知道他住在什么地方。”

“没人认识他啊!他没在医师公会登记。也许出国了。您能肯定他是医生吗?”

沉默。一声咳嗽。接着是那同样疲劳的声音。

“对我来说,那个时候他就是医生。不过,现在我想想,不知道他是不是有各种法律规定的医生头衔。小伙子,这问题提得好……”

“您不认为因为他是古巴人,有可能受革命影响而去了哈瓦那吗?”

再次沉默。

“在某个时刻,我们都曾被革命所吸引。”这话里飘浮着躲闪的意思。“不过,他……我不知道说什么。再说,那时候他有个漂亮、很年轻的妻子。你没查查他妻子的情况吗?”

“有一份那个时代的杂志,就是您生活在这里的时候,刊登了夫妻二人的照片。她叫贝阿特丽斯。巴勃罗先生,您说得对:那女人特别漂亮。她姓什么呀?”

“不记得了。我认识她的时候,她已经是他妻子了。我只记得她的模样。她是德国血统。绝代佳人啊!这可是某个特别注意看女人的家伙告诉你的。”

“不单单是注意看吧?”

“不单单是注意看。”他声音疲倦地承认道,然后改变了表达方式,“一句话,你一找到布拉卡蒙特医生的下落,就给我打电话,我再给你具体的指示。再重复一下:给我打电话之前,千万别跟他谈话!你要保证:一切都听我的!这位医生反复无常,为人谨慎。接近他要特别讲究方式。到时候,我会告诉你怎么办。”

他想,聂鲁达又故作神秘地情绪激动起来了。他极力让诗人放心。

“您别担心!我一定按照您的指示办事。”随后,他打算请诗人回到现实中来:“您健康情况怎么样?”

答话比他预想的要生硬。

“想听真话?”

他假装镇定。

“当然啦!巴勃罗先生。”

巴勃罗阁下很干脆。

“没救了。”

“什么意思啊?”

“就是这话:没救了。我周围的人,包括我老婆,都设法让我相信:我一定能康复。他们以为我很天真,不知道自己身上的病。每天早晨只要我照照镜子心里就明白了。镜子不撒谎。玛蒂尔德告诉我,就是骨头上的病。卡耶塔诺,可我知道自己要完蛋了。没救了。我和智利都无可救药了。阿连德患上了两种癌症:一个是不让他通过民主的方式建设社会主义的反对派;一个是来自盟友的:打算通过武力建立社会主义。他对老百姓的承诺是和平建立社会主义。但是,这些人会给他捣乱的。卡耶塔诺,人老了叫人伤心啊!尤其是有病的老人更糟糕。"

他想,不管怎样,聂鲁达情绪激动是有原因的。用几个相同的词语他便能指涉一切。这便是他所使用的隐喻,他声称这些隐喻是从大胡子惠特曼那里学来的,或者说是从那个喜欢变装的人那里学来的。可总得说点什么来回答诗人。卡耶塔诺于是选择了政治话题。

"物资供应还是有问题吗?"

"你以为这个问题一两天就能解决?"

卡耶塔诺觉得自己真笨,脸红了起来。

"当然不是了,巴勃罗先生。"

"卡耶塔诺,缺少食物和黑市捣乱,这两件事破坏了中产阶级对政府的信任。你知道这种信任破坏起来轻而易举。尼克松从外面拦阻我们出售铜。右派从内部破坏经济。卡耶塔诺,我们是不动声色的越南啊!"

也许是因为提到了战争,诗人恢复了斗争的勇气。不能错过这个机会。

“巴勃罗阁下，我们会让他们不得安宁！我去为您找那位医生了。现在您休息吧！很快会有消息的。巴勃罗阁下，要有信心啊！要有信心！”

十八

坐在轮椅上的老妇人用肯定的口气说道：“安赫尔·布拉卡蒙特去世好久、好久了。”

沮丧的情绪涌上了卡耶塔诺的心头，因为他本以为这位杰出的贵夫人能把他指引到布拉卡蒙特的所在地。就算是岁月腐蚀了这位百万富婆莎拉·米德莱顿的记忆力，仍然可以肯定的是布拉卡蒙特早已经去世多年了。卡耶塔诺坐在一把扶手椅里想道，不久的将来，这位遗孀就将只剩下客厅里的照片、油画；只剩下儿孙们礼拜天做完弥撒来看望她的回忆；只剩下位于波朗科的这幢新殖民主义风格的小宫殿、宫殿厚墙、法式屋顶以及木柱支撑的回廊。仅此而已。

卡耶塔诺固执地问道：“我们说的是同一个安赫尔·布拉卡蒙特吗？”

老太太双手拢在黑色的衣服上，生气地瞅了他一眼，问道：

“不就是那位研究草药的先生吗？”

“对呀！就是那位医生。”

“不对。他不是医生。”老太太纠正他的话道。从她衣服里传出一阵骨头在口袋里摇晃的咯吱声。“他研究草药，可不是医生。”

“是死在墨西哥城吗？”

“不知道他死在什么地方。反正都一样嘛！您认为死在什么地方很重要吗？重要的是死后去什么地方。不管怎么说吧！那人是好人。生物学家，或者植物学家之类吧！看工资的多少吧！有一段时间，他完全投入到抗癌工作里去了。后来，就从首都这个圈子里消失了。”老太太说道。她身边站着一位穿围裙、戴花边女帽的女子，如同塑像一样岿然不动。“我猜测他死于他研究的癌症。”

“您不认识布拉卡蒙特的亲属吗？”

“嘿，年轻人，严格地说，我跟他从来都不是朋友。可能在什么招待会或者仪式上见过面罢了。这就是全部情况。那人是从哪里冒出来的我也不知道。”她举起右手，上面戴着一枚钻石戒指。

总之，卡耶塔诺沮丧地想，如果布拉卡蒙特真的死了，那他可是走进死胡同里了。他琢磨着如何开口对聂鲁达讲。立刻打电话？还是等回到瓦尔帕莱索当面讲？他的近视眼从莎拉夫人的蓝眼睛转向几张挂毯，上面有猎狐的场面，悬挂在壁炉两侧；

然后，再转向枝形烛台下闪闪发光的像修士一样的家具。如何把这消息传送到聂鲁达耳中又不让他泄气呢？如果说智利的消息让诗人感到沮丧，那么布拉卡蒙特死后带走了草药秘密的消息可能会加速诗人末日的来临。

“您对医生的妻子贝阿特丽斯还能想起什么来吗？”

突然一声咳嗽，像闪电一样剧烈，撼动了老太太的身体。是一声嘶哑般的咳嗽，仿佛来自石膏像，里面是空壳。陪伴她的那位女子端来一杯有镇静剂的白水。

“她是首都的美女之一。”老太太说道，一面怀疑地看看水杯，虽然嘟嘟囔囔，她还是不得不喝药，“那医生很帅，很聪明，很有个性。他太有魅力了，尽管当鳏夫多年，还是跟一个可以当他女儿的姑娘结了婚。可是他才一去世，她就消失了。不晓得现在在什么地方。”

卡耶塔诺厌烦地想，恐怕得两手空空地回瓦尔帕莱索了。他觉得这两手空空还真的不是隐喻。严格地说，无事可做了。聂鲁达真的就需要这么一点点东西了。他不能加入说聂鲁达会康复的恭维人群中，不能跟着说诗人病情不重，但是也不应该把这个坏消息简简单单地通过电话传达给他。假如安赫尔·布拉卡蒙特去世了，老婆贝阿特丽斯也失踪了，那么一切都完蛋了。真吓人啊！任务结束了，必须打道回府了：回瓦尔帕莱索，告诉聂鲁达，他需要的那位医生，恐怕他再也见不到了。

“您知道贝阿特丽斯从事什么工作吗?”他怀着一线希望问道。老太太在椅子上眨眨眼睛,大概镇静剂起了作用。莎拉夫人的杯子里添加的仅仅是镇静剂吗?“就是说,除去医生妻子的身份外,她什么事也不做吗?”

“因为时间过了太久啦!”她弄得指头咯咯作响,就像一种加勒比地区的乐器。“既然您现在说到这里,我想起以前什么时候有人提到她当了寡妇以后在一所女子学校教过书。大概是教授礼仪课吧!或者其他此类课程。”

“莎拉太太,您还记得那所学校的名字吗?”

“叫‘四玫瑰’(Four Roses)。我之所以记得,是因为它很像威士忌的牌子。不过,这可是多年以前的事情了。安赫尔去世好久、好久啦!嘿,潘丘·维拉①,为什么对这么一对已经没人记得的夫妻如此大惊小怪啊?”

十九

“您说找贝阿特丽斯·德·布拉卡蒙特?”

“正是。她40年代的时候在这里工作过。”

---

① 潘丘·维拉(1878—1923),1910年墨西哥大革命中的农民军领袖。这里是老太太觉得卡耶塔诺很像潘丘,故此这么称呼他。有玩笑之意。

"玛莉亚,您记得有位女老师姓布拉卡蒙特吗?"

"您说她叫什么?"

"贝阿特丽斯·德·布拉卡蒙特。"

正在擦拭四玫瑰学院秘书室玻璃的老太太先把刷洗用的毛草团中的脏水挤在铁桶里,然后从桌子上方打量卡耶塔诺。她的视线扫过对方有丁香花纹的羊驼毛领带。她从来没见过有人佩戴如此鲜艳的领带;但是,她想,这就是生活啊!正所谓大千世界无奇不有。另外,还从来没有人打听过贝阿特丽斯·德·布拉卡蒙特呢!

她建议道:"也许德尔米拉夫人能帮助这位先生。"

"那就麻烦您领着这位先生去见德尔米拉夫人吧!"女秘书说道,接着又戴上眼镜,转身又用打字机填写表格去了,"你们去吧!我打电话通知她。"

玛莉亚领着卡耶塔诺穿过一座有游泳池和棕榈树的庭院,四周是石头走廊。她请他走进一间干净的办公室,里面摆满了书架,墙上有一扇有栅栏的窗户。在房间的一角,瘦小的德尔米拉夫人正在一张木桌后面写东西。她大约六十岁。金属眼镜框(让她显得心不在焉)下露出和蔼的笑容。

卡耶塔诺打过招呼后,问对方:"您认识贝阿特丽斯·德·布拉卡蒙特吗?"

"当然认识了。虽说好多年过去了,也很难忘记像她那样的人啊!”

他邀请德尔米拉夫人去附近一家玉米饼店谈谈。他需要喝些热饮,因为在计程车上,他看了几页《至上报》上的消息。智利的局势越来越糟糕了。卡车主们因为害怕革命会没收他们的车辆,刚刚订立一项协议:将很快举行不定期罢工。这会让食物短缺的情况更加恶化,会让商店前面的队伍排得更长。居委会试图保证公平分配食品,但是做不到。黑市更加猖獗。甚至连消防车和救护车都买不到汽油了。穷人们使用的煤油价格直线上升。对,他需要喝咖啡,加糖,浓浓的咖啡,就像迈阿密第八街上的凡尔赛或者大车咖啡馆煮出来的咖啡那样。

德尔米拉夫人从木桌后面提醒他:“三十分钟。”她似乎坚信,她这个年龄还可以在位于墨西哥城伯爵夫人区的这座声誉很高的四玫瑰学院教书是她值得自豪的一项特权。

二人离开了学院有裂痕的大墙,走在街道上,天上有云彩。片刻后,来到了一张摆放在人行道上的餐桌,旁边是一棵兰花楹树。德尔米拉小姐点了咖啡,还要了猪肉、乳酪、豆馅玉米卷饼,因为她早晨没来得及吃饭。卡耶塔诺只要了一杯美式咖啡,一面望着来来往往的车辆,一面不耐烦地等着热饮。他想,这里有农村的味道,远离巨大的市中心,显得愉快、安静。

“您干吗要找贝阿特丽斯?”德尔米拉小姐问他。这时,服务员把一篮玉米饼和鳄梨酱摆放在餐桌上。

“实际上，我是找她丈夫。”他尝了一口玉米饼，膨松、柔软，像修女的手。

“他去世很久了。”

“您肯定？”

“百分之百。她在这里工作的时候就守寡了。后来就失踪了。”

“怎么会失踪呢？”他问道，同时又拿起一块玉米饼，这一次添加了鳄梨酱。这家餐馆的手艺真不赖呢！他想道。“也许她死了？”

“有一段时间她在学院里教德语和礼仪课。可是成了遗孀后不久，就离开了。她丈夫去世的时间大约是 1958 年或者 1959 年。她是 1960 年走的。有个女儿。”

“女儿？叫什么？”

“缇娜。”

“在学院里念过书吗？”

“没有。不晓得去哪所学校了。”

“母女二人会去什么地方呢？”

“这是个秘密。她的同事们很久以前就退休了。她们都上了年纪。四玫瑰学院的特色就是聘请有经验的人任教。贝阿特丽斯是例外。”

服务员把他俩要的食物摆好以后就离开了。德尔米拉老师急忙扑到玉米饼上，开始惬意地吞食起来了。这条街道很长，家家户户关着门窗。阳光温暖着街道和餐桌。

“那您想不出来贝阿特丽斯可能去的地方吗？”

“这事没人知道。但如果您非问不可，我会说她是去了哈瓦那。”

“为什么呢？”

“可能因为她认识了一个古巴人。”她笑了一下，嘴巴里塞得满满的。卡耶塔诺仍然只喝咖啡。

“您是真知道？还是推测？”

“推测。”

他想像着自己的故乡哈瓦那：大海那边，防波堤上的大楼刺破蓝天，石头堡垒守护着海湾；阳光照在殖民地时期的建筑屋顶上。他呼吸着那吹过了女人腰臀和衣裙的海风，下午时分，这海风常在热带昏暗的门厅里打旋。他想像着贝阿特丽斯如何在一间卧室的蚊帐里做爱；她是被一场新鲜的革命吸引来的，游击队刚刚走下马埃斯特腊山区的根据地。他估计：如果60年代贝阿特丽斯是四十岁，那么如今已经超过五十岁了。既然他需要找的是安赫尔（已经化作了尘埃），那么为什么要操心他老婆呢？

咖啡味道好极了，至少比哈达德的好多了。他理理胡须，感觉在墨西哥就像在自己家中，而在智利自己却是外人。在墨西哥男子汉都以留小胡子为荣，在智利，革命者以留大胡子为傲，但阿连德政府的敌人则把面颊刮得光溜溜，头发上抹发蜡。

“关于贝阿特丽斯，您知道的全部情况就这些啦？”

“我都说过了。我想她是去哈瓦那了。”她又撕下一块肉饼。卡耶塔诺想，这该死的肉饼味道真香啊！但他仍旧只喝咖啡。

他问：“她跟您说过什么古巴人吗？”

“从来没有过。但有一次我看见她跟一个古巴人在塔古巴咖啡馆吃点心。她为我做了介绍。其余的事情就是猜想了。她那时漂亮极了。”

“布拉卡蒙特博士真的是医生吗？”

“我想是的。他相信印第安人早在西班牙人来到美洲之前就用神秘的草药治疗癌症。这是有一天贝阿特丽斯跟我讲的，样子显得很担心。”

“为什么担心？”

“她害怕。她说那是些危险的草药，可以救命，也可以害人。”

“布拉卡蒙特是怎么死的？”

“中毒。”

“是因为他自己的药水吗？”

“不得而知。但是，先生，他的死亡说明他跟魔鬼有约。”德尔米拉夫人说道，她的嘴巴里塞满了肉饼，手上连连划着十字。

二十

卡耶塔诺看到聂鲁达在云居室里正打盹，身上裹着毛毯。一部稿子躺在诗人的腿上；他双脚盖住了白皮木凳上的绿色斑点。壁炉里燃烧着几根松木柴。山下，城市在晨雾里若隐若现。司机塞尔希奥已经告诉他，聂鲁达刚刚从医院化疗回来。他从吧台的位置看着聂鲁达，听着诗人均匀的呼吸声，望着他的双手交叉放在腹部以及帽子歪在头部的样子。

突然，聂鲁达睁开了眼睛问道："找到那个人了吗？"

"巴勃罗先生，那人死了。"

"你说什么？"

"安赫尔·布拉卡蒙特医生已经去世了。"卡耶塔诺回答道。他不愿意变成每天用善意和同情的谎言敷衍聂鲁达的人中的一员，就像是把这位诗人当成孩子，而把死亡看成难以理解的事情。

"你肯定他死了？"聂鲁达把那部手稿扔到报纸堆上。卡耶塔诺的回答似乎印证了他此前的某种猜想。

卡耶塔诺慢步穿过起居室。

"百分之百地肯定。"

聂鲁达双手再次交叉放在腹部，大大地松了一口气，静静地注视着起居室的白色天花板。从塞巴斯蒂安之家楼下传来一阵忧伤、令人压抑的安第斯山音乐，这是一支走红的民间乐队用印第安人的五弦琴和号角演奏出来的。是政府电视频道的显著标志。

聂鲁达低头问道："他什么时候死的？"

"至少十五年前吧！"

聂鲁达咬咬嘴唇，一只手神经质地摸摸面颊。二人沉默了，陷入沉思，耳边传来木柴爆裂的劈啪声以及海鸥们在房子周围盘旋时发出的尖叫声。向海湾方向飞去时，它们像贴着苍穹滑过的白色十字架。聂鲁达的视线久久地追随着远去的海鸥们，仿佛它们有他寻找的答案；他还闻到了远方桉树飘来的浓香。

聂鲁达的结论："这正是我担心的地方。"

"巴勃罗先生，真遗憾。我尽力了。您想听细节吗？"

"卡耶塔诺，我雇你干什么来着？不就是让你去调查、回来把一切都告诉我吗！"

"情况不多。"他看看起居室，觉得好大、好大，像大海，"有人记得布拉卡蒙特医生是个浪漫的人。有人说他想入非非，不能把梦想化成现实。还有人认为他干脆就是浪费了生命，没有把他的研究成果记录在案。"

"连徒弟都没有吗？"

"巴勃罗先生，他连个笔记本都没留下。"

诗人连连摇头，嘟囔出一些听不明白的话。卡耶塔诺感觉在自己出国期间，诗人的面色变得更加发蓝。他悄悄在诗人对面的绣花扶手椅上坐下来，没让地板发出半点响声。

“巴勃罗先生，我已经尽力了。”

“布拉卡蒙特也许仅此而已，他就是一个追求死神迟到的天使。他没有成功，或许这样更好吧！”诗人无奈地说道。“要是我们永恒不老，那就太可怕了。永生可能很烦人。人活若干年后，生命就是一种烦恼了。”说完人生哲理后，他的话音里有种怨恨的情绪。是对永生的怨恨吗？诗人改变了话题：“你至少找到了他老婆吧？”

“差不多吧！”

这时，诗人改变了姿势和态度，好像想要愤怒地摆脱这坏消息带来的痛苦。

“这‘差不多’是什么鬼东西？”诗人生气地叫喊起来了，模仿着卡耶塔诺说“差不多”时的语调，“莫非现在你也热衷于像医生们和玛蒂尔德那样讲话了？你以为我是个白痴，别人说什么我就信什么？你看见他老婆没有？”

卡耶塔诺突然察觉到有冷空气从窗户缝隙钻进来了，心想诗人对这冷空气的感觉如何？死亡的寒冷与地狱的寒冷有没有区别呢？

卡耶塔诺解释说：“我没办法见到她。她叫贝阿特丽斯，可是没人知道她的姓氏。”

诗人瞅瞅双手。

“我记得她是德国人的后裔。她的姓氏可能是费希特。但不敢肯定。我认识她的时候,她是布拉卡蒙特的妻子。你是知道的,上了年纪的人记忆力简直就像一团浓雾。”

聂鲁达是不是有什么事情在瞒着他?可人家花钱不是请他来当心理医生的。他决定继续汇报情况。

“她现在好像住在古巴……”

诗人皱皱眉头,有些惊讶。

“她住在古巴?从什么时候开始的?”

“大约是从 1960 年。据一位熟人说,走的时候她已经守寡了。”

“她跟医生有儿女了,对吧?”

“有个女儿,名叫缇娜。”

诗人棕色的大眼睛似乎非常警觉,一说到女性他就这样。卡耶塔诺已经熟悉了诗人这个表情,一种总是伴有稍纵即逝的青春光彩的表情。

“这么说是个女孩。多大岁数?”

“60 年代初,她是个少女。果真如此的话,现在应该有三十岁。”

“真奇怪呀!”诗人说着,用手摸摸脸上的黑痣,“1960 年我也在古巴。我跟菲德尔·卡斯特罗谈过话。他不喜欢我的一首诗:说干革命的不是那些首领而是人民。有些作家、诗人和新潮共产党人为这事情攻击我。他们这些人,从来没为社会主义出过力,却指责我这个终生的共产党员不革命……总之,小伙子,别放弃呀!继续找那个贝阿特丽斯·布拉卡蒙特吧!”

卡耶塔诺再次感觉到诗人在做戏或者掩饰什么,好像躲藏在某件化装服里面,不是悬挂在楼上衣柜里的任何一件,而是藏在内心深处的那一件。莫非他实际上病得更厉害只是不愿露出沮丧的表情?卡耶塔诺觉得自己应该细心一些。

“巴勃罗先生,贝阿特丽斯有可能在古巴。但是我觉得她手里没有您感兴趣的东西。她在墨西哥女子学校教过德语或者礼仪课。”

“她教礼仪课,我不信。这个时候谁还在乎礼仪呢?教德语是可能的。她德语非常好。真奇怪!我怎么会不记得她的姓氏了呢?但她的确是半个德国人呀!”

“可她既然教德语,那么……”

“怎么样?”

“抗癌药物恐怕知之不多。”

他说出了这个可恶的“抗癌药物”。可是这话并没有吓住聂鲁达。

“你知道什么呀?我有很多知识都是女人教的。首先是我的奶妈特莉妮达，我亲妈死后，就是奶妈把我给养大的。卡耶塔诺，没有奶妈就没有我呀。”诗人口气肯定地说道，眼里突然有了一丝闪光，“小伙子，如果说现在有谁能帮助我的话，那就是布拉卡蒙特医生的遗孀：贝阿特丽斯。你必须找到她。现在我告诉你为什么。”

二十一

尽管聂鲁达有些疲倦，他还是和卡耶塔诺在德国大街漫步。是这位诗人想要边散步边呼吸下午清冷的空气，想要望着海湾谈话。二人路过阿里巴巴咖啡馆以及毛利剧院（门厅里悬挂着《三十九级台阶》的电影海报），途经马黛茶大街，那里的悬铃木还是没有叶子，穿过吉列尔莫·里维拉大街，那里有三家商店在路口，随后到达圣胡安·德·迪约斯山上的英式建筑群——卡耶塔诺在这里租了一间房。从港口方向飘来一阵阵起重机和链条的回声，还有一种浓烈的盐水香味。这让诗人感到高兴。

“你不得不再跑一趟古巴。”聂鲁达说道。二人在通向建筑群的石阶上坐下来。有一群狗在一个出售面包和饮料的路边小摊旁边打盹；摊子上挂着个牌子，写着“没有黄油了”。再过去一些，有几个孩子在玩“滑板”——木板下面有小钢轮的车子。阳光照在石路上，使其发出亮光。

“您要我去古巴？”

“对，但是别让人知道你去那里的目的。”诗人把帽子压得很低，盖住眉毛，不让别人认出他来。

“可您认为贝阿特丽斯·布拉卡蒙特能帮忙？”

“确信无疑。”

“这样一来我就更不明白了。”

二人看到那些孩子们在一辆军车经过德国大街时把“滑板”藏在一辆汽车下面。

“我不是因为需要草药才让你去找贝阿特丽斯。”聂鲁达说道，同时望着坐在卡车后部、手持刺刀的士兵们。

“不是为草药？那是什么原因？”这么说聂鲁达真的有事瞒着他呢！这位诗人不仅随意玩词语游戏，而且躲在词语后面拿人开心。劳拉说得有道理。他的侦探直觉没有欺骗自己。

聂鲁达看看他脚上咖啡色皮靴的厚鞋底，一言不发。诗人一离开那温暖如春、有壁炉燃烧的云居室，坐在这里的台阶上，就是个默默无名、无依无靠的市井小民了。一辆开往厄瓜多尔小广场[①]的微型巴士在他俩面前停下了。从车内走下来一位中年美妇人，走路笔直，还有她丈夫，留着胡子，西装革履；夫妻身后跟着一个身材不匀称、头发乱蓬蓬的小伙子，身穿共青团的深

① 属于瓦尔帕莱索市中心区。

红色衬衫。

卡耶塔诺跟这对夫妻打招呼："你好，罗伯特阁下！你好，安海利卡夫人！"

这一家人是卡耶塔诺的邻居，老老实实，和蔼可亲。男人支持阿连德，但是在老字号的斯坦姆太平洋海运公司工作。有时，他老婆邀请左邻右舍到家中品尝海鲜馅饼，味道美极了；或者吃令人难忘的海带色拉；在多雨的下午，她用秘鲁派塔出产的粗糖制作蘸糖炸果——卡耶塔诺一辈子也没吃过那么美味的食物。春天，他太太栽种西班牙玫瑰和荷兰郁金香——鲜花盛开恍若身处欧洲的花园里。她丈夫则利用闲暇时光仿制英国船只，然后仔细放入玻璃瓶中。

"自自然然，就这样子。您和太太好吗？"罗伯特回答道，一面微笑着跟诗人打招呼。

"我跟过去一样继续打拼，我老婆出差去了。"

"那么如果您愿意，改天来家坐坐。可能您就不那么孤单了。"罗伯特说道。然后，转向聂鲁达，说道："我儿子做的事情跟您一样：也是共产党员，也想当作家。"

聂鲁达问他儿子："小伙子，都写什么呀？写诗吗？"

听了这个问题，小伙子脸红了。

他声音颤抖着回答道："巴勃罗先生，我写短篇小说。将来要写长篇小说。"

聂鲁达一本正经地说:“不赖。这个国家要是掀起一块石头来,诗人们就会像野蘑菇一样满地乱窜。应该写写长篇小说啦!等你写长篇小说的时候,把我这句话写上去!别忘了啊!你保证做到吗?”

“巴勃罗先生。我保证。”

这一家三口继续爬坡,向商船队社区走去了。此时,那辆微型巴士已经沿着德国大街一路排放着黑烟渐渐远去。马路旁又只剩下聂鲁达和卡耶塔诺了。他俩谁也没说话,而是望着那艘瓦尔帕莱索颇具传奇色彩的威力号拖船翻动着海湾的水面。

“好了。注意听我说,下面的话非常重要……”诗人双肘撑在膝盖上,继续说道,“无论如何,你都应该找到贝阿特丽斯·布拉卡蒙特。从现在开始,这就是你主要的任务。如果说我活到这把年纪还对什么感兴趣的话,那就是你找到她并且告诉她……”

聂鲁达还没有揭开面纱呢。

“告诉她什么?”

聂鲁达看看皮靴的亮光,又抓抓眉毛,犹豫不决,惴惴不安,斜视了卡耶塔诺一眼。

“巴勃罗先生,我该对她说什么呀?”

“你就说:我想知道……不,最好说:我要知道……”

“行啦!巴勃罗先生!今天应该用开瓶器把您的话掏

出来。”

“你对她说：我想知道1943年出生的那个女孩是不是我女儿……”

诗人悄声说出这个秘密。卡耶塔诺有种从云端坠落下来的感觉。

“怎么回事啊？”

“就是这么回事啊！”聂鲁达沉着地强调道，“用不着大惊小怪！类似的情况你将来也会经历的。我说过了：生活就是一种狂欢节，里面充满了乔装的人和让人惊讶的事情。”

卡耶塔诺迅速梳理线索。他们谈论的是缇娜或者别的什么女孩吗？假如1960年时缇娜是个少女，那日期就太吻合了。肯定是她。他要摸摸底。

“可是，巴勃罗先生，您跟我说过，贝阿特丽斯与布拉卡蒙特结了婚啊，对吗？”

“难道是巴黎的鹳鸟把你带到这个世界上来的吗？你生下来如此还是到了智利以后成了傻瓜？”

他抓住了诗人的弱点，不无调皮地反复讨论这个话题。

“来，来，来，这么说您是安赫尔·布拉卡蒙特之妻的女儿生父啦？”

“这是我的推测，也是你应该加以证实的事情。”诗人有些不悦地回答道。

“巴勃罗先生，这事可吓人一跳啊。”

诗人没理睬他。他听见诗人嘟囔了一句什么。

“我走过我们人生的一半旅程/却又步入一片幽暗的森林……①”

“您说什么？”

“是意大利文。但丁写的。等你上了年纪就明白了。但丁写的东西总是与生命有关系。糟糕的是人们对他的话觉悟得太晚了。”

诗人又在给他上课了。聂鲁达想要在这新行业里当他的导师，可他卡耶塔诺做出了反抗。

“那么，寻找安赫尔·布拉卡蒙特医生就纯粹是个借口了，对吗？”

“这是我接近她和考验你的方法，亲爱的朋友。现在我至少知道你办事谨慎，有能力做好调查。”

诗人继续在玩隐喻、意象和漂亮话。诗人嘛！都这样。卡耶塔诺明白了为什么大家不相信诗人说的话。他没退缩。

“不管怎样，总之您就抓我来办这个差事了。这是显而易见的嘛！巴勃罗阁下。”尽管他话里有责备对方的意思，可是口气温和多了，差不多就是在妥协。

---

① 原文为意大利文，Nel mezzo del cammin di nostra vita / miritrovai per una selva oscura...

“这么说吧！唯一重要的就是找到贝阿特丽斯，问问她：跟布拉卡蒙特结婚后，1943 年出生的那个女孩，谁是她亲生父亲？是布拉卡蒙特？还是我？”

话都说完了。诗人起身，看一眼平静的海湾，真像一个装满水银的大盘子。卡耶塔诺站到诗人身边，小心翼翼地重提刚才的话题。

“那个时候您是医生太太的情人吗？”

聂鲁达再次表现出平易近人的样子。

“卡耶塔诺啊！我一辈子有很多情妇。要是没她们，可能我就写不出诗来了。莫非你以为诗歌是从空气里飘出来的吗？”

“我原以为来自灵感。”

“卡耶塔诺，诗来自人的生活。来自希望和计划，来自失败、失眠和失意，但是要由我们内心隐秘的一部分进行加工，那是心灵的一区，至今让我难以找到，然后嘛，然后嘛，就像那天我说过的，诗歌就流淌到了纸上了。”

“或者说流淌到了您那皮革长椅上，很遗憾，我得告诉您：它都让绿色墨汁染脏了。”

卡耶塔诺在夹克衫里找香烟，没找到。路边小摊那边传来一首保罗·安卡[1]的歌，唱的是出神和远方，这让他模模糊糊地

---

① 保罗·安卡（1941— ），加拿大音乐家。

回忆起哈瓦那童年时的黄昏。

小摊又挂出一个纸牌，手写的告示说：香烟和木柴已经售完。他想，断绝供应也是一种癌症。

聂鲁达低声道："大家都以为我只有过一个后代：可怜的女儿玛尔娃·马丽娜[1]。"二人开始下台阶。远处，那几个孩子仍然在玩滑板。"卡耶塔诺，我可是柔情和急躁地等着她的降生啊！我第一次看见她那小婴儿的身体上长着一颗大脑袋的时候，简直吓呆了，难以相信啊！我就纳闷了：这事怎么就恰恰发生在我身上呢？我一心梦想着有个孩子啊！她长着一双明亮、清澈的眼睛，翘翘的小鼻子，精致的笑容。我努力说服自己：长大以后她头部和躯干的比例就会正常了。我不信这是自欺欺人。可是，卡耶塔诺，脑积水是不治之症啊！为了不受折磨，我离开了玛尔娃和她的妈妈，因为要是我继续折磨自己，就永远不能写作了，写不出我想写的诗作了。结果，后来我写出来了。明白我的意思吗？"

卡耶塔诺不知说什么才好。开始下毛毛雨了。金属薄板的屋顶失去了光泽，使得城市的颜色暗淡下来。太平洋的海水缓缓地晃动着，摇向海平线。说什么好呀？诗人吐露出的心声让

① 玛尔娃·马丽娜(1934—1942)，聂鲁达与第一任妻子玛莉亚·安东妮塔所生。

他困惑，诗人的痛苦让他悲伤，如果诗人泄气，他会害怕。但是，他觉得那抛弃妻女的理由（为了完成写作）实在没有说服力，也显得心胸狭窄，因为女儿出生时他已经有了创作冲动，无论怎样都是可以写出来的。不过也许几个星期过后，诗人的怀疑态度和难以掩饰的脆弱性格占了上风。他想，自己应该更宽容一些，也许正如诗人所说，自己还太年轻，生活中有许多事情需要理解。

诗人继续说："我承认有些事情是说不明白的，比如我离开她们母女二人。这一辈子，我多次临阵脱逃。严格地说，我总是逃避周围的环境。我逃离了荷席。后来，又把女儿玛尔娃和她母亲扔在被纳粹占领的荷兰。还有，我动员了外交方面的影响力，阻止她们母女二人跟着我的智利同胞一道撤退。"

卡耶塔诺觉得自己至少正在学会宽容诗人被迫道出难言之隐时所流露的自我膨胀意识。他仅仅提了一个问题。

"为什么呀？"

"仅仅因为我担心她俩一旦到了智利会让我的日子很难过……"

这太过分了！对着之前他越来越崇敬的诗人，他突然产生一种蔑视的感觉。这让他心痛。最好刹车，最好别让苦涩淹没了甜品，再把整块甜品都咽下去。

他伤心地建议："巴勃罗先生，该回家了吧。"

“卡耶塔诺，为了我们的幸福而让他人枉死真是可怕呀！可通向个人幸福之路是用别人的痛苦铺垫出来的啊！”

卡耶塔诺心想，这番见解可安慰不了任何人。但自己的意见还是保留为好吧！他现在应该承担责任了。二人沿着瓦尔帕莱索的高处弯弯曲曲回家去；街道两侧是真正的瞭望台：有平台，有窗户。聂鲁达的住宅紧贴着毛利剧院，从远处看去像一座彩色金字塔，高出城市的背景之上。忽然间，他很想辞职，放弃这个调查工作以及私人侦探这个行业；可是他立刻就明白了：不能这样做。还有一个原因：是聂鲁达培养他这个侦探的。

“您是怎么跟贝阿特丽斯分手的，巴勃罗阁下？”他鼓起勇气问道。

“我一听说贝阿特丽斯怀了孕，就跟她绝交了。”

他还明白了：当侦探就得有各种准备。人家攻击你，你就得用一切手段自卫。用不着害怕别人说三道四，无论言语多么粗暴；这是个悖论，粗暴可以打开调查之门。

他明白无误地问道：“您抛弃了贝阿特丽斯？”

“我害怕了。你一辈子都没害怕过吗？那时我以为命运再次捉弄我，给我设了一个陷阱。我和她的爱情转瞬即逝，是一时的狂热。她那时候二十几岁，她丈夫四十几岁。我和她偷偷在索卡洛广场附近的一家小旅馆里见面，旁边就是塔古巴咖啡馆。有时，干脆就在她家里，利用她丈夫工作的时候。”

“您后来没有再找她谈谈吗?”

“那个时候我再也不想见她了。她告诉我是我让她怀孕的时候,我没相信她的话。那个时候,我不想当爸爸。玛尔娃·马丽娜给我留下的荒诞离奇的噩梦始终挥之不去。那时候,我有德莉亚这个女人觉得很幸福,她有钱,社会关系多,我的名声越来越高,我的诗歌在全世界流传。要是我找了一个背叛丈夫的女人,肚子里又怀着怪胎,我又毫无办法对付,那可怎么办呢?于是就离开了她。”

“真他妈的……巴勃罗阁下……”

“你想说什么?”

“不知道,我是说……有些事是不太一样的……”

“看来人很难成熟啊! 卡耶塔诺。面对生活人总是他妈的乳臭未干;等你成熟的时候,为时已晚,因为死神已经来到你门前了。四十岁的时候,对于当不当爸爸我不在乎。诗人这个身份要求我必须拿出全部的时间和做出全部的努力才成。后来我得知贝阿特丽斯生下一个女儿的时候,并没有激动。我决定把这一章从生活里撕掉。一直到现在,卡耶塔诺。”

如今,全世界都公认他是个杰出诗人,各国的读者都用仰慕的眼光望着他,但是,过去错误的阴影笼罩在这个男人及其名誉之间,而他又没办法推开这个阴影。或者还有办法? 卡耶塔诺起了同情心和责任感。无论他的这个第一个客户(也是帮他成为侦探的人）的过错应该受到何种良心的审判，是否还有亡羊补牢的补救办法就取决于他了。有个任务他必须完成。

正如巴勃罗阁下所说明的那样：是个期限问题。

“在我闻到了死亡的气息之前，这一切都无所谓。”他声调变了，加快了语速，“不错，年轻的时候闻见过死亡的气息。写过‘死亡，在吊床上/在缓慢的床垫上，在黑色的毛毯里/她活活地伸展，她突然吹气/她吹出黑暗的声音，吹涨了床单/许多许多眠床，一起航向港口/她就站在那里，像一个海军上将’。”引用完了自己的作品，他又说：“死神像一个海军上将在等着我们大家，对，这就是我年轻时闻到的气息。但是，卡耶塔诺，那不是我的死神，不是真的，不算数！明明白白的死神，什么也不说就来到眼前把尸体集中起来的死神，还在前来的路上。”交谈之间，二人在一所公立学校前门停下脚步。从黄色的校墙里传出一阵阵孩子们课间休息时震耳欲聋的玩耍声。“卡耶塔诺，现在我想知道这个女儿是我的吗？还是布拉卡蒙特的？再说一句坦白的话，行吗？”聂鲁达停顿一下，一个他不认识的聂鲁达严肃、紧张地盯着他，“我需要她！她应该是我的女儿啊！”

这一声高喊让卡耶塔诺怀疑诗人头脑是否清醒。

“您能肯定吗？”他试探性地问道，想试试诗人是不是真的有这个需要。

“我的几个女人都没有给我生出子女来。荷席没为我生育，她是个醋坛子；那个独眼巨人式的玛莉亚·安东妮塔生下一个怪胎；那个矫揉做作的德莉亚也没有生育，我认识她以后，肚子一直是瘪瘪的；玛蒂尔德也没有，她流产了好几次。卡耶塔诺，生活里的一切我都有了：朋友、情人、名声、金钱、威信，甚至给了我诺贝尔文学奖。可是，我没有子女。贝阿特丽斯是我最后的希望了，是我把她这个希望埋葬掉的。我愿意用全部诗作换取那个女儿。”二人顶着毛毛细雨继续前进。孩子们的叫喊声已经减轻了许多。“卡耶塔诺，子女可以让你流芳百世，而不是作品；是血液，而不是墨水；是皮肤，而不是书页。所以你应该查清楚贝阿特丽斯的女儿是不是我的。亲爱的朋友，你得去一趟古巴，找到贝阿特丽斯，在死神来抓我之前，把真相告诉我。”

二十二

玛莉亚·安东妮塔·哈根·沃赫尔桑是在爪哇岛的英国乡村俱乐部走进我的生命。那俱乐部旁边有一条蜿蜒的大河，名字已经忘记了。那是一个清风吹拂的上午，天上有棉花般的云朵，空气里充满了河水带来的沼泽气息。与她的相遇纯属偶然：我路过网球场，她跟另外一个女子在里面的草地上玩球。英国移民区有自己的俱乐部、餐厅、商店和办公室，出入这些场所的只有英国人、外交官和少数本地精英。我不常去那里，因为我讨厌那里的殖民主义姿态。但是，那一天，孤独——也许是命运安排，天晓得啦——拖着我的脚步到了那个地方。

玛莉亚·安东妮塔立刻引起我的注意。她个子比我高，动作缓慢而优美，皮肤白皙，四肢修长，头发黝黑，身影反映在水浪起伏的河面上。由于之前我已经看惯缅甸女子轻盈、小巧的身段，因此她那强健女像柱般的身躯和瓦尔基里[①]般的朝气迷住了我，于是决定等候她俩比赛结束后上前做自我介绍。

在某个时刻，我是不是真的爱上了她呢？如今，我坐在云居室，扪心自问。我呼吸着瓦尔帕莱索这凄惨的空气：连续的地震、巴拿马运河的开凿和圣地亚哥中央集权的压制，都与瓦尔帕莱索作对。玛莉亚·安东妮塔给我留下的记忆有她那踝骨粗大的长腿、坚挺的乳房、像沙滩上一些小石子颜色的粉红色乳头。我还记得她那喜欢探究的眼睛，后来随着时间的推移，里面的光泽和意蕴都逐渐消失了，取而代之的是生气、冷漠的神情。我俩做爱的时候，她的呻吟听起来像男子低沉的嗓音，让我感到慌乱和只身国外的孤独。我承认，她很高尚、勤奋和诚实，像荷兰农妇；她信任我，好

① 北欧神话人物，前往战场选择优秀阵亡将士进入圣殿。

像从来没有如此信任过什么人。

早晨,钻进我俩蚊帐里的阳光照亮了她的大腿。随后,阳光又点燃了她那金黄、稀疏的阴毛,慢慢爬上她的腹部,那里隐藏着带阴影的肚脐;接着,登上她的乳峰——那是我急切吮吸的地方。我欣赏着那阳光静静地舞蹈,感到陶醉。她的名字可真怪呀!玛莉亚·安东妮塔·哈根·沃赫尔桑!现在我一遍又一遍地念叨着这个名字,品味出智利拉里瓜地区的焦糖牛奶酱夹心饼干和阿姆斯特丹的街道名。遗憾的是我俩同居时我不懂得珍惜她。哈根中的字母"g",明快有力,如潺潺的溪水,飞溅、流淌在树阴下的石头上。沃赫尔桑第一个字母"V"听起来像果断的唇音"f",感觉热烈,那个"z"好似一种冒火星的哼声,如同擦过耳边的一支箭。沃赫尔桑估计是用荷兰语唱的一首歌。但那时我不想听她名字中的音乐。我这个来自乡下的无知青年,身上散发着南方雨水打湿了的羊毛斗篷气味,执意要把她的名字变成一个小气的玛露卡。这个玛露卡怎么能与玛莉亚·安东妮塔·哈根·沃赫尔桑的快乐、响亮相比呢?

我认识她的时间是1930年,地点在爪哇;抛弃她的时间是1936年,地点在西班牙。甩了她的原因是我有了德莉亚。后来我再也没提过玛莉亚·安东妮塔。只是在两首诗里提过她的名字,也是一笔带过。抛弃她的同时,也就抛弃了我俩的女儿，可怜的玛尔娃·马丽娜。此举迫使她疯狂地追踪我。怨恨是不会自行消失的，时间越长越厉害，时间是怨恨增长的最佳肥料。在智利，她甚至与当时的暴君、那个无耻的卖国贼加夫列尔·冈萨雷斯·魏地拉①联手消灭我。她绝对不允许我和另外一个女子幸福地生活在一起。

如今我承认一开始我和她相处得很好，她的为人没有让我不满意的地方，虽然她个子比我高。我俩勉强能用英语沟通。她不会说西班牙语；我不会说荷兰话。我的英语知识总是不够使用。我喜欢散漫的生活，喜欢诗歌；她喜欢讲究实际和井井有条的生活。我总是入不敷出；她喜欢攒钱。我俩在相识后的第四个月就在印尼雅加达结婚了。结婚那天，没有料到，我是在玛莉亚·安东妮塔与一个长期追求她（总是在网球场旁边等候她）的荷兰会计之间横刀夺爱。为什么我要搅乱一桩婚事？为什么我把她从命运设计的轨道上拉开？如果他俩成婚，她也许在爪哇岛上生活幸福，也许会用荷兰话跟丈夫做爱，也许会不时地回鹿特丹探亲，也许会欣赏她一向崇拜的欧洲人的干净整齐。一个没前途、没财力、来自另外一个半球的可怜且忧伤国度的领

① 加夫列尔·冈萨雷斯·魏地拉（1898—1980），智利政治家。1946年至1952年担任总统。在美国压力下迫害共产党和进步人士。聂鲁达四处演说攻击该政府。

事，就应该独自回到他那慢慢日落的安第斯山。要是那个礼拜天我留在家中不在网球场边停步，也许唱的就是另外一首歌曲了。

如果我没记错，我和玛莉亚·安东妮塔之间的关系就在结婚后不久开始出现了裂痕。玛露卡患上了一种怪病，造成第一次流产。那几个月真是痛苦至极。儿子没了，看病花去了我俩的积蓄。玛露卡没有痊愈。由于1929年全球经济大萧条，智利政府减少了我的薪水，也无力支付我俩返回智利的旅费。结婚当年，玛露卡就对我没了热情。为了跟她做爱，我不得不拿荷席说事：荷席柔软的皮肤、荷席的微笑、荷席有幽香的禁果向我敞开。

1932年我俩乘船离开了雅加达，船名很漂亮：彼得·科内利斯·霍夫特，一位著名的荷兰作家。终点是瓦尔帕莱索。到了智利以后，玛露卡谦虚谨慎，老实忠诚，做了很多牺牲。即使居住在圣地亚哥市中心一间没窗户的套房里，她始终在我身边，我的朋友们在我家常常逗留到天亮，而她一点也不明白我们为什么会哈哈大笑，也不理解我们的话题。语言把我和她分离开来。由于又得到了一个领事的位置，我摆脱了贫困，离开了祖国。这一回是去西班牙。在那里我认识了德莉亚。一想到玛莉亚·安东妮塔在我俩逗留马德里的几周里那副不知所措、提心吊胆的样子，我就备受折磨。她一明白我有了外遇而要抛弃她的时候，那副绝望和无奈的神情至今还在我脑海里萦回。德莉亚有文化教养，气质高雅，比我大二十岁，与欧洲的知识精英有密切联系，那时正在附近一座城市里焦急地等着我。打点行李，锁门，我走了，丢下了玛莉亚·安东妮塔和我们的女儿。为什么幸福一定要建筑在别人的痛苦之上呢？如今我已经日薄西山，在瓦尔帕莱索等候死神的到来，玛莉亚·安东妮塔啊！我恳求你饶恕我！心灵高尚的妻子，原谅我背叛了你和玛尔娃·马丽娜；原谅我利用了你的忠诚和纯洁；原谅我把你扔在那可恶的环境里；原谅我忘记了你，而疯狂地在西班牙共和国被轰炸的街道上狂奔，去和德莉亚会合。

二十三

卡耶塔诺一走下那架俄式飞机，来到何塞·马蒂机场炎热、潮湿的地面上，就立刻感受到自己与古巴岛的深刻联系。他觉得那绿色草坪认出他来了，像拥抱老朋友一样拥抱他。离开哈瓦那的时候，他还是个孩子。他经常回忆哈瓦那，但模模糊糊、矛盾重重。记忆中还保留着古巴的颜色、声音和芳香，保留着水果的味道、女人性感的模样、男人说话时夸张的表情以及吹拂着街道的咸味海风。热风、花香、炎热的沥青路面、门厅里的阴凉，所有这一切一下子就与他那颗古巴心协调一致了。古巴把阳光、节奏、对生活的酷爱早就注入到他的血液里，成为把他和祖国永远捆绑在一起的东西，把他变成了永远怀乡的人质。

拿出护照给身穿橄榄绿制服的警员检验，这些警员的样子与从马埃斯特腊山区下来的大胡子游击队员还有些许相似之处，然后上了一辆安基亚斯牌轿车[①]，在“禁猎区”里的一家摇摇欲坠的旅馆住下来。旅馆名叫“总统酒家”，是座简陋的建筑，面对外交部大楼、一座体育综合馆和美洲之家大厦。下楼在周围街道上走走，感情是复杂的，既有无依无靠的感觉，又有辨认出阳光下的街道和建筑物后产生的兴奋。哈瓦那已经老掉了牙，需要整修，但依然美丽，透出一种令人愉快的乡村宁静。在一家名叫“卡尔梅洛”的咖啡馆门前排队；有了座位以后，他要了咖啡、刺果番荔枝水和夹肉面包。他想，瓦尔帕莱索人不懂得这种加糖的浓咖啡，也没闻过这种番荔枝水的浓香，不知道这种传统的夹肉面包的可口。

卡耶塔诺想，应该安排一下即将采取的工作步骤，否则的话，会失去方向，西默农的小说也帮不了他的忙。聂鲁达意外地说出了心事，随即改变了交给他的任务，这让他感到不知所措。他真的意识到自己肩上的责任了吗？现在已经不是找到那位可

① 1951 年由美国克莱斯勒公司生产，有光亮的彩漆和松松的排挡。

以推迟死神来临的医生了，而是要找到聂鲁达为了安息而需要知道的秘密——一个女人掌握的秘密。

他吞下夹肉面包，又要了一杯咖啡，喝完后走出了“卡尔梅洛”，离开前给了服务生一些慷慨的小费，告诉他：很快再回来。乘上一辆安基亚斯，驾驶员是个白发、鹰钩鼻的西班牙加利西亚人，很像马龙·白兰度①；他请司机上防波堤大道，去哈瓦那旧城区转转。他急不可耐地想看看全城。贝阿特丽斯·布拉卡蒙特真的在古巴吗？就凭墨西哥一位女教师的推测，他就来一趟古巴，这明智吗？就在思考的同时，他看到了墙皮脱落的楼群，街道上的流水，在空空的玻璃柜商店前排队的人们以及光着屁股玩球的孩子们；但是，他想，海浪有节奏地对防波堤的冲击以及殖民地时期建筑上的阳光依然保留着童年记忆中那震撼性的美感。他看到了市中心挂着硕大的标语牌，歌颂菲德尔·卡斯特罗和古巴革命，悬挂着切·格瓦拉和西恩富戈斯②的画像，还有号召第三世界人民进行反帝斗争的看板。他想，古巴人就是这样生活的，到处都有鼓励爱国和革命的演说，到处在号召完成任务、做出牺牲，街头巷尾都悬挂着进入共产主义天堂的口号。假如50年代他父亲——那位班尼·莫雷乐队的小号手——不带

① 马龙·白兰度（1924—2004），美国著名演员。

② 卡米罗·西恩富戈斯（1932—1959），卡斯特罗的战友，1959年10月28日死于飞机失事。

着他去美国，他还会留在古巴吗？他这样问自己。此时，清风从车窗吹进来，抚摸着他的脸颊，梳理着他的胡须。如果留在古巴，他能忍受卡斯特罗这种社会主义的禁欲主张吗？就像阿连德革命所面临的问题一样。或者他会像成千上万的古巴人一样移民到美国迈阿密去，徜徉在第八街那个令人激动、寄托乡愁的小哈瓦那？想这事没有意义。这就如同马格雷探长在想，如果作者西默农不让他当侦探而让他当律师会怎么样？现实是，他现在生活在外面，可以在全世界旅行，可以出入古巴，随便提出什么问题。从根本上说，他是个幸运儿，是个乐天派，这是聂鲁达说的。他的幸运恰恰在于乐观，在于有机会选择，虽说这些机会往往也折磨他。

他请司机送他回卡尔梅洛咖啡馆。他喜欢那里的空调温度。服务员为他搬开餐桌，他可以面对阿马德奥·罗丹剧院以及一座安静的花园（已经变成了保卫革命委员会）。他点燃一支在机场买的雪茄烟，惬意地吸了一口，估计那位诗人（聂鲁达说此人可以帮助他找到贝阿特丽斯）很快就要到了。此人因为写了一首批评革命的诗歌而被打成“闹事者”。虽然此人的名字在八年前也曾经出现在批判聂鲁达的古巴艺术家的公开信上，但是通过可靠渠道，聂鲁达得知此人并没有在公开信上签字。

“你可以信任此人。”聂鲁达在塞巴斯蒂安之家的书房里一面用打字机写信一面对卡耶塔诺说道，“就是这个人告诉我卡斯特罗不喜欢我的诗作。你跟他说你要寻找贝阿特丽斯，但是别说缘由。你要躲开智利人，因为在古巴的智利人有两种：一种是秘密警察；一种是梦想当秘密警察的人。想想吧：要是他们发现我要找的……”

卡耶塔诺一边喝咖啡一边想，很少有人能相信他来古巴是想邀请一些诗人去参加在智利圣地亚哥国家体育场举行的庆祝聂鲁达七十大寿的活动。尽管智利外交部向古巴大使馆表示过支持这个活动，可是古巴方面迟迟不发签证给他，这本身就是一个提醒。他又点燃一支香烟，打开了讲述马格雷探长的故事的小说，在这老字号的咖啡馆里阅读真是愉快。

有人在他身边问道：“您是卡耶塔诺·布鲁雷吗？”

问话者是个年轻人，也戴着一副宽边眼镜，满头黑色卷发，很像罗伊·欧宾森①，眼神里有着同样的嘲讽意味。像几乎所有的哈瓦那人一样，他也穿着长裤和短袖衬衫。

“我是艾贝尔多·帕迪亚。有人说您想见我。”说着落座。窗外，排队的人们紧贴着墙边的阴凉等候餐桌空闲下来。

“来杯咖啡，好吗？”卡耶塔诺问道，摸摸胡子。不知是谁的收音机里正在播送法拉·玛莉亚②的歌声，让咖啡馆充满了温

① 罗伊·欧宾森(1936—1988)，美国著名摇滚歌手。
② 古巴裔美国女歌手。

情。一名女服务员用托盘送来几杯哈士依啤酒，跟着法拉一起唱。

“谢谢你的咖啡和香烟。有人告诉我：你是古巴人……”

“我是哈瓦那人。更确切地说，是蛇口区的。”

“蛇口区人，但是持有外国护照。令人羡慕啊！”艾贝尔多用讽刺的口气强调道，“跟贝尔托·布莱希特[①]一样，为东德的共产主义喝彩，但是有奥地利护照，在瑞士有银行账户。你是聂鲁达的朋友，对吧？”

“是聂鲁达的朋友，但是无论在瑞士还是别的什么地方都没有银行账户。”

等那位服务员又回来的时候，诗人艾贝尔多模仿着聂鲁达的鼻音要了咖啡；接着，厌烦地吐出一个烟圈，开始背诵聂鲁达有节奏的诗句：

我最喜欢跟水手恋爱，
他们接吻，然后走开，
只留下一句诺言，
永远不会再回来。

卡耶塔诺惊讶地听着有人模仿聂鲁达到了如此惟妙惟肖的

① 贝尔托·布莱希特（1898—1956），东德戏剧家与诗人。

程度。而聂鲁达此时此刻正面对着寒冷、铁青色的太平洋海水，在南半球等候着他的消息呢！

“这么说你是来寻找青年诗人到智利祝寿的。请你告诉我：在聂鲁达眼里，怎么才算青年？我算不算？”艾贝尔多继续说道，话语中已经透露出哈瓦那口音。

“没上年纪就是年轻人吧！难道你觉得自己已经老了吗？”

“百分之百年轻。但是有人认为我的诗歌已经老了。反正一样。如果你说服了聂鲁达我是青年诗人，给我发出了邀请，政府批准我出国……行啦，最好还是别算上我吧！没我，他也得庆祝七十大寿。”

“如果聂鲁达邀请你，我想政府会让你走的。”

“我的朋友，你的话说明你老早就不用古巴护照旅行了。反正一样。当局不会让我出国的。我这个人不招那个大胡子喜欢。”说着，他摸摸自己没有胡子的下巴，“来这里，你还找什么别的？据说，你还有几件小事要办。”

服务生把餐单放在了餐桌上，低声咒骂着从门前驶过的公车。这时唱歌的是班班乐队[1]，歌词充满愤怒，锣鼓伴奏。与此同时，店铺外面，排队的人们在热带的骄阳下忍受煎熬。

“我要找一位墨西哥女子，是布拉卡蒙特医生的遗孀，名叫

① 古巴著名的摇滚乐队。

贝阿特丽斯。”卡耶塔诺说道，“不知道她单身时的姓名。大约在十三年前从墨西哥来到这里。如今应该有五十岁。有个女儿，现在应该三十岁。”

“是诗人？”

“可能吧！”

“不认识叫这个名字的人。我不问你为什么需要找她。这里是每天知道的事情越少越好。另外，自从我倒霉以来，当局禁止我跟外国人说话。可是只有认识外国人的人能帮助你。我有些朋友从前常在外交招待会上活动，可如今都受批判了。总会有人能很快找到那个墨西哥女子的。”

“那可就帮了大忙啦！这事无关政治。”

“别提跟什么有关系！你是聂鲁达推荐来的，这就够了。我们的敌人差不多是同样的。你说，她叫贝阿特丽斯·布拉卡蒙特，对吗？这名字真的没听说过。我们的诺贝尔文学奖得主会不会搞错了岛屿啊？”

二十四

卡耶塔诺和艾贝尔多坐在后者公寓中的潮湿书架旁边，开始喝优质朗姆酒哈瓦那俱乐部（是卡耶塔诺从望海区的“外交商店”里买到的）。片刻后，小说家米盖尔·布什盖特来了，随行的是132路的公车司机，还有一位牙买加人，矮小、衰老、黑皮肤、白头发，名叫桑密·皮勒，依靠打扫住宅和为革命前的贵妇人排队购物而活着。过了一会儿，敲门的是小说家巴勃罗·阿尔曼多·贝穆德斯。

朗姆酒加上西班牙乳酪和外交商店买来的香肠，让大家都兴奋起来了。艾贝尔多从德国作家布莱希特的一首诗里得到了灵感，即兴赋诗一首。米盖尔接着放了一张雪球乐队的黑胶唱片，小小的客厅里立刻就充满了这位黑人歌手在钢琴伴奏下的假声音乐。差不多到了下午七点钟的时候，热气消退，黄昏带来了凉意，大家已经在叫喊声和欢笑声中喝光了第二瓶朗姆酒。到了打开第三瓶的时候，众人已经准备为卡耶塔诺提供任何帮助了。

“但是，只有没在公开信上签名的人才能参加聂鲁达的祝寿活动。”卡耶塔诺加以说明，因为他想起了聂鲁达在这个问题上是绝对不让步的。在场的人一下子就不吭声了，因为大家(只有善良的桑密除外)都在公开信上签了字，无论亲自签的还是政府代签的。

“卡耶塔诺，别抱幻想了！”艾贝尔多右手端着一杯甜烧酒提醒他，“这里谁也走不成，因为聂鲁达不是‘老马’①崇拜的圣人。

① 指古巴领袖。

我们还是集中全力去找你说的那位墨西哥女子吧！”

他建议大家去小湖特区打听打听，那里居住着革命领导人、外交官和既闻名遐迩又充满神秘的国际人士。据传说（没人能知道确凿消息），在那里生活得无忧无虑的人有：葡萄牙独裁政权内政部长的女儿，因为爱上了切·格瓦拉，在60年代滞留古巴；两个找到了切·格瓦拉战地日记和双手的玻利维亚军人；逃避美国税收制度的富豪；劫持美国飞机的什么人；卡马尼奥上校（挫败的多米尼加革命领袖）的遗孀。艾贝尔多说，这位遗孀可能认识贝阿特丽斯。米盖尔（一面不停地喝酒一面热情地告诉公交车司机他正在写篇关于二十世纪初一位西班牙加利西亚人流亡的故事）穿过客厅，去打电话。片刻后，他向大家报告说，一般情况下，他的线人们可以知道古巴发生的任何细枝末节，但是这次他们说，在哈瓦那，没人认识那个曾经在墨西哥住过的古巴医生的遗孀。

桑密·皮勒问：“您肯定她是墨西哥人吗？”同时熟练地把盛有香肠和乳酪的托盘传过去。革命前，他在哈瓦那仅有的几家俱乐部里做过服务生，如今这些俱乐部成了工会的娱乐中心。

米盖尔提醒大家：“这位卡耶塔诺会不会是拿着这个任务来糊弄我们啊？我特别想参加聂鲁达的生日聚会，可这个年轻人是从外国来的古巴人，这一点不容小觑……”

艾贝尔多的结论是：“不管有没有卡耶塔诺，当局都不会让我去祝寿的。我跟智利人的麻烦已经够多了。我们还是问问卡马尼奥上校的遗孀吧！打听一个几年前来古巴的墨西哥女子总不会犯罪吧！”

“还是走正常手续为好。”桑密说，他头戴一顶纽约客用的棒球运动帽，“我建议先在外国人经常出入的地方打听打听。”

米盖尔叫喊起来了：“啊！是吗？你敢去外交商店和大使馆区打听消息？别逗了！那些地方根本不让古巴人进去。”

“请记住：我是牙买加人。”

“就凭你这个样子，我都不会让你走进街角的酒店。”老司机反驳道，老人是个脊背宽宽、手长、指甲长的黑白混血种人，笑着的嘴巴里塞满了香肠，“莫非贝阿特丽斯是古巴人？”

“如果是这样的话，那最好就别找她了。古巴女子跟古巴医生结婚的有成千上万。就因为这个才有了卫生革命，甚至让医生去开拖拉机。”巴勃罗·阿尔曼多说道，一面咬开一支新雪茄烟。

卡耶塔诺反驳说：“可是这样的医生在墨西哥住过的很少啊！”

米盖尔喝光杯中酒，说道：“回国的肯定是笨蛋。”

卡耶塔诺澄清道：“那医生是古巴人。他老婆不是。他是研究草药的专家。”

“先生们，我们是在说医生呢，还是说江湖郎中？”米盖尔提出问题。为了写作，他总是对社会现象中的人种学问题感兴趣。

卡耶塔诺吞下一片香肠之后，说道："贝阿特丽斯到达哈瓦那的时间是 1960 年。"从栏杆望去，树冠编织成一片绿色海洋；丘比特塑像下面有一条街道。

桑密固执地说道："我知道解决疑难的办法。"他的眼窝很深，刚刚跟一个二十岁的哈瓦那姑娘结了婚，新娘子梦想着借助丈夫的牙买加身份离开古巴。"要是您需要调查外国人的事情，不能去国家安全局咨询，也不能去大使馆打听，也不能去外交商店，最实际的办法就是去夜总会。舞女和乐师认识所有的外国人，尤其是男人。"

"这是与虎谋皮啊！"巴勃罗·阿尔曼多文绉绉地说道，他一面吃喝一面想问题，并不相信一个可能是美国中情局或者古巴安全局的人的说法。

"好像我们有了眼前这'老马'还不够，非得再来什么'老虎'……"艾贝尔多吐出的一个烟圈渐渐消散在绿色、浓密的树冠上。

"别开玩笑了！你就是因为这样才惹祸上身的。"巴勃罗·阿尔曼多提醒他。巴勃罗的头发很长、很乱，手里抱着刚刚借来的布尔加科夫①的《大师与玛格丽特》。

① 布尔加科夫(1891—1940)，俄罗斯作家，创作于 1928 年的长篇小说《大师与玛格丽特》因 20 年代政治思想斗争，迟至 1966 年才发表。

就在这群人谈论如何找到那个墨西哥女子的同时，卡耶塔诺抓起电话，拨通了安贺拉给他留下的紧急情况下使用的号码。一个神秘男子的声音要他提供住址，准备晚些时回电话。他沮丧地挂上了话筒。他和安贺拉需要一个中介才能见面，说明了二人分手已是既成事实。他有好长一段时间没听众人东拉西扯，没发觉湿热，没觉得喘不过气来，也没觉得房间的空气里混杂着朗姆酒的气味。

忽然，房门开了，打断了他的思考。原来是艾贝尔多的妻子。她名叫贝尔其斯，是诗人和画家，在古巴艺术家与作家联盟工作。看见满屋子是人，她吓了一跳。她讨厌艾贝尔多喝酒，因为担心政府会利用她丈夫酒后失足制造车祸，原因是她丈夫现在拥有国际上的广泛支持。米盖尔起身，再次穿过客厅，绕过众人的大腿，去亲吻贝尔其斯的面颊。

"女士，你看上去气色很好啊!"他边说边露出中国人式的笑容和小小的牙齿，"你在《古巴公报》上的新诗必须收进我们的诗选里。请允许我把加勒比最帅的公车司机介绍给你……"

司机握握女诗人的手，没说话，体型介于查尔斯·阿特拉斯[①]与拳击手阿里[②]之间，佩戴有非洲狮牙的金链和银手链，身

① 查尔斯·阿特拉斯(1892—1972)，美国艺术家、健美先生。

② 穆罕默德·阿里(1942—　)，小名为卡修斯·马塞勒斯·克莱，美国重量级拳击冠军。

着无袖衬衫，握手就是问候了。贝尔其斯说声对不起，进自己卧室去了。

“我想我们该撤了吧！”巴勃罗·阿尔曼多郑重地起身，拢拢长发，把《大师与玛格丽特》装进他短衫的口袋里。

“我该回布鲁诺那本书上去了。”艾尔贝多加了一句。这些日子他正在翻译德国作家布鲁诺·阿皮茨①的《赤裸在狼群中》。他知道根据卡斯特罗的明确指示，他的名字不得出现在这部长篇小说的版权页上。

客人们急急忙忙喝干杯中酒，咽下最后一片香肠。

“少校来了，命令停工。”桑密说道，一面露出调皮的表情，一面收拾桌上和地下的酒杯和小碟子。

“走吧！”卡耶塔诺说，这个下午朗姆酒喝得太多了，有点头晕，他摇摇晃晃地向门口走去。

艾贝尔多对他说：“别担心！我来联系跟那位多米尼加人的遗孀见面的事情。她在这里的关系很多，能帮助我们找到那位你要找的墨西哥女子。事情一办成，我就打电话到你下榻的饭店。”

二十五

那位上校的遗孀是位很威严的地中海美人，栗色的长发，白

---

① 布鲁诺·阿皮茨（1900—1979），德国作家。

皙的面庞，性感的嘴唇，黑眼睛时时发亮。她身穿一袭黑色衣裳，脖子上隐约露出一串宝石项链，在她小湖特区的宅院里接待了艾贝尔多、桑密和卡耶塔诺。三人踩过大理石的地面，向宽敞、明亮的客厅走去，那里摆放着皮手扶椅和桃花心木家具，三人落座。窗外一侧，一块绿油油的草坪围绕着一座带跳水台的瓷砖游泳池。

"艾贝尔多，我看你气色不错嘛!"三人正在搅拌咖啡的时候，美人对艾贝尔多说道，卡耶塔诺感觉自己来到一个遥远的国家，这里没有哈瓦那的贫困和匮乏，"你有什么好消息吗?"

"没有。我出国的签证还在办理中。"

"小伙子，真遗憾，真遗憾啊!"

卡耶塔诺摸摸衬衣上方的口袋，护照还在，松了一口气。他觉得身边桑密也摸了摸护照。

"关于你那位朋友感兴趣的墨西哥女人，我一点情况也不知道。"美人瞅了卡耶塔诺一眼，说道，"你瞧，我们认识哈瓦那很多人，可没人知道什么贝阿特丽斯·布拉卡蒙特的下落。但是，我可还没失去希望，因为这里很多外国人出于安全的理由都换了姓名。"

艾贝尔多、桑密和卡耶塔诺走到两侧种着棕榈树和凤凰木的大道上时，直射哈瓦那的骄阳把三人快晒裂了。三人很沮丧。面对那多米尼加美人的冷漠态度，他们一分钟也待不下去。有可能她不愿意掺和到一个定居在国外的古巴人的寻人活动里：这是艾贝尔多的想法。三人默默地走着，大汗淋漓，盼望有计程车过来。过了一会儿，他们拦住了一辆俄式卡车，它正运送砖头到望海区一位高级领导人的住宅扩建工地。为了搭一段顺风车，卡耶塔诺答应给司机五美金。他们必须爬进卡车的后车板上。阳光恶狠狠地照在他们身上。卡车开到康尼岛，三人下了车，准备换上公车，直奔禁猎区。

在凤凰木下等车的时候，桑密对卡耶塔诺说：

“我不喜欢插手与我无关的事情。这个钟点我应该去肉铺前排队了，今天应该卖小鸡。但是，我提醒您：用这种方式，什么人您也找不到。正如那位寡妇说的，这里很多人改名换姓了。许多人不愿意跟外国人打交道。您在自己的国家里，可却是个外国人。”

“那您有什么建议？”卡耶塔诺用手帕擦擦前额的汗水，心里为一个牙买加人在他的祖国将其视为外国人而难过。

“我的建议就是那天说的话。”

“对不起。这他妈的热天，我连自己的姓名都忘记了。”

“夜总会里的人比安全局更了解外国人。没有一个外国人是不寻欢作乐的。过去如此，现在革命了也如此，将来更如此，直到末日审判前都不会改变。这里永远是一座跳康加舞和举办家庭聚会的岛屿，其次才是诗歌呢！请艾贝尔多原谅。”

“桑密，我认为你这一套对男人管用。可现在是在找一位女士啊!”

“都一样。应该去蓝坝区的狐狸与乌鸦夜总会,或者去独眼猫俱乐部,或者去马尼拉夜总会。要不然就去里维拉饭店、自由哈瓦那饭店、加布里饭店的俱乐部看看。但如果是我的话,就从热带风情俱乐部开始。”

“为什么从热带风情开始?”

“因为如果我没记错的话,艾贝尔多的老婆说过古巴艺术家与作家联盟里的安全局工作人员有个弱点:喜欢去热带风情。”桑密解释说,又长又瘦的双手像爪子一样挥来挥去。

“不明白你要干什么。”艾贝尔多不满意地扶扶眼镜,热得喘不过气来了。

“我们要是给那位先生弄两张热带风情的入场券,或许他能给我们提供关于那位墨西哥女子的情况的消息……”

“试一试吧! 这主意不坏。”艾贝尔多嘟囔了一句,看看车站里在烈日下等车的人们:有些人坐在马路边缘;有些人坐在倒下的树干上;有个身穿中学校服的小伙子干脆上了树,像只猴子一样,“可是你认为怎么去那里打听贝阿特丽斯才能不惹人怀疑呢? 卡耶塔诺来古巴的正式名义是邀请古巴诗人,而不是找墨西哥女人。”

“可是老马识途啊。”桑密说道。这时,一辆利兰①满载着乘

① 英国汽车公司生产的大客车。

客驶过去，在距离车站二百米的地方停下来。

一群人呐喊着要求大客车停下，大家纷纷咒骂司机和他妈。在奔跑的过程中，老人、孕妇和儿童落在了后面，包括一名肥胖的男子，这在一个缺少食物的国家是很难理解的，这男人得到的是一位富婆而不是国家的帮助。追上公车的只有两个高大、健壮的男人，样子像体操运动员；几个中学生；再有就是艾贝尔多、桑密和卡耶塔诺，后者张着嘴巴喘息不已。利兰从排气管里吐出一股黑色的臭气，由于超载，再次上路后车身歪歪扭扭。忽然，卡耶塔诺发现了令人吃惊的事情：司机正是米盖尔——那位人种学小说家。他面前是个巨大的黑色方向盘，头上方有个带切·格瓦拉和卡斯特罗图片的后视镜，上面悬挂着红色塑胶串珠。

"再说一遍：先生们，这可不是闲逛啊！"司机一面告知大家，一面沿着第五街加速前进，仿佛行驶在巴西大平原上。公车一路呼啸飞驰，变速时纵跳，超车的时候晃动着乘客。桑密口干舌燥地想，这辆车更像是调制鸡尾酒的杯子。他被挤在学生们中间不能动弹。车内散发着轮胎烧焦的气味和腋下洒的俄国爽身粉的气味。司机怀着冷漠和虐待狂的心理变化着速度，通过后视镜享受着乘客们来回摇摆的样子。他侧身坐着，双腿分开，好像只够勉强塞下那对睾丸。在前进过程中，要下车的人们需要大声喊叫和敲打车棚才行。驶过第五街隧道后，公车把他们三人丢在了里维拉饭店附近，这家饭店面对防波堤而建，像颗金牙，熠熠生辉。在里维拉饭店的天棚下，三人上了一辆保险杆用绳索捆绑的破旧计程车。

“热带风情夜总会有谁能帮助我们呢？”卡耶塔诺问道。车子随着一阵金属的咯吱声起动了。

“有个年轻、能干的单簧管乐手，几年前被打成了外逃者。给我几天时间，我可以找到他。”桑密说道。说完后，他惬意地呼吸了一口从计程车没有玻璃的小窗吹进来的咸味空气。

二十六

三天后，他们来到了热带风情夜总会，那正是每天排练的时候，下午的阳光炙烤着岩石，舞台上一个又高又瘦、留着长发和胡须的家伙指挥着一名单簧管乐手吹奏一首莫扎特的欢乐曲调。来到这家夜总会之前，他们在马里亚诺古巴水果店吃了芒果、芭乐、香蕉和凤梨，随后乘计程车来到这里。他们在星星厅里坐了一会儿，倾听着那位单簧管手的演奏。这个厅白天看上去像个露天餐厅；但是到了夜间，据桑密说，在音乐、舞蹈（有身穿灯笼裤装的女演员）和眼花缭乱的聚光灯中，会呈现一种非现实的氛围。

桑密指指舞台上的乐师说：“他是我的朋友。名叫帕奎多·德里维拉。”

他们不得不等到排练结束才能跟那人谈话。口渴加上炎热折磨着他们，因为酒吧这个时候还未开始营业。但这等候还是值得的，因为在欣赏音乐的同时，卡耶塔诺还为大家提供香烟。随后，女舞蹈演员登场了，她们一路上摇晃着细腰，身后跟着几个瘦长、灵活的黑白混血儿，他们佩戴羽毛、系着宽皮带、浓妆艳抹、满脸微笑。等到伊拉克列乐团①用管弦乐器和小鼓点燃这个下午的时刻，场内表演的声音震耳欲聋。这时，卡耶塔诺想起了诗人聂鲁达，想起了他关于生活就是一场假面舞会的说法；他想着，聂鲁达说得有道理，生活就跟他想的一样。等到那些细腰、粗腿、浑身散发着刺鼻香气的女人跳完之后，德里维拉又演奏了一首单簧管独奏。他坐在舞台中央的一个板凳上，用脚打拍子，表演一系列有怀旧情绪的古巴歌曲，像个魔术师一样闭着眼睛用乐器、凭借记忆力把一块块美丽的绸巾从一顶大帽子里抽出来。桑密说，德里维拉没有被赶下舞台，在路易斯·巴翁发动的大清算中没有失业，没有丢下乐器；路易斯·巴翁是文化部官员，他把凡是批评过政府的人统统清算下台。那时的管弦乐团主任萨乌梅尔把德里维拉从一个遥远的乡村乐队里召回来，此前德里维拉因为有外逃倾向而被哈瓦那热带乐队开除。萨乌梅

① 古巴著名的爵士管弦乐团。由钢琴师瓦尔德斯在古巴政府支持下成立。网罗了中音萨克斯管手德里维拉、小号手阿图罗·桑多瓦等艺术家。

尔打电话给德里维拉，告诉他："小子，回来吧！跟我们一起'放电'！你的什么狗屁'外逃倾向'我他妈的不在乎。"

桑密给德里维拉说明了为什么需要八张热带风情的入场券之后问他："你能……？"单簧管乐手不停地抚摸着自己的乐器，回答说："你们相信我好了，只要是好事，而不是共产党的事，都没问题。"

"好事？整个古巴岛也没有什么事情能比卡耶塔诺·布鲁雷这事更好的了。"桑密一面肯定地说，一面摘下他的棒球运动员的小帽子，露出了满头白发。

德里维拉说："那就别担心了。你们可以使用面对舞台那张餐桌。不过，麻烦各位，别给我添麻烦呀！我在岛上的麻烦已经够多了。现在就别走了！我请你们喝鸡尾酒。好好欣赏精选的波丽露舞曲吧！是我们跟萨乌梅尔的乐队一起准备的。"

二十七

在湿热的晚上，卡耶塔诺和艾贝尔多大汗淋漓地赶到了古巴艺术家与作家联盟总部的大门口，口袋里装着这样的礼物：德里维拉将为联盟的安全人员在热带风情夜总会搞到几张票和餐桌。卡耶塔诺想，来古巴调查成功与否就取决于这次行动了。此时，他看见艾贝尔多正在用手帕擦拭额头上的汗珠。

他觉得这天晚上清风为他送来幸运，因为有人给他捎来了安贺拉的便条，现在就在他衣袋里，便条上说，明天下午七点，她在望海区比利时大使馆对面的广场上等着他。能再次见到老婆让他心中燃起希望：在远离智利政治漩涡的地方重归旧好。禁猎区的条条街道在夜间散发着情人气息。在联盟总部的栅栏上悬挂着一张海报，预告着埃尔奈斯托·卡德纳尔的朗诵会即将举行；卡德纳尔是尼加拉瓜著名作家、诗人，在索伦蒂纳梅群岛担任白袍神父。

卡耶塔诺和艾贝尔多准备进入花园的时候，一个瘦削的男子——戴着眼镜，精心留着堂吉诃德式的胡子——拦住了他俩的去路。

“你的证件！”他对艾贝尔多说。说话时他站在传达室门口，手里拿着一本美洲之家的杂志。

艾贝尔多拿出了身份证。

“我要的不是身份证，而是联盟的证件。”

“我是诗人。”

“你的联盟的证件！”

艾贝尔多紧张地在裤子和上衣的口袋里寻找证件。

“我估计是被偷走了。”

“那没证件就不能进门。联盟只允许作家和艺术家进去。”

“我说过了：我是诗人啊！”

“这是你说的，就像我说自己是米哈伊·布尔加科夫一样，他当然不希望自己是我这样的人。只有联盟发的证件才能证明你是诗人、小说家或者艺术家。没证件，那你就不是。就这么简单。”

“我有过呀！”艾贝尔多瞅瞅卡耶塔诺，又快又含糊地说道，“有过，丢了。”

“堂吉诃德”怒视着他，问道：“丢了还是被收回去了？”

“老兄，我想是我弄丢了。”

看门人像红衣主教似的不说话了。眼神充满恶意，下巴不耐烦地颤抖着。

他问：“你呢？也是没证件的诗人吗？”

“我是观光客。看来我也进不去了。”

“朋友，你跟他恰恰有着本质上的不同。我们的革命政府热情欢迎冲破帝国主义包围的旅人同志来访。也许你甚至可以进入联盟总部。你从哪里来的？”

“智利。”

“那就请进吧！请给这里的作家和诗人们讲讲阿连德同志和智利人民为了建设社会主义而进行的斗争吧！这里的年轻人生活得太好了，居然美化野蛮的资本主义。”

“放心吧！我会讲的。这位诗人也可以进去吗？他是跟我一起来的，是哈瓦那人。”

“就算他是诗人吧！又是跟你一起来的，可他诗人的身份没有确凿的证明啊！你们想去见什么人啊？”

艾贝尔多回答说：“见雷米西奥。”这是贝尔其斯事先告诉他俩的：雷米西奥是安全局驻联盟的工作人员，他的办公室就在联盟终身主席尼古拉斯·纪廉的旁边。雷米西奥的工作之一就是审查外国邀请古巴诗人和作家出访的缘由，及时识破外逃或者叛国的企图。

看门人立刻变得和颜悦色了，问道：“这么说你们是来见雷米西奥同志的？”

从栅栏望进去，联盟的大房子灯火通明，给这个街区染上一层不真实的色彩。

艾贝尔多来了勇气，说道：“正是。我们来访问雷米西奥同志。能进去吗？”

“当然了！”

“这位雷米西奥是诗人还是小说家呀？”卡耶塔诺问道，二人踏上通向古巴官方知识分子之家的小路。

二十八

雷米西奥一看见二人走进办公室，立即邀请他俩去禁猎区散步。卡耶塔诺很不情愿地离开了这间凉爽、有豪华灯盏和边门紧闭的办公室，他其实很想在这里喘喘气，但是最后，他还是下了楼，来到一层，穿过一条拥有巨大镜面墙壁的走廊。在活动大厅，几个女人不停地高声喊叫，正在为卡德纳尔朗诵会布置座位和麦克风。雷米西奥等三人来到大街上，没有理睬那位“堂吉诃德”，此时他正在右手拿着红笔专心致志地看杂志。

“我的事办成了吗?”雷米西奥问道。这时三人已经朝着里内阿咖啡馆走去。街道上悬挂着保卫革命委员会的标语口号，提醒人们注意夜间提高警惕。

“别担心！下星期六，准备了六个人的位子和餐桌。正好面对女演员登台的阶梯。”艾贝尔多说道，“星期五晚上，你要打电话到热带风情，给德里维拉留下口信。”

雷米西奥松了一口气。三人走在昏暗的街道上，这时的人们都在门厅里聊天或者玩牌避暑。

“最好还是在里内阿喝咖啡。这里的空气有木屑味。”雷米西奥解释道。他很瘦，表情有些神经质，声音像男中音歌手，戴着眼镜、劳力士手表(像是假的)，身穿鳄鱼牌衬衫，有帆船牌男士香水的气味，走起路来步伐灵活，眉头紧锁，仿佛在为人类关键问题愁苦。

里内阿咖啡馆门前站了一大群人。雷米西奥手持安全局的通行证为自己和两位同行者开路，一直走到柜台前。随后，一阵活塞马达的撞击声之后，一辆满载乘客的 132 路利兰牌公车在咖啡馆门前停下来。从还在运转的发动机里散发出来一阵阵热气，一阵阵焦油和汽油的恶臭。司机模仿安海拉·戴维[1]在头发里插上一把梳子，神情果断地下了车，身后跟着一群喜欢喝咖啡的人们。

“我已经办好一部分你们委托的事情。”雷米西奥说道。此人在大学期间曾经有一部短篇小说在“三月十三日文学竞赛”中入围决赛。或许就因为如此，他才在文联担任这个特派员的职务吧！“情况不多，但是会对你们有些用处。”

三人靠在柜台上喝咖啡，周围是乱哄哄的人群，大家争先恐后地要吃要喝。

“关于贝阿特丽斯，都了解到一些什么情况啊?”艾贝尔多问道。

雷米西奥小心翼翼地擦擦表盖，之前里面有个小指针脱离了轴心。

“首先，那女人不是古巴人。”

“我们已经知道她是墨西哥人了。”艾贝尔多烦躁地说道，“我们还知道她跟一个古巴医生结了婚，那医生姓布拉卡蒙特，40 年代生活在墨西哥。”

“问题是她也不是墨西哥人呀!”

① 安海拉·戴维(1944—)，美国汽车机械师、教师、黑人社会活动家。

“怎么回事啊?”卡耶塔诺的嘴唇离开了咖啡杯子,这是他近年来品尝到的最佳咖啡,“她不是墨西哥人? 那他妈的是哪国人呢?”

“艾贝尔多,在我回答你的问题之前,请你先说明白一件事! 这个时候我可不跟你开玩笑呀! 这个星期六星星厅里座位和餐桌肯定有着落了吗? 听着,我们想听伊拉克列乐团演出的可是有好几个人啊!”

“确定有位子了,老兄。德里维拉跟我是哥们儿。那女人是哪个国家的呀?”

“德国。”

“德国人?”卡耶塔诺有些怀疑地重复了一遍。这时那辆公车重新上路,像发情的公牛一样吼叫,丢下了那些还在等候喝一口咖啡的乘客。三人来到户外,朝着林阴大道走去;来自防波堤的海风混合着街道上的沥青气味吹拂着他们的面庞。

“对,德国人。”雷米西奥重复了一遍。

“她在古巴吗?”

“布拉卡蒙特的遗孀贝阿特丽斯,单身的时候名叫贝阿特丽斯·勒德赖尔,她跟女儿在古巴只生活了两年。”

“她女儿叫什么名字?”

“缇娜·布拉卡蒙特。”

“在古巴的时候,贝阿特丽斯干什么工作呀?”

“在东德大使馆一个部门里当翻译，就在这个禁猎区，在国民饭店附近。缇娜在马利亚那奥社区的学校念书。母女离开古巴已经十一年多了。”

“是1962年吗？到哪里去了？”

“朋友，她俩去柏林了。东德。按照他们的说法，生活在反法西斯大墙后面。”

“去做什么？”

“我怎么知道！”

“还有呢？”

“还有什么？”

“小伙子，没别的了。1962年的一天上午，贝阿特丽斯·勒德赖尔和缇娜·布拉卡蒙特到了何塞·马蒂机场，登上了俄罗斯航空公司一架飞机的舷梯，从此永远离开了古巴。那个什么德里维拉的电话是多少啊？”

二十九

卡耶塔诺看见自己的老婆出现在望海区萨巴塔广场的黄槿树下时，觉得夜幕脆弱得如同施华洛世奇①的小雕像。沿着第五

① 巴黎著名水晶制造商。

街，朝着东方，驶过去一辆满载着青年劳动大军的卡车，这些现役军人一路高歌；还有一辆满载乘客的公车向停车站驶去。他老婆（法律上还是他的妻子嘛）从一辆蓝色的拉达牌轿车下来。他在附近昏暗的灯光下等着她呢！看见她身穿古巴革命武装力量的橄榄绿军服，他心中感到沮丧。

“你来古巴做什么？”她亲吻过丈夫的面颊后问道。

“办一件事。这身军服是怎么回事？”

“这就是以前我跟你说过的。我是始终如一的。”

卡耶塔诺的视线扫到黄槿树粗大的树干上，它们好像缩成一团的蟒蛇；然后，视线又回到了妻子身上。安贺拉的头发压在平顶、硬舌军帽下，军服勾画出她苗条的身材，户外生活让她面色红润，这让她看上去比从前还要漂亮。

“你气色很好。”他一语中的，摸摸胡子，感到不自信。

“你来这里是工作吗？”

“正是。”

“好，这能让你变得更成熟。准备待多久啊？”

“两三天吧！”他回答时露出事关重大的神情，可实际上，他本来想建议老婆试试看能否在零点基地培训完毕后回瓦尔帕莱索与他重归旧好。如果返回智利，事情有望好转，国家会恢复正常，聂鲁达健康状况有可能好转，从而可以帮助他在熟人圈子里找一份工作。他想着，不妨试一试，会出现转机的。但他什么也没说，只听见她在说话：

“我在古巴要逗留几个月。智利的形势越来越糟糕。已经快到要办大事的时候了。”

“那你的计划是什么？”

“既然你在执行任务，那就应该知道任务是不能谈的。”

他承认，她说得对。二人在一条石凳上坐下，大理石面还是温暖的呢！二人静静对视。安贺拉性感的嘴唇和美丽的脸蛋很有吸引力。夜色逐渐变成了一块乌黑发亮的亚麻布，温暖而芳香，但却难以捉摸。

“这几天我一直在想你。”安贺拉说道，同时望着自己如今那双指甲肮脏不齐的手。

“是吗？想我什么？”

“比如说，我至今不明白你为什么不回你的祖国古巴岛定居。”

“就为了让我们距离近一些吗？”

“卡耶塔诺，我不想骗你。我诚心诚意地觉得我们的事情已经没办法了。你应该回到自己的天地来。家乡是无可比拟的。”

“是不是有第三者啊？”他感觉这话是从肥皂剧《意大利姑娘来结婚》里抄袭来的。

“绝无此事。你以为我兴致勃勃地来这里就是为了重新找对象吗？你最好还是回老家来吧！你是这里人，不是迈阿密人，不是瓦尔帕莱索人。”

他认为，流亡者绝对不应该返回祖国。乡愁会编织陷阱和欺骗的网络。谁也无法忍受回归。在回乡的月台上，等候你的永远是失望。人生下来就应该留在出生地，这是唯一一种没有乡愁的生活。绝对没有回头路，一切都已改变。乡愁滋生回头的幻想，让人以为失乐园可以失而复得。

“你的梦想是海市蜃楼。”他声音坚定而平静，但好像坐在别处，远远地监视着眼前的舞台，“如果你准备参加的战争爆发了，你不可能取胜。智利军队与古巴的巴蒂斯塔政府军不同。是谁在把你这样的理想主义青年拉去牺牲呢？即使这一事业是正义的，也没有可能成功。”

“卡耶塔诺，别说了！至少看在这身军服的份上。保卫阿连德没有别的方法。如果我们不武装起来，右派会发动政变的。假如发生政变，死伤肯定会比一对一的较量多得多。”

“难道你没意识到敌人是正规军吗？”

“你什么意思？”她生气地问道，接着站起身来，提高嗓门，摘下军帽，浓密的头发瀑布般落到肩膀上，颧骨突出在黝黑的面颊上，“难道你要我放弃革命者的身份，丢掉曼努埃尔·罗德里格斯[1]和切·格瓦拉留下的传统，跟着你回瓦尔帕莱索等着大兵叛

[1] 曼努埃尔·罗德里格斯（1785—1818），智利独立运动中的爱国英雄，游击战中的传奇人物。

乱吗？难道要我放下武器、拿起毛线团和竹针编织围巾，任凭敌人发动政变？”

“我只不过不愿意你冒生命危险罢了。”

“宁可站着死，决不跪着生！这可绝对不是一句口号！”

他正要劝她平心静气地对待一切事情的时候，公园边上出现一辆拉达轿车，一闪一灭两下车灯。

安贺拉说：“我得走了。”

卡耶塔诺站了起来，觉得自己像个死刑犯，到了最后已经不想乞求饶命，不想贪求再多活一秒钟。他走到她身边，把她搂在怀中。

“安贺拉，刚才那番话，我不得不说呀！”他亲吻她的面颊，闻到了她身上一贯的蔻蔻香水味。她还是原来那个小布尔乔亚啊！

她口气肯定地说：“我不会轻而易举地就把你给忘记的。跟你有过一段幸福生活。还记得我们的梦想吗：在加勒比一个小海滩上建造木屋？”

“还要生三个孩子，不让他们上学，完全自由自在。”

她吻吻他的嘴唇，快步走上公园的小径，手里拿着军帽，长发如头巾一样披在肩膀上，渐行渐远。卡耶塔诺的目光始终跟着妻子的背影，直到她登上轿车为止。后来，拉达沿着第五街远去了，方向朝哈瓦那。他独自一人，倾听着黑夜传来的无名而低沉的杂音，倾听着自己加快的心跳。他以为开始下雨了，可后来才明白不是晶莹的雨滴而是自己的泪水模糊了望海区黄槿树的清晰轮廓。

三十

“巴勃罗先生，发生的一切就像我刚才跟您讲的一样。现在，我怎么办啊？”

电话线里传来一阵阵干扰声，卡耶塔诺觉得像是短波广播发出的。感觉有人在窃听他与瓦尔帕莱索的通话，美国中情局或者古巴安全局一定躲在什么阴暗的角落里偷听他俩的谈话呢！他不得不说得含糊其辞。不管怎样，西默农的侦探小说他没有白看，尤其是那些关于那位拉脱维亚人的生动故事，那是马格雷探长的第一个案子或者是他的回忆——真正有趣的回忆：居然把作者这样一个着迷于烟斗、性爱和写作的男子汉变成了一个简单的虚构人物。

“那就跟着线索继续查下去吧！”他听见聂鲁达这样热情地说道。诗人肯定又是双脚放在那个有绿色墨点的皮凳上讲话呢！

通话一开始，聂鲁达就示意他，自己精力充沛，充满幻想，好像正在康复，所以下午就能赋诗，晚上就能口述回忆录给玛蒂尔德听。卡耶塔诺猜想，那回忆录肯定是不完整的，因为诗人口述后一经过妻子过滤就挂一漏万了，不过他猜测诗人说那些话仅仅是为了分散窃听者的注意罢了。诗人的沉重呼吸声让他怀疑对方是否真的在康复。他刚刚从医院回来，可能又住进了云居室，蜷缩在那张西班牙生产的毯子里，望着那港口铅灰色的天空下光明与黑暗交织的海湾。

“巴勃罗阁下，您还坚持原来的想法吗？”

“当然坚持！就是我们那天坐在德国大街石阶上谈话时说的内容。我只是需要证实一下我的猜测是有道理的。”

诗人身体脆弱得如同小鸟，可是固执得像头犟驴。卡耶塔诺继续问道：“相信那些事情都正如您猜测的那样不是更好吗？把那些事情放在一边不是对您更有好处吗？”

“小伙子，你根本不知道自己在说什么！我不能把那些事情放在一边。你这番话让我想起来了：你根本不理解我，我们白白浪费了时间啊！”

“巴勃罗先生，有时希望比失望好。这是我的想法。”

可是，他的回答与我的观点截然相反。虽然他的话说得不完整，可声音听起来坚定、自信、洪亮。

“卡耶塔诺啊！年轻需要希望；上了年纪需要确凿无疑。怀疑有腐蚀性，会加速死亡的到来。为了了解真相，我准备拿出一切，甚至包括《漫歌》或者《大地上的居所》[①]。只要查出来真相，

---

① 两部长诗均为聂鲁达的重要作品。

我马上献出这两部作品，高高兴兴地献出来，真的，相信我好了。”

这样一说，卡耶塔诺胆子大了起来。

“还有爱情呢？”

“什么？”诗人的声音听起来有些不知所措。

从窗户向外望去，卡耶塔诺看到自由哈瓦那饭店轻飘飘地高出城市上空，紧贴着滑向望海区的朵朵白云。空调的嗡嗡声压倒了禁猎区外面传来的杂音。他知道自己的话命中了目标。

“巴勃罗先生，我说的是爱情。我要问您是不是还相信爱情？”

“小伙子，别天真啦！爱情可是一辈子的事情。”他听出来了，诗人要他安分守己，“另外，这对你来说是一个好消息：你才刚开头啊！听着，我快七十岁了，都还有力气呢！希腊人以为老人少了性欲就适合统治国家，不对！到了这个年纪，我比任何时候都更有热情和紧迫感，因为我知道死神急不可耐地四处追寻我。”

两辆公车满载乘客呼啸而过，下面挤成一团的人群正在候车。再过去一点的地方，一列长队在烈日之下等候走进名为“新生活”的比萨店。从街道的沥青地面升起股股蒸汽，使得社区飘飘悠悠，仿佛海市蜃楼。

“要是我没了欲望刺激的感觉，那就写不出东西了。”聂鲁达继续说道,“小伙子,欲望滋养着我的诗歌。别忘了:事情本身就是这么简单。”接着,让卡耶塔诺吃惊的是,诗人问道:“有安贺拉的消息吗?”自从他和诗人面对瓦尔帕莱索海湾互相分忧的那晚以后,二人从来没有提到过安贺拉的名字。

“巴勃罗先生,我俩的事结束了。正像您写的那样:‘我俩,那时的我俩已经并非此时的我俩。’”

“这话我想起来了,也想起来为什么会写这句话。可我还写过更老成、更智慧的话:‘我们,共同面对哭声吧!’别忘记:生活的道路是漫长的,虽然我来日无多了。”

卡耶塔诺不知如何是好:应该难过呢,还是应该感到安慰?他问道:

“现在怎么办啊?”

“什么怎么办?”

“巴勃罗先生,别忘了:我在哈瓦那呢!现在线索断了,我怎么办?”

“继续找线索!等着,我帮你搞定去东德的签证。”

“我从古巴去德国?”

“去东柏林!一飞到那里,就给我打电话。我会告诉你什么人能帮忙。我相信你能找到我们要寻找的人。但是,卡耶塔诺,别忘了最重要的事情:小心谨慎啊!”

第三章　德莉亚

三十一

俄罗斯航空公司的伊留申六二型飞机在进入柏林的舍内费尔德国际机场[①]跑道之前，在这座分裂的城市上空，呼啸着涡轮机兜了一圈。卡耶塔诺从云端辨认出时而笔直、时而弯曲、但总是宽广和清晰的柏林墙、布雷区、瞭望塔和铁丝网。飞机在盘旋的过程中，从东到西，再从西到东，完全无视大柏林的区域划分，像一只大鹈鹕似的坚定且冷漠地从一个世界飞到另外一个世界，此举让卡耶塔诺很是惊讶。

舍内费尔德国际机场起初给卡耶塔诺的感觉是它与西方任何一个机场一样：冷冰冰、现代化、运转良好。对了，它缺少资本主义的色彩缤纷、香气扑鼻和光芒四射。这里的人穿着过时，色调阴暗，好像生活还停滞在50年代。他想，或许正因为如此，这里笼罩着乡村式的宁静，远离了西方大都会的忙乱，弥漫着一种让他回想起哈瓦那和瓦尔帕莱索山上的周日午睡的气氛。

从他身后传来一句问话："您是卡耶塔诺·布鲁雷吗？"

转身后，他看见一位男士：头发卷曲、胡须浓密、眼睛小巧黑亮，样子像查理·卓别林。至少，他脸色跟卓别林一样苍白和忧伤，虽然眼神中透着顽皮；眉毛同样高耸；表情同样天真和悲伤；眼睛同样闪闪发光。

“我叫埃拉迪奥·恰贡。”二人握握手。“我是智利大使馆劳务部负责人。与德国总工会有联系。几天前。外交部指示我为您提供帮助。欢迎您来到马克思和罗莎·卢森堡[2]的家乡！”

“谢谢您，恰贡。”

“如果您愿意的话，可以叫我‘鳕鱼’。党内同志都知道我这个名字。也可以叫我卡尔里托·卓别林。我想我更像卓别林，而不是‘鳕鱼’。可您知道智利人特别喜欢给别人起外号。总之，我知道您是古巴人，来找一位德国裔的墨西哥女子，她在几年前来到东德。”

“准确地说，是十年或者十二年前。”

在泊车位上，“鳕鱼”把卡耶塔诺的行李放进一辆瓦尔特堡牌轿车的后车厢。轿车沿着石砖路像摩托车一样狂奔。此时，卡耶塔诺在想，也许世界上到处散布着长相酷似的人们。证据实在太多了：哈瓦那那位被批判的诗人和那位歌手罗伊·欧宾

---

① 2011 年改建为柏林勃兰登堡国际机场。

② 罗莎·卢森堡(1871—1919)，波兰人，国际共产主义运动史上著名的思想家和理论家。

森就长得一模一样；这位智利外交官则跟卓别林一模一样。在世界某地可能有某人很像聂鲁达，很像安贺拉，很像他卡耶塔诺。将来什么时候要仔细想想此事，说给聂鲁达听听。眼下，有一点至少可以肯定：他就是卡耶塔诺·布鲁雷，而绝对不是什么替身。

他看见远处烈日下的电视塔和柏林城市饭店的摩天大楼。这辆瓦尔特堡牌轿车在伏尔加、斯柯达、特拉贝特牌小汽车，伊卡鲁斯牌公交车和捷克制造的电车里绕来绕去，打算前往市中心。突然间，车流涌入了繁华的商业闹市区。“鳕鱼”告诉他：“这是潘科威尔林阴大道。”仅仅看上一眼，卡耶塔诺就明白了：东德不是古巴。这里的玻璃货柜里摆满了商品，无论商店还是餐厅前都没有人排队。空气里散发着古巴人难以想象的安逸气息。“鳕鱼”说他即将下榻在亚历山大广场附近的柏林城市饭店。但是，去饭店前，他先要带他去市政厅地下室的拉特斯科勒餐厅——一家有七百年历史的老字号餐厅。

“那里有一流的德国猪脚。”“鳕鱼”接着介绍，“当然还有一些图林根的地方风味，好吃极了！还有烤鲤鱼，外加红烧马铃薯。您喜欢保加利亚葡萄酒呢，还是捷克啤酒？一句话，我们外交官无需等候，到了就能上桌。”

十五分钟后，二人坐在市政厅地下室酒店点菜：牛尾汤、马铃薯、烤猪肉和捷克比尔森啤酒。这是诗人聂鲁达在柏林的联络人员为他提供的特别招待。“鳕鱼”加入过智利人民行动团结运动党——据共产党人说，这是个小资产阶级的小团体，会像细胞一样不断分裂直至从历史上消失。“鳕鱼”之所以被派遣到东柏林来，是因为他在智利大胆要求征用不仅是美国的而且还有英国的投资，甚至不惜冒使伊莎贝尔女王本人一无所有的风险；这个要求在政府里引起了骚动，因为政府可不愿意与欧洲为敌。“鳕鱼”到了东德这个德意志领土上第一个工农联合执政的国家（标语牌上就是这样念叨的），应该去充分理解什么是真正的社会主义以及德国总工会（当时由酒鬼哈里·蒂斯伊领导）的作用，而不是在智利捣乱，提出一些乌托邦的玩意儿。

“这里嘛，没人认识那个贝阿特丽斯。”“鳕鱼”喝下第一杯比尔森啤酒之后，悄悄地打个嗝，然后说道。

卡耶塔诺摸着冰凉的酒杯，问道：“那为什么不事先通知我呢？”

“通知什么？”

“这里没人知道贝阿特丽斯啊！”

“别激动嘛！情况还没到绝望的程度。”

“怎么没到绝望的程度！要是我事先知道这里没人认识她，我就可以不白跑这一趟了。我在哈瓦那很好呀！”

“可以想象得出来。那边有漂亮小妞，对吧？”

“说实话，那边的小妞举世无双。不过，如果贝阿特丽斯在这里绝对没人认识，那我把你说的德国猪脚吃了以后，你就送我回舍内费尔德机场吧！对，就这么办！”

“您听我说：我是不知道贝阿特丽斯的事情。可至少我找到一位西班牙语翻译，她能帮助您啊！”

“我不需要翻译。我学过一点德语，在西德生活过。”

“别着急！”他按住了卡耶塔诺的手腕，“据一位智利女子说，在 JHSWP ……”

“什么？”

“JHSWP 就是 FDJ 高等学校，位于柏林郊外的勃根森湖畔。”

“FDJ 是什么？”

“德意志自由青年同盟①”。“鳕鱼”不耐烦地解释道，“布鲁雷先生，搞社会主义要用缩略词。”

“好，那学校怎么了？”牛尾汤有酸味，为此，他用一口啤酒把汤送下去了。

“事情发生在 60 年代的时候，有个从墨西哥来的女子在那所学校工作。有可能是一种偶然。但也有可能她正好是您要找的女子呢！年龄、时间、国籍都吻合。这是那位已经退休的智利

① 在冷战时期，东德政府于 1961 年制定征兵政策，从德意志自由青年同盟及各级学校中征召新兵，大幅扩充军备。

女翻译告诉我们的。”

“我可以跟那位智利女子谈谈吗?”

“忘掉她吧！如今她住在布加勒斯特。她跟齐奥塞斯库政府的一个官员结了婚。她唯一听说的就是有个从墨西哥来的女人从前做过翻译。现在重要的是您亲自去那所高等学校调查。”

“还需要办什么证件才能去那所学校吗?”

“需要办通行证。它为全世界的革命干部提供意识形态教育啊!”

餐桌上,摆上了卡耶塔诺一辈子也没见过的硕大火腿。说实在的,东德集体农庄的猪大概体积大如牛,活得如王孙,但是是被判处了死刑的王孙,卡耶塔诺一面想着,一面生出了强烈的食欲。奇怪的是智利的食物不像古巴而像德国。

“后天上午十点整,学校接待我们。”“鳕鱼”补充道,一面细细查看火腿的大小,“不过,卡耶塔诺,请您解释一下:都到了这个时候,我不明白我们智利的领导人脑袋究竟在想什么呢? 为什么在智利的形势如此糟糕的时候,这个什么贝阿特丽斯却这么重要?”

三十二

我第一眼看到德莉亚就感觉被她吸引住了。那是在1934年西班牙马德里的克雷奥斯啤酒店里。令我倾心的是她那泰然自若的神情、高雅的气质以及她交往的知识分子圈子。那时我三十岁；她五十岁。我刚刚来西班牙担任领事，陪伴我的是玛莉亚·安东妮塔和可怜的玛尔娃·马丽娜。西班牙内战在酝酿之中。

德莉亚让我的生活有了意义，她介绍我参加了共产党，四处传播我的诗作，改善了我的兴趣爱好和举止风度。此前，我不修边幅，衣裳破旧，指头上有墨水，身无分文，但是口袋里塞满了手稿。是她把我改造成了我今天这样一个诗人的样子。从我认识她的当天下午，我就温柔地搂住了她的肩膀，从此没有分离过。再也没有分离过。好吧，直到二十年后我认识了玛蒂尔德才把她给抛弃了。

德莉亚常常心不在焉，喜欢忘事，敏感，奇怪的是她既讲究艺术又讲究功利，极不善管理家务。她连炒鸡蛋都不会，更不会做土豆泥或者张罗招待朋友的晚饭；但是，她工作表现出类拔萃，不知疲倦，办理各种手续十分娴熟，善于广泛结交朋友。为此，人称“蚂蚁”①。一天，她像一个断了线的木偶一样崩溃了：那是在圣地亚哥我们的樱桃树之家，她在我的衣袋里发现了玛蒂尔德的信，那里面写着她已经怀了孕，是我的儿子。

① 在西班牙语中有“勤劳的人”的意思。

"可是,'蚂蚁',我爱的是您啊!"我嘟囔了一声。那封信在她手里发抖。由于惊愕和痛苦,她的脸色变了。"那件事只是一夜情。可您过去、现在和将来永远是我唯一的女王啊!"

"我们之间既然没了爱情就没意思了。"德莉亚冷冰冰地回答说,"我们不是那种捆绑在世俗规则上的资产阶级婚姻,而是仅仅出于爱情而结合在一起的共产主义之爱。巴勃罗,既然这样的爱已经死掉,我们就应该分手了。"

她命令我立即离开家门。我到了大街上,圣地亚哥在雨中变得若隐若现,棕腹鸫鸟闭上了嘴巴,远处的安第斯山峰蒙上了白雪。我回到了市中心圣克里斯托瓦尔山脚下的查丝蔻纳之家住下。这所住宅是我几年前悄悄为玛蒂尔德买下的。她在那里等着我呢！我换住处和女人的方式如同骑手在飞奔中换马一样。从此以后,我再也没回去看德莉亚。她也从来没有骂过我。据一些可靠的朋友说,她还爱着我呢！如今,她大约九十岁了,仍然居住在目睹我俩分手的老房子中的老家具中间。她是著名的画家、版画家;据我所知,她一直没有找伴侣。某位党内同志会告诉她:我病了。等我离开这世界的时候,她那与我破镜重圆的梦想也就破灭了。

是德莉亚把我介绍给路易斯·阿拉贡[①]、艾尔莎·特里

① 路易斯·阿拉贡(1897—1982),法国著名作家。

奥莱[1]、保罗·艾吕雅[2]和巴勃罗·毕加索[3]的。是德莉亚在智利秘密出版了我的《漫歌》，要求暴君冈萨雷斯·魏地拉结束将我驱逐出境的判决。德莉亚是阿根廷人，离过婚，是一个贵族家庭的女儿。她去欧洲拜画家费尔南德·莱热为师，因此经常出入欧洲共产党人的知识分子圈子。我俩开始同居时，她说服我不要再写那些神秘莫测的诗歌，比如《大地上的居所》之类，而是写一写可以感动人类的爱情诗和政治事业的诗歌。没有她，我就成不了共产党员，我的诗作就不可能送到亿万读者手中。

但是，事实就是事实：尽管我与玛莉亚·安东妮塔结了婚，玛尔娃·马丽娜是我的女儿，德莉亚却偷偷摸摸溜进了我的生活，诱奸了我。我承认没费多大力气就遗弃了妻子和女儿，搬到马德里大学城附近的伊拉里翁·艾斯拉瓦大街的花卉之家与情人同居了。在那里，我们经常举行茶会，与加西亚·洛尔卡[4]、贝尔卡明[5]、阿托拉吉雷[6]、阿卡里

---

① 艾尔莎·特里奥莱(1896—1970)，法国女作家。

② 保罗·艾吕雅(1895—1952)，法国左翼作家。

③ 巴勃罗·毕加索(1881—1973)，西班牙著名画家。

④ 加西亚·洛尔卡(1898—1936)，二十世纪西班牙著名诗人，著有《吉卜赛谣曲集》。

⑤ 贝尔卡明(1897—1983)，西班牙作家、散文家、诗人、剧作家。

⑥ 阿托拉吉雷(1904—1959)，西班牙诗人。

奥·克塔伯斯[①]以及米盖尔·埃尔南德斯[②]聚谈。我们经常喝葡萄酒和茴香酒。然后去克雷奥斯啤酒店,或者去撒旦歌舞厅,经理是马里奥·卡雷尼奥,地点在阿托查大街六十号,厅里有半裸体的舞女跳《可卡因之舞》,由雷库欧那乐队伴奏。我们喝梦塞拉香槟酒、曼萨尼亚白葡萄酒以及索拉西那苹果酒。深夜才回家,酩酊大醉。1936年我与玛莉亚·安东妮塔和女儿玛尔娃·马丽娜分开了。1943年我不再管她们母女俩的事情了,那时她俩居住在纳粹占领下的荷兰。

德莉亚帮助我在西班牙内战后安排成千上万的共和派人士到智利避难。我们送这些人士登上开往瓦尔帕莱索的温尼伯号轮船,摆脱了牢狱和被杀害的灾难。这些人士把智利当成了自己的第二个祖国,为我们的文化做出了贡献。我能无私地对待那些无亲无故的人们,怎么居然如此卑鄙地对待自己心爱的女人和自己亲生的女儿呢?是德莉亚用自己的钱买下了我俩建造黑岛的土地;黑岛既不是岛,也不黑,我喜欢黑岛,很多人认为那是我心爱的家。不幸事件,许多可怕的不幸事件发生在我那些住宅身上:东方之家被台风卷走;花卉之家被弗朗哥分子的炮火摧毁;樱桃树之家

① 阿卡里奥·克塔伯斯(1889—1969),智利作曲家。
② 米盖尔·埃尔南德斯(1910—1942),西班牙诗人。

见证了我俩爱情的结束；黑岛是德莉亚买的，她帮助我成名，我因为爱上了一个年轻女孩而抛弃了她；正是为了这个年轻的情人我在圣地亚哥柏拉维斯塔地区购置一栋房子。只有塞巴斯蒂安之家，那栋俯视瓦尔帕莱索的空中建筑，有鸟巢和空降跑道，没有感情上的污点。

本来我很想跟德莉亚生个女儿，一个健康、活泼、可以让我忘却玛尔娃·马丽娜丑陋脸庞上的苦笑的女儿。可我认识德莉亚的时候她已经是一口枯井了，不可能拿出我渴望的甘泉。也许我记错了。严格地说，我忍受不了再次失败，忍受不了再来一个玛尔娃·马丽娜。正是由于这个原因，多年后，贝阿特丽斯在霍奇米尔科湖畔[①]告诉我已经怀上了我的孩子时，我急忙逃走了。我不肯相信她的话。我缺乏勇气，不能放弃与德莉亚一道开辟的诗歌道路，无法面对再当父亲时将承受的担心。更不可能拿1943年7月的一个重大的转折点去冒险，那时我刚刚跟德莉亚在墨西哥的莫雷洛斯州特特卡拉结婚。那时她五十九岁；我三十九岁。她美丽，令人心生渴望，这也引得一些敌人的耳语在特特卡拉的夜晚嗡嗡乱飞。可在那明亮的圆月下，我送了她瓦哈卡土著制作的一条银项链，而且保证，今生今世永不分离。

---

① 墨西哥一著名湖泊。

在霍奇米尔科，我问贝阿特丽斯："你肯定我真是孩子的父亲？"我和她手牵手乘坐有鲜花装饰的独木舟，航行在运河上。铅灰色的河水散发出树根的气味；月色点燃了萤火虫。

贝阿特丽斯皱着眉头瞅我一眼。

她抗议道："不是你还能是谁？"

"可能是你丈夫呀。"我低声道，松开了她的手。

她不吭声了。在我俩身后，船夫继续站在那里有间隔地击打着河水。

"我没勇气当爸爸。"我轻声坦白道，"你也知道在西班牙我生了一个怪物。这种事有可能重复发生。如果怀的是我女儿，最好打掉她。我只能是畸形女儿和诗歌的父亲。"

贝阿特丽斯一下子跳进了水中，在黑暗中拍水游到附近一块玉米田里。她的身影消失在树丛中。从此再也没见到过她。几年后，听说她生下一个孩子，可我不想知道是男孩还是女孩。我猜测那孩子应该是好心的布拉卡蒙特医生的后代，因为夫妻二人没有离婚……

三十三

"我们跟瓦伦蒂娜·阿尔特曼同志有约。""鳕鱼"对一名警卫说道，后者是从隐蔽在白桦树丛里一间木亭跳到沥青路面上来的，“我们是智利大使馆的人。”

JHSWP高等学校位于柏林东北部小小的勃根森湖湖畔，四周为森林环绕。离此地不远有一个湖泊，名为万德利茨湖，湖对面便是由埃里希·昂纳克领导的东德执政党德国统一社会党领导人高级住宅区。

栏杆缓缓升起。“鳕鱼”在满布树影的碎石路上驾车前进。

“鳕鱼”解释说：“这里从前是戈培尔[①]的避暑别墅。”透过树丛，他俩看见了一座石木结构的大房子。“二战后，这里转到了苏联人手中。他们后来又交给了东德政府。最初这里是非纳粹化运动中心。三十年前，就属于德意志自由青年同盟了。”

卡耶塔诺望着这一切，心中生出孤单和悲伤的感觉。他不明白为什么贝阿特丽斯离开了生机勃勃的墨西哥城以及充满异国情调的哈瓦那之后，偏偏在这样一个隐蔽、无名的地方定居下来。

“鳕鱼”声称：“如今这里是教授马列主义的修道院。据说，东德国家安全部‘斯塔西’在这里招募外国人入伍。九月开课，六月结业。夏天只有教官和翻译在这里。他们住在学校或者附近的一座城市贝尔瑙那里。”

“我们说的那位墨西哥女子呢？”

---

① 保罗·约瑟夫·戈培尔（1897—1945），德国纳粹首领之一。

“别急嘛！这里的同志们应该知道。”

“鳕鱼”把他的瓦尔特堡牌汽车停靠在一辆生了锈的伏尔加旁边。二人向一座广场走去，周围是灰色的三层楼斯大林式楼房。在其中一座楼的台阶前面，一个瘦脸、尖下颌、蓝眼睛的妇女在等着他俩，她就是瓦伦蒂娜。“鳕鱼”为他和她做了介绍。三人走进大楼，穿过一间宽大的前厅，来到一间宽敞、寂静的饭厅，那里的天花板上吊着庄严的铜质电灯。

“鳕鱼”说道：“我在外面等您吧！”

瓦伦蒂娜一面吩咐饭厅工作人员沏茶，一面对卡耶塔诺说：“想问什么您就说吧！要是我回答不了，学校秘书处也一定有人了解这座学校的历史。”

瓦伦蒂娜说，她知道他是智利人民团结阵线中的某位领导人的特使，接着，她又突然说，她不记得学校里有什么人名叫贝阿特丽斯·勒德赖尔。她提醒说，鉴于这里的人会使用化名又禁止拍照，所以调查难度很大。卡耶塔诺拿出贝阿特丽斯的照片给她看，这位女翻译口气肯定地说：从来没见过此人。端上来的是俄国茶，两个杯子上面都漂浮着一片柠檬。二人默默地喝茶。卡耶塔诺担心这个“国家理由”会破坏他的努力。面对这种情况，就算是聂鲁达本人来了也无济于事，除非他道出调查的真实意图。

他感到泄气，不仅仅因为茶水苦涩且有柠檬气味，还因为想起了马格雷探长，羡慕探长对自己才干、经验和技术的信心。他想道，现实生活比小说操蛋多了。支配宇宙的偶然比支配小说情节的活生生的作者要残忍多了。侦探小说里当个出类拔萃的探长可要比无情现实中当个普通警官容易多了。等到将来的某一天，当他喝着酒，舒舒服服坐在塞巴斯蒂安之家的起居室里那张绣花扶手椅上眺望着海景的时候，他需要把这个问题拿出来跟诗人聂鲁达谈谈。

“您从什么时候开始在这里工作的?”他问瓦伦蒂娜。后者正在往茶水里挤柠檬。

四年前，1969年，她来到这所学校。她喜欢这个地方和外国留学生，不喜欢同事，因为他们讨人厌，缺乏热情。一滴柠檬汁水飞了出来，落到了她胸前，沿着衬衣领口露出的三角形皮肤滚了进去。卡耶塔诺想象着那里面一定有一对坚挺的小小乳房，一定是躺在勃根森湖边上晒午后太阳的时候给染上了古铜色。他想，她会如何用指尖抹掉落入乳沟的柠檬水呢？他好像看到了瓦伦蒂娜如何翻译马克思和恩格斯的《共产党宣言》和列宁的《国家与革命》，想象着教室里坐满了来自亚洲、非洲和拉丁美洲的革命者，几个月后，这些革命者个个用燃烧着欲望的眼神注视着她。他想象着那些努力分享着理想和学习政治理论的小伙子们的样子，同样联想到了他在零点基地接受训练的老婆。他想象着这所德意志自由青年同盟学校里坐满了渴望掌握推翻资产阶级政权、在第三世界国家建立社会主义社会的青年们；想象着他们上午学习革命著作，下午高唱革命歌曲和组织论坛，晚上在讨论和喝酒的同时建立秘密联盟，追求德国女孩，带着她们去森林里欢爱；想象着他们中间会有很多人在战斗中牺牲或者被各自国家的警察机关拷打或者杀害。而他自己呢？又在干什么？他怀着什么样的乌托邦思想？老婆批评他有怀疑主义，批评他拒绝参加任何正义事业，批评他有坐山观虎斗的毛病，她说得对啊！

“要是您1969年来到这里，那显然不可能认识我要找的那个人。”他低声埋怨道，一面从刚才的想象中不高兴地回到现实中来。

瓦伦蒂娜用餐巾纸擦掉胸前的汁水后，承认道：“是的。”

“那为什么不带我去见见那些年长的同事呢？”

二人穿过广场，向秘书处走去，路上遇到了一位女孩。她脸色发白，头发金黄，身穿一件长裙，腰身纤纤。她名叫马尔卡莱琴·谢博尔特，夸张地怀抱着几本厚皮大书。女孩问二人忙什么，卡耶塔诺做了解释。

“我不记得有什么人叫贝阿特丽斯。不过，我可以跟你们去找找凯特。我也需要跟她谈谈。”

办公室位于大楼的最顶层，小山上的这座大楼俯瞰广场周围的建筑群，是图书室、剧场、教室和学校书记处的所在地。瓦伦蒂娜推开一扇门，请卡耶塔诺和谢博尔特在走廊上稍候。

“《历史唯物主义和辩证唯物主义》、《资本主义经济基础教材》、《苏共党史》。”[①]卡耶塔诺高声读出女孩怀中大书书脊上的书名，“您讲授这些课程吗？”

“我不授课。我翻译给拉美人看。他们应该了解这方面的知识嘛。”

“所以您西班牙语说得很好。”

“您说是就是吧……”

“真遗憾啊！没人记得自己的同事了。每个人一辈子总以为自己是世界上少不了的人，可是一离开世界，如果走运，也许十一月初还有子女扫墓、献花，[②]不过以后就没人怀念你了。这就是有人催促我寻找贝阿特丽斯的原因啊！”他沉重地摇摇头。

女翻译低声说：“这里不会有什么消息的。学校从来不提供教职员的情况。这里的人没名没姓没面孔啊！您不知道吗？”

“知道。可有人帮助我，有智利大使馆支持我。这理由太充足啦！”

“真的吗？”

---

① 此处为德语。原文为：“Historischer und dialektischer Materialismus, Grundlagen der kapitalistichen Wirtschaft, Geschichte der KpdSU”。

② 每年的11月1日到11月2日为西班牙的万圣节，每到此时，西班牙家庭都会去墓地扫墓，献上鲜花，点几盏灯，祭奠逝去的亲人。

“当然啦，我的介绍人很硬。还有阿连德和昂纳克的关系很好。”卡耶塔诺回答说，这敏感的女孩引起了他的好奇心。

“如果斯塔西支持您，那情况可能很乐观。”

“我没开玩笑。派我来这里的那位智利人在世界上很有影响力。”

“别天真了！”她把落到肩膀上的长发理一理，“这里谁也不会告诉您任何情况。尤其是关于贝阿特丽斯的。”

“这么说你认识她啦！”

“那个想见到贝阿特丽斯、又非常有影响力的智利人是谁呀？”

他不能说。他想，她有可能是斯塔西的特务，负责调查他来德国的动机。从窗口向外望去，他看见一组铜像，跟真人同等身材，在广场中央熠熠生辉。雕刻的内容是一排孩子手拉手在草地上欢喜雀跃。

“我理解您对我的不信任。”她说，走廊很长，一侧是一些关闭的灰色房门，一侧是干干净净的玻璃窗户，“如果您愿意跟我谈谈，明天八点钟可以在白鹿酒店找到我。看看这里是不是拒不开口吧！”

谢博尔特刚刚离开，瓦伦蒂娜就开了办公室的门，身后跟着一位粉红皮肤、蓝眼睛的老太太，很像西班牙雅致牌瓷偶。

“卡耶塔诺，请进！”瓦伦蒂娜说，“凯特同志会向您提供一切跟您的调查有关的信息。请进！请……”

三十四

白鹿酒店位于贝尔瑙的艾伯斯瓦尔德大街三十七号，附近有一条公路直通工业城市艾伯斯瓦尔德，路两边均种着苹果树。酒店的旧墙上生长着一些攀缘植物，间或露出一些砖块，像是返潮灰泥中露出的蛀牙。卡耶塔诺走进酒店，迎面扑来的是烟味和啤酒味；在半明半暗的光线下前行的时候，收音机里传出来卡拉特乐队主唱那极具特色的沙哑嗓音，此人正在演唱《天鹅之王》。他花了几分钟才找到谢博尔特。她在吸烟，面对窗户的桌上摆着一杯比尔森啤酒和一杯双粮白酒。

她说："我提醒过您，他们从来不吐露教职员的情况。"她脸色发白，眼圈发黑，目光中透出金属光泽，再次给卡耶塔诺留下了深刻印象。

"你是对的。"卡耶塔诺在谢博尔特对面坐下来，"瓦伦蒂娜和凯特都不知道贝阿特丽斯的情况。"

收音机这时在播放布拉格金嗓子卡莱尔·格特[①]演唱的情歌，共鸣风格很像猫王埃尔维斯[②]和鲁乔·卡迪卡[③]。在拐角

---

① 卡莱尔·格特（1939— ），捷克歌手。

② 埃尔维斯·普雷斯利（1935—1977），美国著名摇滚乐歌手。

③ 鲁乔·卡迪卡（1928— ），智利歌手，善于演唱波丽露舞曲。

处，一对上了年纪的夫妇在雨伞架后面吃晚饭。再远一些的地方，几个身穿花衬衫、头发又长又乱的家伙在喝酒。餐厅尽头的桌子周围坐满了吵吵闹闹的食客。卡耶塔诺和谢博尔特点了洋葱汤和马铃薯丸子，要了一瓶斯蒂尔布鲁特酒，据谢博尔特说，这是一种保加利亚葡萄酒，味道不错。

“这么说您认识贝阿特丽斯了？”卡耶塔诺追问道。

“我在学校里认识这么一个贝阿特丽斯。”她用双手拢拢头发，“可能是您要找的那个女人。她从墨西哥来，姓莎尔。全名贝阿特丽斯·莎尔。”

“莎尔？您肯定？”

“绝对肯定。”

“但是，在这所学校里，人人都用化名啊！”

“外国留学生用化名。工作人员和德国学生用真名。我的名字就是真的。”

卡耶塔诺从短衫衣袋里掏出贝阿特丽斯的照片，这张照片被刊登在墨西哥一家杂志上，接着把照片放在灯光下。谢博尔特仔细观看。

“很像她。”她说道，一面性感且神秘地眯缝着眼睛。

“是不是她呀？”

“贝阿特丽斯更粗壮些，是个果断的女人。”

“可照片上的她只有二十岁，时间会让人变样的。你说认识她是在什么时间呢？”

“是她在这所学校的最后一年。她走，我来。这话我不能当着瓦伦蒂娜的面说。她是制造恐怖的机器人。别相信她呀。”

卡耶塔诺摸摸胡须，看看那对老夫妻，他们正在买单要离开。

“对不起。你多大岁数？”老人正在帮助老伴穿雨衣。

“二十七岁。”她说道，一口喝光了双粮酒。

“瓦伦蒂娜在学校里待了七年[①]，都没赶得上认识贝阿特丽斯，你就更不可能认识她了，除非你十六岁就开始工作了。”

“我认识贝阿特丽斯的原因是当时我在威廉·皮克学校念书。”她示意服务员再来一杯酒，“认识她的时间是 1963 年，就是十年前啦！”

“如果我们说的是同一个女人，那她当时有四十岁了。”

“差不多就是这个年龄。”

贝阿特丽斯改换姓氏让他愕然。她在哈瓦那姓勒德赖尔，到了东柏林改为莎尔。那么在墨西哥城的时候，她真实姓名又是哪一个呢？聂鲁达不是说过费希特吗？在四玫瑰学院的档案里，有人说她姓“德·布拉卡蒙特”。他收起照片，点燃一支古巴大众牌雪茄，雪茄立刻散发出来一股刺鼻的干草味。他吸了一

① 前文提到瓦伦蒂娜是四年前来到这所学校的，应该是作者的笔误。

口，忧心忡忡。

“你说说她的模样吧！”

“金发，碧眼。皮肤白皙。有斯拉夫人特色的德国人。”

“她在学校做什么工作？”鼻子里喷出来一股白烟让他感觉自己像普鲁士草原上的一只小龙。

“在为拉美人开设的马列主义课上当翻译。跟我现在的工作一样。这个工作很愉快，收入很高，可以认识别的国家的人。”

“她有情人吗？”

“如果有的话，也是校外的。她在刽子手塔楼对面租过房子，位于本市中世纪大墙附近。我记得贝阿特丽斯有一个女儿。我想是叫缇娜。”

“缇娜看上去多大？”他觉得前后情况开始吻合，来了劲头。

“大约二十岁。我在学校组织活动的时候见过她两三次。五一国际劳动节，十月七日民主德国国庆日，我们都有庆祝活动。”

卡耶塔诺的近视眼看到了从玻璃窗射进来的黯淡霞光。事情似乎有条理了：贝阿特丽斯是德国血统，所以在墨西哥城的学院里教授德语，并且来东德旅行。这一切都说明一些问题。但这个贝阿特丽斯·莎尔就是古巴的贝阿特丽斯·勒德赖尔吗？就是他要找的那个墨西哥的贝阿特丽斯吗？就算是同一个人，为什么她要离开墨西哥城，要离开革命的古巴，偏偏来到这个东柏林偏僻的政治思想学校里栖身呢？如果她来到东德的时间是在柏林大墙修建起来之后，那么她就是有左派思想信仰的女性。那为什么要改换姓氏呢？躲避什么人吗？他推测也许她卷入了丈夫去世的事情中了，他比她大得多啊！是否从丈夫那里继承了钱财？

服务员把双粮酒放到了餐桌上，动作粗鲁地打开了瓶盖，斟满了酒杯，没等二人尝一尝，就一头钻进了酒店昏暗的深处去了。

“你为什么信任我啊？”他问她，同时把烟头熄灭在烟灰缸里。这时，布迪士乐队[①]的一首歌正在诉说生命如同树木一样渴望存活，歌词让他想起聂鲁达的话。“我是外国人。这所学校培养革命者，您向我提供了这个学校一位原教职员的情况。我想，这在本地会被称为‘叛国’行为吧！”

谢博尔特品尝了一小口双粮酒，好像在美酒里寻找答案。随后，她说道：

“信任您只是因为您给我的感觉很好。”

“对于一个跟秘密特工一道工作的人来说，这话说得太天真了。”

“您疑心病太重了。”

---

① 布迪士乐队和前文中出现的卡拉特乐队都是东德较受欢迎的主流乐队。

"您有可能是安全局的特务啊……"

"那就为贝尔瑙的玛塔·哈莉①干杯吧!"她嘲笑道,目光炯炯有神。喝了一口之后,她又说:"保加利亚人的酒不错。"同时目不转睛地望着他。

这时传来戴密斯·鲁索滋②演唱的《直到永远》,地中海的旋律传遍了整个酒店。谢博尔特的天真态度唤醒了卡耶塔诺的疑心。她的态度是真是假?这个如此漂亮的美女是不是安全局的特务?至少她工作的单位应该是重要部门。他想,只要跟她谈话,就有可能让一切都落空。他想起聂鲁达坐在瓦尔帕莱索扶手椅上的情景,他相信他会没日没夜地去完成委托给他的任务。可他呢?此时此刻,在贝尔瑙遥远的村镇上跟一个很可能是东德特务的德国女孩调情。他想起了安贺拉,此时此刻她正在泥潭里匍匐前进呢!或者正在攀登绳梯,或者在古巴山上拆卸AK47步枪,身穿那套橄榄绿的制服,脏兮兮,浸透了汗水。

他追问道:"谢博尔特,你做这一切是为了什么呢?你不知道自己跟谁搅和到一起了。我会给你添麻烦的。学校里会处罚你的。"

她迅速喝光杯中酒,说道:"你知道我昨天去威廉·皮克学

---

① 玛塔·哈莉,游戏光碟中的美女间谍。
② 戴密斯·鲁索滋(1946—),希腊著名歌手。

校干什么吗?”

“我猜是去找凯特谈话,收拾图书室的书籍。”

“去搬出我办公室的东西。”她慢慢地说道,停顿片刻,然后直视他的目光,“昨天是我最后一天去那里。”

“怎么回事啊?”

“我被解雇了。”她咬咬嘴唇。服务员再次为她斟上双粮酒。“我的前途完了。”

“什么理由解聘你?”

她模仿着官员的口气,说道:“‘品行不端,不能胜任工作’。学校查出来几年前我有过情人,是西柏林的。有人检举了我。得了,忘掉这事吧! 您只不过想知道我为什么要帮助您,对吧?”

“也许现在不该跟你谈这些的。”

“恰恰相反。换换话题我还舒服些。同事们已经开始躲着我了。知道吗? 我只好离开宿舍,回母亲家去,她住在马格登堡。”她用刀刃拨开桌布上的面包屑。“一句话,我帮助您,因为我想您一定有充足理由要找这个贝阿特丽斯。我非常佩服她。过去我相信一切。她是个真正的革命者,是在第三世界做过许多工作的,是布莱希特[1]说的那种不可或缺的人。她不像我们这些人。我们是跑龙套的,只是些数字与统计资料,注定只能从柏

[1] 布莱希特(1898—1956),德国著名剧作家。

林围墙后面想象这个世界。”

“那么，你和她是朋友吗？”

“我很愿意成为她的朋友。可是她比我大得太多。有一天，她就这样走了，再也没回到学校。”

“学校里的人怎么解释她的出走？”

谢博尔特发出一声冷笑。

“没有任何说法。就是失踪了。甚至没人看见她打点行李。一天早晨，她的办公室里就没了人影。没人知道她的下落。有些事情这所学校根本没人打听，卡耶塔诺·布鲁雷先生！那是1964年的事情。”

“她女儿呢？”

“她学戏剧之类的专业，但是在莱比锡。从此，我再也不知道她俩的事情了。”

卡耶塔诺泄气地想：现在可走到死胡同里了。学校里也没人知道贝阿特丽斯母女的下落。他正在被牵连进一场麻烦里，有人出于报复打算助他一臂之力。他想起了马格雷探长。在一件类似的案子里，这位探长镇静而巧妙地避开了一些场面，从而可以躲在北部省加利酒吧间里惬意地吃海鲜。可他不是在西默农的什么小说里呀，而是置身于东德贝尔瑙一家破酒店里，三里之外就是苏军的兵营；他自己除去小说里提供的经验，不懂别的什么侦查手段啊！如果说马格雷探长是在世界中心破案，那么他就是在边缘地带侦察了。区别就在于此：一个是第一世界作家笔下虚构的侦探；一个是苟活于严酷的第三世界的流亡者、一个初出茅庐的新手、一个有血有肉的侦探。他看了看手上的俄国表，那是用一件巴拿马衬衫在哈瓦那跟乐手帕奎多·德里维拉换来的，幸运的是还在运转。已经是夜晚十一点多了。

马尔卡莱琴简单明了地告诉他："最后一班火车十一点四十七分发车。错过了这一班，您就得等到凌晨四点四十七分再回柏林了。"

他注意看她躲避在烟雾中的眼神。收音机里传来播音员抑扬顿挫的声音：莱比锡的煤炭生产量打破了纪录；东德和苏联的关系有了密切的发展。他想：跟一位脑海里能记住列车时刻表的人生活在一起是怎么个滋味呢？跟这种人生活是更容易呢，还是更复杂？德国人的生活是悬挂在钟表上的；古巴人不需要钟表；智利人虽然也用钟表，但并不十分相信它。显然，不可能准时到达火车站了。

卡耶塔诺用餐巾纸擦擦胡须，说道："我坐计程车去柏林。"

"布鲁雷先生，这里不是西柏林。夜间这里没有公车，没有计程车。"

"至少可以在附近住旅馆吧！"

马尔卡莱琴说："看来您真的不了解什么是真正的社会主义啊！这里的旅馆需要提前几个月预订房间。如果您愿意，可以住在我宿舍里。房间只有一个，但总可以想办法解决的。您愿意走到亚历山大广场，还是跟我过夜？”

三十五

在谢博尔特的宿舍里，时间仿佛依然停留在50年代。她住在平安大道一座建筑的五层楼上，起居、吃饭都在一间房里，晚上房间就成了卧室。房间里有个书架，摆着马克思、恩格斯、列宁的著作；一台黑白电视机；一台收录机。一个长毛绒狗熊躺在沙发床上，头戴金花冠。房间尽头有卫生间和淋浴室；另一侧有通向阳台的门和窗。

“这个地方就像你一样。”卡耶塔诺脱鞋的时候说道。谢博尔特已经把脱下的鞋子放到门后面去了。

“像我？”她问道，由于喝了酒她已经昏昏欲睡了。

“对，像你一样，殷勤好客，本本真真。”

听了恭维，她露出了笑容。卡耶塔诺想，对待女人，有时只要说上几句甜蜜的话就能把她们征服。从阳台向外望去，据谢博尔特介绍，那边是苏军兵营的灯火，他们的任务是对付企图攻占东柏林的西方军队。卡耶塔诺想，如果就在这个时候第三次世界大战爆发了，落在他头上的导弹不仅有北约攻击东柏林的，而且还会有华沙公约没有打到西柏林的。他想，睡在这里等于是睡在椰子树下,迟早会有椰子落到脑袋上。

谢博尔特吩咐道:“冰箱里有白葡萄酒,拿出来!打开!别的事我来办。”

她把沙发变成了双人床,铺上母亲亲手绣的床单,拍平塞满了鹅毛的枕头,然后从衣柜里拿出干净的毛巾。她的动作准确,利落,符合规范,好像与陌生人同床共枕是家常便饭。卡耶塔诺把酒带到阳台,深深地吸了一口夜间的空气:温暖、芬芳。天上布满了星斗。

“那边就是波兰。”谢博尔特一边向东方努努嘴巴,一边把酒杯送到阳台上,“再向东就是列宁的故乡了。”

卡耶塔诺想:这讽刺的口气是在挑逗他吗?二人干杯,默默地注视着夜景。他想,再过一会儿,就要跟马尔卡莱琴上床了,他肯定可以平息自己的性欲,因为他属于拉美爱情派,喜欢开头犹犹豫豫,随后逐渐深化的浪漫爱情,喜欢男人采取主动的做法。那种真正社会主义妇女解放的一套让他不舒服和感到拘束。这酒是罗马尼亚的,发甜,属于那种会上脑的酒,他有些担心地想道。远处,一列火车夜间行驶,甩出一长串灯光。他觉得这火车就像是通往艾伯斯瓦尔德的公路旁边躺着的一只死了的大袋鼠。将来回到瓦尔帕莱索的时候,一定要去看看他的朋友、眼科医生约翰·斯坦勒。他肯定会说他近视度增加了。

谢博尔特告诉他:“那是开往莫斯科的快车。每晚从柏林东站行驶至华沙，然后穿过大草原。发车点是比利时的奥斯坦德。只要我还年轻就不能去奥斯坦德，因为东德的规定：不退休不能出国。”

那趟灯火通明的列车“轰隆轰隆”地跑远了。现在只有这座大楼孤零零、静悄悄地面对艾伯斯瓦尔德大街上的苹果树了，大街上有路灯间隔均匀地发着光。贝尔瑙的“大袋鼠”没了踪影。

谢博尔特举起酒杯，笑着说：“希望你能找到贝阿特丽斯！”

半明半暗中，二人互相看着。房间里的透明窗帘泄露出些许亮光。卡耶塔诺搂住她的细腰，温柔地向室内走去。他把酒杯放在窗台上。二人拥抱在一起。她轻声在他耳边说：

“先洗澡吧！”

卡耶塔诺感到有些拘束。他不喜欢把性交安排得好像去看医生。激情一来就应该火上浇油，别预先设置障碍和条件。可他能做的事不多。马尔卡莱琴已经开始在他眼前脱光衣裳了，一件件像天女散下的花。她脖子长，白嫩，乳房小，坚挺，乳头呈玫瑰色，大腿肌肉结实。她迈进了洗澡间，在卡耶塔诺视网膜上留下她圆月般的美臀。

三十六

第二天早晨，她叫醒了他，送来一杯咖啡和一片果酱面包。

她身穿一件棉袍，头发乱蓬蓬。卡耶塔诺坐起身来，呼吸着混合着来自艾伯斯瓦尔德大街上的芳香的咖啡味，从敞开的阳台上钻进来苏联国歌。

“这项服务仅仅在第一天提供给我的情人们。”谢博尔特唇边露出一丝嘲笑，木托盘上有两杯著名的东德白气泡酒：小红帽，“而且必须是上完床之后。在这之后我们的责任就一样了。这个国家的妇女就是如此：同工同酬。要学会呀！”

“我昨晚表现怎么样？”

“长途旅行之后能有这样的表现就算不错了。”喝下“小红帽”之后，她挤挤眼说道。

卡耶塔诺穿上蓝绸晨衣，好像是谢博尔特为临时情人保留的。二人到阳台上吃完了早餐。越过兵营看去，公路上跳跃着亮光，平原上是一片玉米地，鸟叫声充满了整个早晨。卡耶塔诺一面擦拭眼镜一面想，这是个生活的好地方。此时，谢博尔特把《新德意志报》放在桌子上。他自问：这一次背对西方，在柏林围墙后面定居下来，跟一位像谢博尔特这样的女孩重新开始生活，会怎么样呢？但他急忙抛开了这些想法，琢磨着应该回到自己原来的生活里去。也许此时此刻聂鲁达或者“鳕鱼”正想到柏林城市饭店找他呢。假如贝阿特丽斯的线索再度复杂起来的话，他该如何是好呢？

他对谢博尔特说：“你是唯一能帮助我找到贝阿特丽斯的人

啊！”他觉得“小红帽”的味道很像智利瓦尔帕莱索的香槟。“你得助我一臂之力啊！”

“那你得先告诉我为什么要找那个女人。”

如果道出缘由，那就背叛了聂鲁达，他想，因为谢博尔特有可能是安全局的特务。让他感到害怕的是她作为FDJ高等学校的工作人员，居然跟像他这样的外国人掺和在一起。相反的，瓦伦蒂娜则表现得很冷淡。另外，谢博尔特恰恰出现在他在勃根森湖打听贝阿特丽斯的时候，这实在太巧合了。也许安全局窃听了他的电话交谈，现在要寻找可以弄明白他的调查内容的细节。要不然就是古巴艺术家与作家联盟里那位安全局人员——雷米西奥——向哈瓦那的领导做了汇报，这些领导又通知了东柏林的同行。还有不能排除的一个可能性是，“鳕鱼”向德国人报告了情况。聂鲁达不是说过吗：古巴有许多智利人出于政治信仰而与秘密警察合作。为什么他们就不能在东德同样行事呢？

“是因为一个爱情故事要找贝阿特丽斯。”他这样说道。这不是谎话，也不全是真话。侦探应该学会赢得提供消息人员的信任，这是马格雷探长在小说里的建议。

“听起来很浪漫。但是我不信。”谢博尔特迎面骑坐在他的腿上，将手伸进卡耶塔诺的晨衣，并在他两腿间摸索；与此同时，她的嘴唇在他颈部上下滑动。“贝阿特丽斯会掺和到爱情纠葛里吗?”

“为什么不会呢?”

“因为她不能爱任何人。她太讲究实际了。”

卡耶塔诺感受到了上午阳光在他前额的抚摸,此时,令人厌倦的浑身无力感占据心头。他闭上了眼睛。谢博尔特的双腿温柔、有力。他闻到了她口中的酒气。

她在他耳边低声说:“那女人很难找到。”

“离开学校后,她去什么地方了?”

“她的影响范围太大,你不可能找到她。”

“至少你说说谁能帮助我。”

谢博尔特开始扭动腰身。卡耶塔诺越过她肩膀上方看到一群自行车运动员正从艾伯斯瓦尔德大街上的苹果树底下驶过。空气中继续传来鸟鸣声和苏联人的合唱声。

“你不可能找到她。她是一个大机关里的人。”她一面说一面不停地扭动腰肢。

“她为谁工作?”

“这我不能告诉你。否则会要我的命。”

“那谁能帮助我们?”

“也许只有她女儿了。”

“可我们根本不知道她在什么地方啊!”

“小傻瓜,你很有耐力,可是不精明。”

“你想说什么?”

“我想说的是她女儿肯定曾在贝尔瑙中学注册过……”

三十七

谢博尔特容光焕发地从贝尔瑙中学回来,她穿的是一袭绿色、白点长裙,看上去一副学生模样。卡耶塔诺在火车站旁边的米特罗帕餐厅等她,喝着啤酒,看着杂志。女校长找到了缇娜·莎尔的档案:60年代时每个周六下午在校讲授戏剧,但平时在莱比锡马克思大学戏剧学院念书。她曾在贝尔瑙中学给她的中学学分做了认定,因为她来自墨西哥,但是,后来就没了她的消息。

“丫头,你真神了!毫无疑问,这个缇娜就是贝阿特丽斯的女儿啊!”卡耶塔诺亲亲她的嘴唇,“你想吃什么?”

“来瓶杜松子酒就好。”

他转身回来时带回了双粮酒。空调机把从门外钻进来的热气与大麦味混合起来了。

他举起酒瓶,说道:“我必须找到缇娜,跟她谈谈。”

“那就得去一趟莱比锡。”谢博尔特尝尝酒,摇摇头,露出苦相,“我有个戏剧界的朋友,他可以帮上忙。”

次日,他系上聂鲁达送给他的羊驼图案、淡紫色的领带,跟谢博尔特一道搭乘特快列车,去南方了。五小时后,二人下榻在市中心的艾斯贝里亚饭店。两个人走上街，在铺有石砖的街道上散步，两侧是墙皮剥落的门脸，弯道上，木头电车吱吱扭扭乱响，周围全是刺鼻的烟煤气味。

二人在奥尔巴赫酒馆[①]吃了晚饭，这家餐厅位于市中心一座大楼的拱顶地下室里，并等待一个朋友来此与他们会合，此人名叫卡尔·冯·韦斯特法林，是谢博尔特的朋友，领导哈雷-诺伊斯塔德工人剧场。二人刚刚用完白葡萄酒、鳟鱼，卡尔就到了。他个子很高，黑眼睛，粗眉毛，头发梳成马尾头。根据他与谢博尔特对视的样子，卡耶塔诺推测二人是情人。卡尔依稀记得有过一个女学生名叫缇娜，在城里的卡尔·马克思大学的戏剧学院上演说课。

“那大概是 1963 年的事。但是记不清她的模样了。只记得她的德语发音带有口音。”

“我要找的那个女人来这里之前住在拉丁美洲。”

“可能是她。德语说得不错。”卡尔理理头发，说道。

从隔壁餐桌传来一阵阵大学生醉酒后的吵闹声。卡耶塔诺仍然好奇的是：为什么贝阿特丽斯在古巴姓勒德赖尔；而在德国则姓莎尔呢？莫非莎尔是她在湖畔那座学校里的化名？如果要

① 《浮士德》所描绘的众多场景中唯一真实存在的地方，餐厅门前还有浮士德与魔鬼孟菲斯特的雕像。

继续调查，就应该确定贝阿特丽斯的真实身份。现在他可羡慕马格雷探长了：后者总是可以支配官方档案，得到政府的支持，看到大量身份登记资料。不过他想，这样的查案也就没意思了。

“我说的那姑娘如今应该有三十岁了。”在大学生的喧闹声中，卡尔说道。学生里面有个瘦高个子，脸色苍白，声音粗哑，身穿黑色衣裳，像个魔术师。他时不时地从墙壁上渗出的啤酒液（至少卡耶塔诺觉得墙上在渗出啤酒液）那里假装斟满酒杯。卡耶塔诺没有特别认真在意这事，因为这个晚上自己已经喝多了。他更愿意问问卡尔：东德戏剧专业的毕业生通常有哪些出路？

“优秀生能在柏林或者魏玛找到工作。”卡尔说，“其余的人去罗斯托克、德雷斯顿，或者留在莱比锡本地。没有任何关系的最后去乡下剧团，就像本人这样。”

卡耶塔诺问：“戏剧学院会不会有什么人知道那女生的下落？”

卡尔回答说，他认识一位《世界舞台》[①]的记者，这是一家老文化杂志，经常报导戏剧界的情况。也许这位记者是合适的人选。但此人并不一定能提供消息，因为他（名叫汉内斯·维尔兹）有时会不走运，不过明天他还是会打电话给他。如果问出什么情况，他会在他下榻的旅馆留讯息。接着，卡尔又要了啤酒和

① 德语原文是：Die Weltbühne。

双粮酒。

在一一走遍了莱比锡市中心的所有酒吧，又参加了十月十八日大街一幢楼内的学生聚会之后，卡耶塔诺和马尔卡莱琴与卡尔告别，二人双双搂抱着，摇摇晃晃地向旅馆走去。

“你想什么呢？”谢博尔特问他。厕所的门是敞开的，她在里面对着镜子卸妆。

卡耶塔诺把眼镜放在床头桌上，愁眉苦脸地说道：

“真想让你看看瓦尔帕莱索啊！那才是生活：一会儿在高处，一会儿在低处，但是总有阶梯和通道，可以上上下下，或者摔一跤。在瓦尔帕莱索，尽管你不信，死人可以复活啊！你想去吗？”

“卡耶塔诺，你还是不明白这边的事情。没满六十岁我是不能出国的。你只能耐心等待啊！”

他不说话了，为自己的笨拙生气。房间的天花板上，反照出旅馆招牌的绿光。他忽然想起安贺拉在望海区公园黄槿树下的情景：她急促地朝着远处等候她的拉达轿车走去；他想起自己后来强烈的孤独感。他还想起来他和她在迈阿密海滩的大洋路饭店相识的经过；想起退休人员在饭店门廊里消磨时光，等候死期来临的情景。他再次想象她身穿橄榄绿军服慢慢淡化在哈瓦那柔和的暮色里的样子。他承认自己特别渴望有个伴侣，夜里相拥而眠，次日醒来面对瓦尔帕莱索海湾共进早餐。这时电话响了。

卡尔在电话里问他："卡耶塔诺，是你吗？我那位朋友说，你要找的那个人在柏林人剧团工作。"

三十八

她名叫缇娜·费尔巴哈。或者至少是用这个名字在柏林人剧团演戏。该团创办于1949年，创立者是贝尔托·布莱希特。缇娜的换姓没让卡耶塔诺吃惊，因为许多艺术家都用假名。聂鲁达不就是叫里卡多·内夫塔利·雷耶斯·巴索阿尔托吗？加夫列拉·米斯特拉尔的真名不就是卢西拉·戈多伊·阿尔卡亚加吗？卡尔的声音给他带来了希望。缇娜·费尔巴哈就是缇娜·勒德赖尔，就是贝阿特丽斯·莎尔的女儿，就是40年代在墨西哥出生的那个婴儿啊！会不会就是诗人聂鲁达的亲生女儿呢？这件事如何才能确认呢？缇娜能知道她父亲不是那位古巴-墨西哥医生，而是智利诗人聂鲁达吗？她母亲在哪里啊？那是聂鲁达年轻时爱上的女子，是世界上唯一知道真相的女子。而聂鲁达焦急地盼望着了解真相啊！

第二天，他们在旅游咨询处拿到一份小册子，上面有柏林人剧团本季的节目单。节目单预告缇娜·费尔巴哈将扮演维吉尼亚的角色，这是布莱希特在纳粹统治时期流亡国外时写的《伽利略传》中那位天文学家的女儿。卡耶塔诺邀请谢博尔特在咖啡馆的阳台上用餐。上午的阳光灿烂，他感觉自己有些乐观。如果谢博尔特认出扮演维吉尼亚的就是缇娜，那他就要设法接近缇娜，再找到她母亲。

二人乘坐下午的头班快车返回柏林，到达后，直奔柏林人剧团，买到了周末演出的最后两张票。他俩的票是正厅座位的最后一排；但是这就够走运的了，因为在东德，《伽利略传》的满座率总是很高——这是女售票员的解释。尤其是现在由沃尔夫冈·海因茨[①]演伽利略，由弗里茨·贝内维茨[②]执导。卡耶塔诺想，聂鲁达说得对。他和聂鲁达在瓦尔帕莱索街上散步时，诗人告诉他：文学、艺术只有通过社会主义才能完全发挥其重要作用；只有在社会主义国家里，人们才会追捧作家和艺术家，为此，政府才会监视知识分子。在资本主义国家则相反，任何一个艺术家都可以信口开河，因为只有寥寥数人听他说话。在等候看戏的几天里，卡耶塔诺和谢博尔特就在柏林城市饭店的小房间里疯狂做爱。外面，瓢泼般的冷雨下个不停，屋顶和街道湿漉漉，电车依然吱吱呀呀地来回行驶。雨一停，灰色的天空刚刚露出一线亮光，二人就手牵手或者搂抱着出门散步，极力忘掉只要

---

① 沃尔夫冈·海因茨(1900—1984)，德国著名演员。
② 弗里茨·贝内维茨(1926—1995)，德国戏剧导演。

他一穿过大墙向西柏林走去，二人的关系注定完结。那几天，二人在弗里德里希大街火车站旁边那间唯一的餐厅伽倪墨得斯吃饭；在丽宫大街的弗莱尔咖啡馆喝咖啡；去攀登电视塔的转台，眺望东西德的分界线；去参观布莱希特博物馆。

"这样一来，什么阿猫、阿狗就都是共产党员了。"谢博尔特不满意地说道。二人正从布莱希特宽敞的套房里向外张望，下面是德国史上名人公墓①。"布莱希特支持德国统一社会党的政权，可是生活得像个资产阶级，在西方出书，可以自由出入西柏林。"

"丫头，就算他有信仰，但也不全信。"卡耶塔诺想起了聂鲁达在智利的三所住宅以及刚刚在法国诺曼底租下的房屋；还想起诗人为他这次国际调查活动支付的大量美元账单。

她说："他就像伽利略，善于与当政者共处，不该说话的时候就沉默，捞取政府提供的种种好处。所以才写《伽利略传》。伽利略是他笔下的英雄。只要拿出刑具来给他看看，他就会像伽利略一样胆怯。"

卡耶塔诺挑逗她："刑具摆在你面前，难道你不一样吗？"

"谁天生就是烈士脾气呢？布莱希特说：这个倒霉的国家需

① 柏林的多萝西区公墓。这里埋葬着布莱希特及其太太，哲学家黑格尔，费希特等众多德国名人。

要英雄啊！他说得有道理。掌权的人把为他充当炮灰的人称为英雄。”她难过地回答。

二人走在公墓的树林里，脚下的碎石发出“咯吱咯吱”的声音。黑格尔和费希特的坟墓已经留在了他俩的身后。现在，二人站在卡尔·弗里德里希·申克尔的方尖碑和自画像前，此人为黑格尔和费希特雕刻了墓碑。一群麻雀惊慌地飞走了。再过去一些有两块巨石，上面刻着布莱希特和他妻子——海伦·威格尔——的名字。从树叶上落下的雨水带出一股土地的芳香。随后，二人回到了旅馆，一边面对窗外做爱，一边欣赏着柏林墙，再过去一些，穿过死亡地带，就是西柏林的街道了，那是谢博尔特不可企及的地方。

演出的当天夜里，二人在卖花亭买了玫瑰花，带到柏林人剧场后，寄放在衣物间。卡耶塔诺相信只要那位女演员一离开化妆室，他就能接近她。二人一丝不苟地欣赏了演出的所有细节。舞台上，维吉尼亚恭恭敬敬地听父亲的话，那是个老迈、半瞎的伽利略，他在纸上胡写乱画，对资产阶级阿谀奉承，在宗教裁判所的神父面前摇摆不定。卡耶塔诺盯着那女演员的麦色头发，盯着她那褐色的眼睛、突出的颧骨和粗壮的身材。他在想：这是不是聂鲁达的女儿呀？缇娜·费尔巴哈虽然化了妆，仍可以看出是拉美女子，这增加了她是聂鲁达女儿的可能性。但他不得不承认模样没什么意义，因为无论聂鲁达还是布拉卡蒙特医生都是拉美人啊！那女演员可以是二人中任何一位的女儿。

就在他极力寻找聂鲁达在女演员身上可能留下的痕迹，寻找她脸上或者身体上某些不可否认的特征从而证明聂鲁达和她之间确实有血缘关系的同时，他吃惊且不安地发现，有个剧中角色随着剧情的发展越来越像他自己，这个人物就是安德烈——伽利略年轻而勇敢的弟子。好像这部作品借助这个人物极力要把他推到镜子面前去照一照，让人无法拒绝。他卡耶塔诺就像那个热情地仿效自己的老师的意大利青年一样，作为聂鲁达亲手塑造的侦探，投身于聂鲁达的事业里；他不得不承认，这样的处境让他感到自豪，使他充满了毋庸置疑的生命力。伽利略、布莱希特和聂鲁达的共同处绝不仅限于逃避痛苦：这三人都有能力改造周围的人，都有能力让周围的人换另一种方式看待世界，都有能力在几乎不知不觉中传播教诲。如今他已经不是认识聂鲁达之前那个卡耶塔诺了。剧情的结尾，安德烈在与老师决裂又公开悖离了老师的理论之后，又与老师和解并且从老师手中接过科学遗产，这深深地感动了他。他能完成聂鲁达交办的任务吗？那个在舞台假装为父亲的信仰恳求苍天的女人能是聂鲁达期盼的亲生女儿吗？

大幕一落，掌声四起，卡耶塔诺和谢博尔特赶忙去衣物间取回花束，马上向演员出口处走去。外面在下雨，他们躲进了天棚下面，周围是一群摄影记者和模样叛逆的长发青年，在香烟缭绕中聊天等着演员们的到来。谢博尔特有些慌乱。她不敢保证维吉尼亚就一定是贝阿特丽斯的女儿,她只是十年前,在湖畔的学校晚会上见过那女孩。化妆、灯光和舞台的距离,加上岁月的流逝,都不利于最后的辨认。一小时后,就在二人以为缇娜已经从旁门溜走的时候,缇娜出现在了天棚下面。于是,他们跟着"粉丝"们一道蜂拥而上。

"缇娜!这些花是送给您的!"卡耶塔诺一面用西班牙语朝着那位女演员大声喊叫,一面伸手把鲜花从好奇的人群中递过去。

缇娜身穿黑衣、黑裤,肩挎提包,戴着墨镜。一看见玫瑰,她感动得停住了脚步。没了舞台上的妆,她显得比维吉尼亚年龄大,更像拉丁人,但面貌特征还是德国人的,这是卡耶塔诺的想法。

"是给我的吗?"她惊喜地问道。

仰慕她的人群纷纷把节目单递给她,请求她签名留念。

卡耶塔诺坚持用西班牙语喊道:"给缇娜·莎尔女士的!祝贺您出色的表演!"

"是费尔巴哈!不是莎尔!"她纠正道,一面接过去鲜花,一面签名,重新上路。街道上有辆黑色轿车,挂着小窗帘。

"我们想采访您,是为了智利一家杂志的专栏。"谢博尔特连忙补充,一边极力靠近缇娜身边,"只要您有时间,您觉得方便……”

“祝愿正在建设社会主义的智利人民成就辉煌!”这一次,缇娜说的是西班牙语,同时不停地穿过“粉丝”们的包围圈向轿车走去。

就在有人喊了一声“导演出来啦!”的时候,卡耶塔诺连忙递给缇娜一张有他联络方式的纸片:“这是我的资料。”摄影师们一窝蜂地向天棚跑过去了。卡耶塔诺和谢博尔特得以单独跟缇娜·费尔巴哈在一起了。

“别担心!我会找您的。”她没有停下脚步,一面把那张纸片收好,一面答应卡耶塔诺。

卡耶塔诺问她:“您认不认识贝阿特丽斯·布拉卡蒙特?”

“贝阿特丽斯·布拉卡蒙特?”

“对,从墨西哥城来这里的。”

“不,不认识这么一个人。她是墨西哥演员吗?”

“她在墨西哥和古巴生活过。”

“对不起,车在等我。晚安!”她指指轿车。司机在车后门站着呢。

卡耶塔诺喊道:“别走!再问您一句:在什么地方学的西班牙语?”

“在小学,小时候。”

“贝尔瑙能有人教出来这么好的西班牙语吗?”

“晚安!”她又说一遍,宣告谈话结束。

司机拉开了后门,缇娜钻了进去。里面空间很大。卡耶塔诺正好看到后排座位上有位男士:黑发,西装革履。轿车快速沿着弗里德里希大街走远了。这个时候的大街半明半暗,空空荡荡。那轿车后面有两辆伏尔加紧随其后,朝火车站方向驶去。

“知道那两辆是什么车吗?”等到二人在柏林的蒙蒙细雨下沿着菩提树下大街散步的时候,谢博尔特问他。

“显然是政府的车辆。”卡耶塔诺说,他在一棵椴树旁停步,点烟。肮脏的路灯光线照得潮湿的路面微微反光。

“卡耶塔诺,那是安全局的车辆啊!那辆有窗帘的沃尔沃富豪轿车是专门给最高级领导人使用的。缇娜·费尔巴哈一定与高层人士有关系。那人的位子很高啊!这一切让我冒冷汗。”

卡耶塔诺不慌不忙地吐出一个烟圈,一只手臂搂住了谢博尔特的肩膀,安慰她说,她无需担心,先安静地散散步,然后他们可以去柏林城市饭店吃套餐,因为今天晚上他们迈出了重要一步。二人的头部靠在一起,一面静静地走着,一面望着电视塔,电视塔高高地耸立在菩提树下大街尽头,秀气而光亮,如同西默农小说中的埃菲尔铁塔突出于巴黎的建筑物之上。随着一阵性欲冲动,他搂紧了谢博尔特,亲吻她的嘴唇,心想:马格雷探长绝对不会理解一个在冷战时期迷失于欧洲东部的拉美人的焦虑和欲望。就在这个时候他发觉有辆汽车在跟踪他俩。

三十九

他吩咐谢博尔特回宿舍去。她的担心变成了现实。秘密警察在监视他俩。她不该跟外国人掺和在一起。她搂住他手臂，不肯把他扔在这条孤零零地延伸于历史建筑物辉煌门面之间的菩提树下大街。远处，国家歌剧院和洪堡大学那边，他俩看见了有家酒吧的红色招牌的亮光正在不停地眨动。

谢博尔特说："我不能离开你，尤其是现在。"

"听话！去吧！"卡耶塔诺坚持道。细雨给那辆伏尔加蒙上一层发亮的薄纱。"让他们一下子抓住两个不好。走吧！明天我去看你。他们奈何不了我。我是外国人。你要是跟我在一起，就有生命危险了。"

"反正都一样。我已经被解雇了。"

"走吧！谢博尔特。回去吧！他们没法跟踪你。我可以离开东德。你不能呀！快走吧！听话！"

"我现在不能丢下你一个人。"她搂紧了他的手臂。

"别固执！求你了。你要是珍惜我们的感情，就应该走。马上！"

她偷偷地亲亲他的嘴唇，转身沿菩提树下大街往回走。这样一来，伏尔加没办法跟踪她了。伏尔加停住了。显然车里面的人不知应该跟踪谁才好。片刻后，伏尔加继续跟着卡耶塔诺。后者松了一口气。如果谢博尔特能赶上地铁或者火车，特务就丢了线索。他继续前进。伏尔加紧跟在他身边。马恩广场对面，共和国宫里面灯火通明，好像在开灯具展览。电视塔的水泥底座上面，旋转平台像是悬挂在柏林上空的一张飞碟。一架即将在滕伯尔霍夫国际机场落地的飞机上的探照灯刺破了层层乌云。

忽然，有两个家伙从伏尔加下来了。关车门的声音在寂静的夜晚显得格外嘹亮。那二人悄悄向他靠近。他浑身在打冷颤。感觉彻底孤立无援。

"晚上好!"一个身体粗壮的家伙问候他。那二人身穿雨衣，戴宽边黑帽，看上去像乌鸦。这让卡耶塔诺想起亨弗莱·鲍嘉[1]的影片。可是，他明白眼前的事不是电影，不是警匪小说，而是真事，就发生在菩提树下大街的雨夜里。这就是冷战时期东柏林的野蛮世界里的真实生活，而不是好莱坞电影厂混凝纸浆制成的建筑门面前的拍摄场景。他咬着牙回敬了一声问候，没有停下脚步，模仿鲍嘉被围时的做法，装出有尊严的神情。他想不起马格雷探长在什么章节里被警察给围住过。

一个家伙在左，一个家伙在右，三人同步前进，都不开口。

---

① 亨弗莱·鲍嘉(1898—1975)，美国著名演员，主演过《卡萨布兰卡》。

伏尔加悄悄跟在后面。

“我能给二位帮上什么忙?”卡耶塔诺凭直觉知道自己无法摆脱他们,便问道。虚构的侦探们可以轻而易举地变成英雄;但是,有血有肉的侦探永远无法超越其“调查案件的无产者”形象。他想,自己就是伽利略,一个从事侦探工作的伽利略;他不打算往火堆里跳。他努力回忆西默农小说中类似的场合,想找找办法,但是没有结果。他证实了虚构小说里,事情的发生方式另有规则,都掌握在那位上帝即作者手中,他对人物的命运总是关心备至。如今他终于明白了为什么作者那样不遗余力地保护主角,尤其是系列作品中的人物。作家由于想从后面的小说里预支稿酬,就变成了宽宏大量的上帝,就颠倒事实,给垂死挣扎的人物投下救生圈,其实根本没有那些救生圈,可是,像他这样的读者愿意当真。但他并非小说中的人物啊!尽管很愿意成为那样的人物,他却是一名普通的侦探,为一位生命垂危的诗人效力,而诗人却无法从远方助他一臂之力。至少他卡耶塔诺·布鲁雷是有血有肉的,不是身处小说里,而是身处现实,无情的现实中,里面没有上帝,或者说即使有上帝,他对于人类命运也是漠不关心和无动于衷的。这是他的想法。

“上车!”一声命令把他从沉思中唤醒了。

“你们是警察吗?”他故作镇静地问道。蒙蒙细雨钻进了他的衣领。

“我说了：上车！”

二人一推他的肩膀就已经给他充足的理由了。

两个肥胖的家伙把他夹在伏尔加后座的中央。前排还有两人，穿西装，打领带，平头。副驾驶座上的家伙用话筒发出讯息，伏尔加飞快地从共和国宫门前驶过。

“你们要把我带到哪儿去呀？”

伏尔加钻进了漆黑、无人的街道。耳边只有轮胎与潮湿地面的摩擦声，还有通过无线电发出的严肃指令。他知道他们肯定会拉他到安全局之类地方。他不能说谎。如何在不背叛聂鲁达的前提下，说清楚他寻找布拉卡蒙特遗孀贝阿特丽斯的理由呢？怎么解释他对那座湖畔学校的造访呢？他想，也许那位著名的“鳕鱼”能救他。此时，伏尔加仍沿着柏林墙奔驰。他后悔不该把谢博尔特卷进了这件事情里来。现在，他承认自己请她帮忙是不负责任的。速度表上的指标是每小时一百公里。他不知道自己靠近柏林剧团的那位女演员触动了东德哪根神经从而让警察现在绑架他。

伏尔加经过一条两侧有白桦树的直路后，驶入一处停车场：荒凉、黑暗、被树木包围。车灯扫射到了一块木牌，上面写着：特雷普托公园。接着，伏尔加停了下来。卡耶塔诺看到远处高耸于树冠之上的是一座轮廓模糊的水泥建筑物。

“下车！”

他们走进树林里，一路躲避着水坑和落下的树枝，来到一块平地上，那里散布着一些长方形混凝土建筑。走到尽头，他看见一座庞然大物。他意识到是一座雕像。雕像是用花岗岩造的，雕刻的是一名身穿斗篷、怀里抱着孩子和步枪的士兵。他低头，表示敬意。这是他这辈子从未见过的雄伟纪念碑。

“跟我来!”有人喝道。他们沿着石阶登至士兵皮靴的高度。

有个人影从暗处慢慢地露出来了。夜风吹动了他没有系扣的雨衣。卡耶塔诺很快就认出了那人：不久前坐在沃尔沃富豪轿车后排座上跟缇娜一道离开柏林人剧团的男子。

四十

那个男子长方脸，高颧骨，鹰钩鼻子，目光逼人。卡耶塔诺心想，这张有着斯拉夫贵族特征的面孔像是用纪念碑上那样的花岗岩雕刻出来的。蒙蒙细雨开始给特雷普托公园带来了潮湿的气味。

“您为什么要找布拉卡蒙特的遗孀贝阿特丽斯?”那男子用英语问他，但德语口音很重。

“您是谁?”卡耶塔诺反问道。他凭借直觉感到鉴于此情此景，他的问话纯属废话。

那男子不慌不忙地双手插入雨衣口袋，低头露出半好奇半生气的表情来。一声狮吼从遥远的东柏林上空降下来。卡耶塔诺纳闷：自己是不是在发疯！他在贝尔瑙见过一只大袋鼠。现在又听见了狮吼。不过这一声咆哮至少对他的处境来说不是坏兆头。

“布鲁雷先生，我掌握您很多情况，知道您路过东德的事。请别担心！您可以怎么进来就怎么出境。请您先解释一下，有说服力地讲一讲：为什么要找那个女人？”

“您是安全局的人吗？”

那男子干咳一声，用食指摸摸脖子和衬衫之间的部位，有些不耐烦，但坚持问道：

“为什么要找那个女人？”

“首先，我要知道在跟谁谈话。我是游客。不该受到这样的对待。”

“刚刚我给您提了一个问题……”

“为了提一个问题就把我给绑架了。”

“您如果愿意，马上可以离开。我的武器不会强加于人，而是说服人。”那人口气缓和地说道。他的牙齿又小又长，嘴唇很厚，眼神里有一种小孩子吃惊后的表情。

“我真的可以走吗？”

“绝对可以。”

“先生，我不是傻子……怎么称呼您呢？”

那人后退一步，一道光线让他的脸色显得更加惨白。

“您可以叫我马尔库斯。”

“马尔库斯，我不傻。现在您放我走了。等我要出境的时候您再抓我。我宁可现在把事情说明白。我没什么可隐瞒的。我不是间谍。我来自阿连德和聂鲁达的国家。”

“这我知道。可您还没告诉我为什么您要找那个女人呢?”

那人慢慢走起来。卡耶塔诺跟在他身后。保镖也跟在后面，但保持一定距离。那位花岗岩巨人的身影映衬在乌云密布的天空下，仿佛在窥伺什么。卡耶塔诺推测，如果此人真的掌握他很多情况，原因只能在“鳕鱼”那里，或者在瓦伦蒂娜，或者在凯特，或者也许是谢博尔特的告密。实际上，对他来说，事情好像变得复杂了。

“我这趟差事有智利大使馆支持。”他解释说，“智利一位领导人委托我找贝阿特丽斯。是私事，没有任何国家机密。安全局干涉是没有道理的。”

马尔库斯继续默默地往前走。

“了解这个吗?”他转身看着卡耶塔诺，同时从雨衣里掏出一个信封，里面有一套黑白照片，让卡耶塔诺看。后者借助马尔库斯打开的手电筒仔细观察。“能认出什么人来吗?”

有些照片上，是他在柏林、莱比锡和贝尔瑙，有谢博尔特陪着；另外一些照片上，也是在上述地点，有两个男人，样子像观光客。有个人身背可变焦距镜头的相机。另外一个人肩挎运动包。但二人脸上有紧张的表情，说明不是来休假的，至少不像是有假期的样子。

“认识这两个人吗？”

“第一次见到。”

又传来一声狮吼。卡耶塔诺想，大概附近有动物园或者马戏团。

“他们是智利人，是军官。”马尔库斯严肃地说道，“他们跟踪您到欧洲。您至少应该猜出原因来吧！”

“我不认识他们。”他惊讶地重申，“再说，我跟政治毫无关系啊。”他回想起瓦尔帕莱索军车巡逻的情景，想起来关于军事政变的传言、炸弹袭击事件、老婆的提醒。他承认，这些日子在智利谁也不能置身于政治之外。“他们一直在跟踪我吗？”

“他们住在您下榻旅馆房间的下一层，手持美国军官护照，可他们是智利人。为什么跟踪您？仅仅因为您找那个女人吗？他们是跟踪您呢，还是给您当后勤支援？谁委托您找那个女人的？布鲁雷先生，您不先把这些事说清楚，就别想出境。”

“我说过了：不认识他们。”

“可您至少知道这是怎么回事吧？”

“我从来没见过他们呀！”

“那我给您提供一个解决办法。但一定严格照办。”马尔库斯平静而镇定地说道。他抬起头来。关闭手电筒。把照片给一个保镖。“您告诉我在东德找什么。我保证您从弗里德里希大街出境……”

四十一

“这么说您是在为获得诺贝尔文学奖的诗人寻找治病的药方啊!”马尔库斯双手插在衣袋里,严肃地说。他们走在特雷普托公园,周围是一片黑暗和雨丝,为他们遮风挡雨的是那座纪念碑:纪念牺牲在第三帝国的苏联士兵。夜风吹得树叶刷刷作响;东西分裂的这座城市在黑夜里是一种陌生而低沉的预感,是云层里一道乳白色的闪光。

“我来这里为的就是这事。”

这时,卡耶塔诺觉得自己很卑鄙。马尔库斯刚一亮出刑具,他就背叛了聂鲁达。就像伽利略和谢博尔特。即使他把故事修饰了一番,把聂鲁达寻找贝阿特丽斯的真正原因隐瞒了,马尔库斯还是会察觉事有蹊跷。他不会长时间接受卡耶塔诺送给他的这个谎言。

马尔库斯不动声色地追问:“可您还没给我说清楚为什么接近柏林人剧团的那位女演员呢!”

“因为我就是喜欢她在《伽利略传》的表演。既然来东柏林了，就应该看看柏林人剧团的演出。”

“可是您在开演前两小时就买好了送给费尔巴哈女士的鲜花啊！您事先就知道她肯定让您喜欢吗？”

他骗不了马尔库斯。后者知道太多他的事了。眼下，马尔库斯穷追不舍，而自己的回答太奇怪、太肤浅，他觉得纸包不住火。

在返回纪念碑基座的时候，卡耶塔诺问马尔库斯：“我能知道您和那位女演员的关系吗？”

马尔库斯口气坚定地说：“这里提问题的人是我！”

走到平台上之后，他们停步瞻仰苏联烈士墓，里面埋葬的是在攻打柏林时牺牲的战士。

马尔库斯口气肯定地说道：“如果忘记这些英雄，就不能理解战后这个时期。我出生在苏联。父母是1934年逃到那边去的，因为是犹太人和共产党员，希特勒的敌人。卡耶塔诺·布鲁雷先生，从道义上说我今天行为的理由就来自安息在这里的人们身上。”他盯着卡耶塔诺的脸看了看，又补充说：“您还没回答我的问题呢……”

“马尔库斯，那我就实话实说吧！缇娜·费尔巴哈是布拉卡蒙特遗孀贝阿特丽斯的女儿。”

“这是您的推测。”

“您知道这是真的。您很清楚母女二人是什么人。”

“布鲁雷先生,这情况很复杂。您先是说找一位在墨西哥生活过的医生,后来又说找他的遗孀,最后把这位我不认识的遗孀又跟我们柏林人剧团一位女演员联系起来了。这样,您的调查就很难深入。聂鲁达等不到他所需要的援助就死了。”

“您别把事情搅混了。您能帮助我找到那位遗孀的下落,因为您认识她的女儿。她知道母亲在什么地方。”

马尔库斯摇摇头,看看溅上了泥巴的皮鞋。

“智利军队在策划针对阿连德的政变,他们军情局的间谍跟踪您这件事本身就至少说明您陷入了困境。”

“您认为他们能……”

“能让您保持中立吗?”

“不是这个。他们能发动政变吗?”

“您想知道的事太多了。可是没人能破坏历史的进程。万物皆有时,不是十年前,也不是十年后。智利会回到它一如既往的路上去,而且要交出高昂的学费。还是让研究历史的哲学家们去推测吧。现下!您跟那些军人有麻烦。”

“他们搅不了我的梦。他们没权力。不过要是您能帮我对付他们,我会好好谢谢您的。也许您能拦住他们,别让他们踩住我的脚后跟。”

“走着瞧吧!”马尔库斯沉思道。

“多谢了,不过我的任务仍然是寻找女演员母亲的下落。”

“布鲁雷先生，您真让人恼火。怎么跟您说呢？缇娜的母亲多年前就去世了。她是德国人，获得过抵抗纳粹运动勋章。从来没去过墨西哥。是东德公民。我估计她从来没有离开过这里。”

卡耶塔诺痛苦地得出了结论：如果缇娜的母亲已经去世，那他的调查从一开始就泡汤了。他摸摸胡须，上面挂满了寒冷的雨珠。此前不知什么时候他就走错了方向，如同那些冬季在安第斯山迷路的登山运动员一样，等到春天解冻以后，他们出现了，但是已经成为保存完好的僵尸。说不定聂鲁达的老情人至今还住在墨西哥呢！他决定再次让步，说道：

“如果前景像您描绘的那样，那些军人又在跟踪我，那么只要您担保一件事，我一定履行我的承诺。”

“在特雷普托公园里，卡耶塔诺·布鲁雷先生能履行什么承诺呢？”

“我保证离开这里，让柏林人剧团的那位女演员永远安静生活。”

“交换条件是什么？”

“保证我顺利出境，但允许我再多留几天……”

“为的是跟贝尔瑙的小妞再待几天吗？”他口气讽刺地问道，“您不会是一见钟情的那种人吧……”

“我想跟她道别呀！”卡耶塔诺严肃地回答说。

马尔库斯转过身去，注视着拂晓的第一束光线，它羞怯地染红了白桦树那边的地平线。等到他再次转身望着卡耶塔诺的时候，两边面颊上各出现了一个笑窝。

四十二

次日中午，卡耶塔诺盘算着距离出境的时间还剩下三十六小时了。眼下，他一面在亚历山大广场附近的摩卡酒吧里等候谢博尔特的到来，一面翻阅着《新德国报》，上面全是坏消息：智利食物短缺，卡车司机罢工反对阿连德政府。半夜时分（智利那边是黄昏），他给聂鲁达打了电话，告诉诗人调查的进展情况，但没说好像已经在东德找到了诗人女儿。他对自己所讲述的一切特别谨慎，因为眼下他猜测，更确切地说是确信，有人在窃听他们的谈话。他甚至不敢提到马尔库斯手上的间谍照片，也不敢说马尔库斯的推测：跟雅加达反革命暴乱类似的腥风血雨已经迫在眉睫了。

谢博尔特紧张地来到了咖啡馆，面色憔悴。她一夜未眠，因为担心安全局的人会随时破门而入把她抓走。卡耶塔诺一面喝咖啡，一面大略讲述了昨天夜里发生的事情，这把谢博尔特给吓坏了。后来，二人上了一辆计程车，到了缇娜·费尔巴哈居住的地方，即莱比锡大街附近，才下车。那天上午，柏林人剧团一位女秘书给了卡耶塔诺缇娜的住址，他去剧团的时候自称是墨西哥外交官。要地址的时候，他只说要给那位女演员送鲜花。莱比锡大街是东欧最独特的商业大道了。距离柏林墙数米之遥，两侧全是高楼，有豪华的商店、餐厅和咖啡馆，使用一些社会主义国家首都的名字。

谢博尔特问道："这地址对吗？"

"肯定对。"卡耶塔诺说道。这时二人走到一家商店旁边，橱窗里陈列着图林根的花瓶和波希米亚的玻璃制品。

他俩进了大楼。警卫没在岗位上，而是在隔壁的一个小房间面对开着的电视机打盹呢，里面散发出咖啡的气味，写字台上有杂志和一瓶双粮酒。是个老人，鬓发全白，夹克衫的领子上别着一枚德国统一社会党的党徽。

谢博尔特对老人说："我们来找费尔巴哈女士。"

老人挺直腰身，不知应该为陌生人的打搅生气呢，还是应该庆幸没被领导发现自己在偷看西方电视节目。他清清喉咙，说道：

"她住在一五零七号，小姐。但是，这个时候，她从不在家。我能帮您做点什么？"

"公家有个礼品要送给她，在车里呢！"卡耶塔诺说。

"你们是哪个单位的？"

"古巴大使馆。您得在她回来之前把礼品放在可靠的地方。

她几点回来?”

“从来都不知道。可我的办公室很可靠。不用担心。这里从来没丢过东西。您刚才说是古巴大使馆的?”

“正是。爷爷,就是那个有音乐和朗姆酒的岛国。”

“电视上经常有古巴歌舞团唱歌跳舞的节目,还有很多古巴工人在国营工厂工作的情景。可是,这里有好多年没闻见古巴朗姆酒了。”老人不满地摇摇手。这时,卡耶塔诺注意到老人的右手没有小指头。

“那要是您有耐心的话,我马上去给您拿一瓶朗姆酒来。不,不是一瓶,是两瓶。一瓶白朗姆酒,一瓶陈年朗姆酒,哈瓦那俱乐部牌的。上乘极品。告诉您:我请古巴特派德意志民主共和国全权大使毛罗·特里阿纳为您签名,他可是那第一位登上美洲土地的欧洲人直系后裔啊!”

四十三

“拿上两瓶朗姆酒、一盒糖果和一个玻璃花瓶,我们就能解决问题了。”卡耶塔诺对谢博尔特说。二人这时在柏林城市饭店里的因特连锁商店[1]排队呢!

① 原文为 Intershop,东德时期只能用外汇购买商品的地方。

因特连锁商店出售的产品只能用西方货币购买，店里散发着香水和洗衣粉的气味，挤满了欣赏商品的人群，他们胆怯地问问价格，然后买一小块巧克力、一双短袜或者一包美乐家咖啡。

谢博尔特低声说："这事我不懂。反正你明白。"

"两瓶酒给看门老人库尔特。糖果给他女朋友。花瓶给缇娜·费尔巴哈。请你跟售货员说：这些都是礼品，分开来包装。两瓶酒包在一起，装在一个纸袋里。"

"你打算怎么再次接近缇娜啊？她已经把你告到安全局去了，难道还不够吗？"

"只要能进她房间就行了……"

"你疯了吗？那个会享受的警卫绝对不会放你进去的。"

"用礼品帮忙。无论去哪里你都要跟着我。看看我怎么进去吧！"

等回到门房时，二人看见看门老人库尔特又在打盹，对面的电视机里正在上演连续剧《艾德先生》。剧里的马正在对主人诉苦，希望有个未婚妻。卡耶塔诺喜欢艾德先生。觉得他像一匹高尚、正派的骏马，比那个正在走向灭亡的合众国里的许多熟人和敏锐、有天赋的目击者还要明智。写字台上放着那份《新德国报》，打开的那一页是体育新闻。他醒了。一看见卡耶塔诺从纸袋里掏出酒瓶，他的脸上露出了笑容。

"大爷，这是古巴带来的酒。这瓶白酒送给您。"卡耶塔诺给老人说明白,“这个小礼物送给您太太。”

库尔特连忙关上办公室的门,邀请二人坐下,打开酒瓶,慷慨大方地把酒倒进几个杯子里,杯子上有迪纳摩足球俱乐部的标志。品酒的同时,老人的面颊渐渐发红,他开始给二人解释他在大楼里的工作。

“都是小事:保险丝烧了、龙头漏水了、窗户打不开了。”他猛喝一大口酒,然后从放钥匙的地方拿出一根匈牙利生产的萨拉米香肠,切了几片,摆在《新德国报》上,“这对于一个退休的车工来说是个理想的工作。另外,这里的人对我都很友好。”

“这是文化参赞先生送给缇娜·费尔巴哈女士的礼物。”卡耶塔诺说着把最大的礼品袋放在了桌子上,“您有什么地方能借放保存一下?”

“这里就行。是什么呀?”

“我们也不知道。来自非常高层的礼物,您明白我的意思。”卡耶塔诺声音严肃地说道,并假装摸摸并不存在的络腮胡,“只需要存放在一个可靠的地方就行了,因为它很贵重、精美、易碎。”

“这里从来没丢失过什么。”

“不是怕丢,而是易碎。”卡耶塔诺说着,给库尔特老人又斟满一杯酒,“损失了没法子赔偿,不仅因为质量和价值,还因为是公家的礼品,来自远方。您知道我说的意思。这会给我们、甚至给您造成后果……”

"我库尔特·布兰施多夫很清楚应该注意什么和怎么办。"

"大爷,您打算怎么办啊?"

"马上送到她房间去。这样您们放心,我也可以心安理得。我不愿意给古巴领袖找麻烦。"

"要不要我来抱着礼品?"

库尔特的眼睛看了看这个留着长髭的人,此时,电视上的艾德先生继续抱怨马厩孤独的生活。这时有人下了电梯,从门前走过去了,鞋跟声渐行渐远,方向是莱比锡大街。

库尔特用手背擦擦嘴唇,不满意地问道:"您不信任我?"

"不是。担心您喝多了。"

库尔特哈哈一笑,挑战似的又喝光了一杯酒。

"这对库尔特算不了什么,我可是德国国防军的老车工,那可是人民军队,那工厂是苏联纳尔瓦的产业。"他又快又含糊地说道,企图掩饰打嗝的动作。"你俩就留在这里,放心吧!我把这东西放到费尔巴哈女士的房间,马上就回来。不过只有一个条件。"老人狡猾地看看他俩,又加了一句。

"大爷,您说……"

"把另外那瓶酒也给我留下吧!"

"没问题,库尔特·布兰施多夫先生。"

库尔特打开了壁橱,拿下木板上悬挂的钥匙中的一把,抱起礼品,试试轻重,向电梯走去。

“我事先没提醒你嘛？这位会享受的库尔特是个地地道道的普鲁士人。”谢博尔特说道，“绝对不会让你进房间去的。”

“走着瞧吧！”卡耶塔诺回应道，又给库尔特的杯子里斟满了酒。

四十四

等库尔特回来把钥匙挂在木板上以后，卡耶塔诺把那瓶陈年朗姆酒递过去。趁着看门人喜滋滋地把老酒藏进厕所马桶的水缸时，他拿下了那把钥匙，说了一声去莱比锡大街上的餐厅订位就走了。

其实，他没出门，而是上了电梯，到了第十五层。

一五零七号房间的门开了，由于没上油，门轴吱吱作响。他想，这位库尔特先生可没有尽职尽责啊！一进门是一个宽敞、整齐和干净的餐室，好像展室；还有一扇大窗户，可以看见西柏林的楼群。他巡视了一遍整栋公寓在书房的写字台上，放着一台好利获得牌打字机、一本海伦·威格尔传记，还有布莱希特的《日记》。卧室里的一张缇娜·费尔巴哈女士的照片引起了他的注意。她身穿泳衣，消瘦，很年轻，面带笑容，身后是轻轻摇摆的浪花。厨房里有一张电费收据，用的是那女演员的名字。这是证据啊！费尔巴哈果然是她的真实姓氏。他很高兴。开始调查时，他半点着手的方向都没有；但如今他认为调查就像是生活：生活给你提出了生活本身要解决的问题。他猜测，查明事实真相的速度比预期的要快。但这个缇娜·费尔巴哈就是布拉卡蒙特遗孀的女儿吗？聂鲁达是她亲生的父亲吗？一想到聂鲁达陷入寒冷和动荡的瓦尔帕莱索，在塞巴斯蒂安之家给玛蒂尔德口述回忆录，写诗，同时又焦急地等候他发自海外的消息，他就立刻感觉一阵凉意袭上心头。

在小小卧室的床头柜的抽屉里，他发现了一些药片、保险套和一本哈里·杜克的长篇小说。这是谁的房间呢？是缇娜的儿子？是缇娜的情人？反正都一样。应该赶快回到一楼去，再查下去可是玩火了。重新走过起居室的时候，他正好注意到玻璃橱里有个小动物，它悄悄躲藏在小玻璃门后面。是个微型羊驼，高不到啤酒瓶，真皮制作，披着一块颜色鲜艳的头巾，边缘上绣着"玻利维亚"的字样。羊驼后面有张照片。

他拉开小玻璃门，双手取出照片。面对镜头微笑的是一对男女。男的两鬓银白，搂着女的肩膀。女的金发碧眼。二人身旁是一块铜牌，上书："社交俱乐部"。照片背后有人写了："1967年3月圣克鲁斯①。"就在这个时候他听见有人在转动房间的把手。他把照片塞进自己衣袋里，抓起一罐啤酒，躲到书房门后去

① 玻利维亚城市名。

了。他从门缝可以窥见进来的人。

进来的是个男人。短发，黑衫，身材魁梧，鼻子扁平，样子像拳击手。是缇娜的伴侣吗？还是负责跟踪他的安全局特务？抑或智利军人？一想到这个家伙如果走进书房，出去时肯定会发现他在门后，他就浑身不由得打了个冷颤。他看见那人关上门，在走道停留片刻，照照镜子。那人一边向书房走过来，一边还整理领带结呢！卡耶塔诺双手握紧了啤酒罐。

他使出浑身力气，像特奥菲洛·斯蒂文森[①]那样狠狠一击，把对方打倒在地。那人脸朝下摔倒在地毯上，后脑勺开始流出一股鲜血。卡耶塔诺担心会不会已经把对方送到西天去了。

就像马格雷探长的小说中犯罪分子经常的做法一样，他也用手绢擦掉了啤酒罐上的指印，走出套房，飞快地走下楼梯。他心脏剧烈跳动，血液涌上头部，感觉慌乱，无法清醒地思考。跑到一处楼梯平台，他停下脚步，喘喘气。从楼梯口蹿上来的煸炒洋葱味掺和着垃圾的气味，让他感到恶心。突然，他陷入一片黑暗之中。他想，难道是被人抓住了吗？但他保持蹲伏的姿势，一动不动，竖起耳朵，屏住呼吸。没有听到脚步声。他静悄悄地等着。全身已经冒出冷汗了，双腿颤抖。但是没有听见声音。看来没人跟踪他。他一面想着大概是电线自动短路，一面用手去

---

① 特奥菲洛·斯蒂文森(1952—2012)，古巴著名拳击手。

摸墙上的开关。找到了一个，按了下去。灯又亮了，他松了一口气，下楼没问题了。他点燃一支烟，镇定、镇定。他不能表现出神色惊慌的样子走进库尔特的办公室，那会引起老人疑心。继续下楼。忽然间，他觉得想起口袋里照片上的那个女人是谁了。他用颤抖的手掏出了照片，停下脚步，再次看看照片。简直不敢相信！好像一层薄纱从眼前落下。竟然是布拉卡蒙特的遗孀贝阿特丽斯啊！

四十五

“都是冬天的严寒与布尔什维克串通一气对付德国国防军。在斯大林格勒，我丢了小手指和右脚上的两个指头。没有冻死真是奇迹啊。”库尔特正在给谢博尔特讲故事。看见卡耶塔诺进来，他问道：“订好座位啦？”

“大爷，很近，就在苏菲亚餐厅。希望这保加利亚饭菜至少跟古巴饭菜一样可口。那朗姆酒怎么样？”

这时电视荧屏上在展示新款奥迪轿车。库尔特瞅了一眼酒瓶，点点头，又斟上一杯，说道：“重建西伯利亚城镇之后，我们被清除了纳粹思想。”老人给卡耶塔诺也斟上一杯。那匈牙利香肠只剩下了一小截。“我在俘虏营里学了历史和辩证唯物主义，成了斯大林主义信仰者。1949 年 10 月就在德国同志成立德意志民主共和国前夕，我和成千上万的老兵被装上一列货车开往奥德河畔的法兰克福。一路上我们高唱国歌，到达柏林。可是十年前，我们是唱着纳粹德国国歌离开这里的。这就叫历史啊！其余的都是无稽之谈。”老人端着酒杯嘟囔了一声。

为了恢复平静，卡耶塔诺一口气喝干了杯中酒。

“谢博尔特，我们该走了。”他催促道。

库尔特邀请二人在他办公室尝一尝他用几分钟快炒的芥末香肠。他说，总比莱比锡大街上的餐厅开胃菜要便宜得多吧！

卡耶塔诺说：“您放心吧！大使馆会帮我支付餐费。”

“我想当外交官。”库尔特嘟囔一句，眼神里充满了欲望。

卡耶塔诺问谢博尔特：“你不需要上厕所吗？”

“要是这样的话，小姐，请允许我先检查一下里面是不是像样。您知道我们这些男人总是杂乱无章的。”库尔特说着摇摇晃晃地进了厕所。

就在库尔特用海绵清洗水池和挪开一些纸盒的同时，卡耶塔诺趁机给女友使个眼色，让她挡住库尔特的视线。然后，连忙把那把钥匙重新挂到木板原处。

应老车工的要求，三人用老酒为“斯大林老爹”干杯，因为库尔特至今仍然仰慕斯大林。随后，卡耶塔诺和谢博尔特来到了莱比锡大街，登上了开往亚历山大广场的公车。

“我拿到了需要的东西。”卡耶塔诺抓住公车通道上的扶手，

“库尔特不知不觉中帮了我的忙。他永远也不会发现这件事。”

谢博尔特指出：“可是缇娜一收到陌生人的礼物肯定会吓一跳的。”

“她会以为送礼的是一位仰慕她的无名氏。但更让她吓一跳的是另外一件事……”

二人在亚历山大广场下了车，穿过广场。此时，广场上挤满了波兰和苏联的游客。

“听我说，谢博尔特。”二人在著名的世界钟旁边停步，“为了你的安全，我们现在必须分开了。我当然很愿意跟着你走到哪怕是智利呢！但现在最好说再见。”

她眼睛一下子就湿润了。他完全可以猜出她的心思：西方人对待爱情就是这个样子。他们跑到柏林墙东边来，邀请女人在为西方人保留开放的地方吃饭、跳舞、上床，然后拍拍屁股就消失了，从此再也不露面。

“你要走？”她用手指抹掉眼泪。

“没别的办法呀！”

“什么时候走？”

“马上。”

谢博尔特搂住他，脸靠在他胸前。二人长时间一动不动，一言不发，说不出鼓励对方的话来。卡耶塔诺想，生活就像聂鲁达说的一样，就是一场充满惊喜的化装舞会，是一场没有事先写好脚本的表演。在他俩周围，城市生活依然无动于衷地运转着。

“至少让我送你到弗里德里希大街吧！”她的头发乱了，由于激情和饮酒眼睛发红。

“你别跟着我了。”他亲亲她的额头。时间要来不及了。躺在套房里的那人要报警了。安全局的人很快就要在各个边防站张贴他的照片。这些边防检查站会像潜水艇的小门一样迅速关闭，挡住他的去路。没人能拯救他。聂鲁达也不行。卡耶塔诺想，就是马格雷探长也从来没遇到过这样火烧眉毛的情况啊！

他亲亲她的嘴唇，吸了一下她那朗姆酒加青春的气息，感受一下她皮肤淡淡的酸味，他会怀念她那温暖而可爱的肌肤触感。他把她紧紧搂在怀中，回想起她宿舍里那个面对勃兰登堡田野的阳台，想象着如果换换环境自己也许能跟这女孩过上幸福生活。

她松开手，说道：“如果回来，你知道我在等你。”

“祝你好运！谢博尔特。”他低声说。随后加入了沿广场排队乘车的人流。他会想念她的，他心里这样想，但是不敢回头最后再看上一眼。

第四章　玛蒂尔德

四十六

卡耶塔诺一来到柏林墙的西侧就搭乘地铁前往滕伯尔霍夫机场。他上了能买到票的第一班飞机，飞往缅因河畔的法兰克福，下榻在一家位于凯撒大街中央火车站附近的旅馆里。那条街上，身穿超短裙和袒胸露背的妓女们站在街角处，拉皮条的躲在暗处抽烟监视着她们，瘾君子们脸色惨白得像死人，充血的眼睛在垃圾桶里寻找什么。尽管如此，卡耶塔诺感觉现在安全了。他估计，马尔库斯一旦发觉了他的花招，就会释放那些智利军人，让这些人去抓他。他必须小心谨慎行事。到了晚上，他在一家库尔德人开的饮食店里品尝了羊肉，喝了慕尼黑啤酒之后，给那位名叫“鳕鱼”的外交官打电话。

他通知说：“我要回圣地亚哥了。谢谢您帮助我。”外交官“鳕鱼”正在自己的套房里观看《时事聚焦》节目，观看德意志民主共和国的国企和集体企业打破生产纪录的情况。卡耶塔诺心里讽刺地说，按照这个速度发展，在千年来到之前，社会主义就可以消灭西方了。

“别担心。”“鳕鱼”回答说，“我很高兴能帮忙。你在什么地方啊？”

“在西边。”他宁可说得含糊一些，“马上要登机了。”

“最后瓦伦蒂娜同志帮助你没有？”

“一切顺利。”

“你是知道的。如果需要别的帮助，我可以为你效力，替我转达对人民团结阵线的声援。告诉同志们：我在这里战斗。法西斯分子不会得逞的。”

“他们不会得逞的，‘鳕鱼’。”卡耶塔诺毫无信心地回答说。

“鳕鱼”说：“先别挂电话。你听说没有？智利卡车司机要在全国罢工了，人民政府不倒台，他们不收兵。卡耶塔诺，马上要发生饥荒和动乱了。”

他不愿意评论，挂上了话筒。接着，他请求接线员呼叫瓦尔帕莱索诗人聂鲁达家里的电话。他真走运：没有等候太久。

“巴勃罗先生，我在缅因河畔的法兰克福给您打电话。您好吗？”他想象着诗人蜷缩在斗篷里抵挡着深秋的寒气，等候着他的消息的样子。

“我在听你讲话。感觉好多了。正在重读回忆录呢！玛蒂尔德在楼下，给我煮鸡汤呢！那种营养丰富，有牛至[1]的汤。然后，我正喝着自己的波尔多葡萄酒，偷偷喝，这你知道的。有什么消息啊？”

诗人的鼻音听起来虚弱，呼吸急促。但是他话音冷漠，好像知道有别人偷听，所以应该装出那些消息就像是一些家常琐事、一本首印外文书或者他喜欢收藏的珍宝。

“我找到了那位墨西哥妇女的落脚处了。”

“是个大好消息。”鼻音依旧，“你找她谈话了吗？”

“巴勃罗先生，还没有。但至少知道了她在哪儿。所以我要回瓦尔帕莱索。需要跟您谈谈。”

“还没找到她？”到这时诗人显得不耐烦了。

“找到了。知道她住哪儿。”

“哪里呀？”

“巴勃罗先生，就在邻国。”

“邻国？”鼻音生气了，“在邻国做什么？是跟女儿在一起吗？”

“巴勃罗先生。我不清楚。明天我飞回智利。到了以后，我们细谈。我希望您决定：我是不是还继续找她？这由您决定。我一回去，就去看您。巴勃罗先生，请您替我准备那讨人喜欢的

---

① 草本植物，又名土香薷，全草可提取芳香油，也作药用；做烹调用时，常与番茄、奶酪搭配，牛至与罗勒是意大利菜中独特香味的两大用料。

高钙特龙特调吧！麻烦您，要双份的。”

四十七

过去那些噩梦像螃蟹般认真而悄悄地在我的内脏打洞，又来折磨我了。它们在我半梦半醒的状态下出现，在这个盘桓于沉闷的冬日午后的瓦尔帕莱索的金属般的回声里出现。我迈过一道道门坎，但总是走进一间黑糊糊的房间里。往前走，最后总是进入那个空气新鲜的空间里，总是进入黑暗中，感觉那里面藏着那些被我遗弃的女人和孩子。她们的眼睛冷酷无情地注视着我，如同那甲壳动物在我内脏里打洞时一样冷漠无情。

有时，我隐约看见了玛莉亚·安东妮塔和玛尔娃·马丽娜，我那畸形的小女儿，她俩沐浴在头顶的光线下。她们一面试图手牵手登上荷兰大堤，一面极力呼喊。就在她俩快爬到大堤顶端的时候，忽然滑倒在地，沿着混凝土斜坡滚了下去，因为那上面有海藻和沙土。一群如狼似虎的纳粹秘密国家警察在追捕她俩，他们一个个穷凶极恶，就像乔治·格罗兹[①]画出的人物。玛尔娃喊叫着：“爸爸呀！别丢

① 乔治·格罗兹(1893—1959)，德国著名漫画家。

下我！爸爸呀！”可是，我已经铁了心，上了小船，拼命划船，向内海驶去，就为了拯救自己的性命，但是耳边始终传来小女儿最后被风浪吞没的哭声。

也是在那样的黑暗中，我还隐约看到了普鲁登西奥·阿吉拉尔，我那位加勒比老友，他死于哥伦比亚热带森林，被人刺了一矛。死后，他继续迈入老态，继续因为矛伤而流血。我感觉他在我走进去的每个房间(希望每个都不一样)等着我。如同德莉亚走失的那一天：在乘火车前往意大利的途中，她心不在焉地像做梦般下了车，下错了车站，我梦见在巴黎地铁把玛蒂尔德给丢了，我和她本来商量好在某个时候、某一站会合的。我还看见了自己在波士顿北边查尔斯河畔与玛蒂尔德散步的那一天，我们看见了一对男女坐在长凳上，他们竟然是我俩三十年后的衰老样子。我站在小路上，一边望着河水，一边大着胆子想问问他俩这一辈子过得如何。等到一走近他俩身旁，我看到了令人毛骨悚然的景象：他俩是骷髅，百分之百的骷髅，手牵着手，骷髅上刻下了阴森可怕的笑容。

生存仅仅是一系列恶作剧似的扮装游行和互相道别，过程充满了圈套和失望，它诱使你犯错，到头来又向你炫耀它那极强的记忆力，你的每一个过失它都不曾忘记。这些话我对那个有毅力的小伙子——他叫卡耶塔诺——说过多次。在墨西哥，玛蒂尔德进入了我的生活，那时我已经跟德莉亚结了婚，罹患静脉炎。玛蒂尔德是位智利女孩，水灵灵，秀色可餐，唱民歌并为党服务。她自愿来给我当护理。我那诚实的妻子接受了她的建议。这是生活道路上的又一个圈套。孤男寡女独处一室会发生的事就那样发生了。尽管玛蒂尔德宣称什么我和她早在1946年在圣地亚哥森林公园就已经认识，可我一点也不记得有此事。胡说八道！这是她的花招，企图为我俩的爱情故事披上很有渊源的尊严外衣。实际上，我和玛蒂尔德的爱情起源于我对德莉亚的背叛，起源于我们卑鄙地利用了德莉亚提供的时间和信任，因为受我的委托，德莉亚忙于在世界各处宣传我的诗作和要求智利政府取消我的流亡判决。

玛蒂尔德打理我的家务事，德莉亚疏于家务的原因是她要忙着翻译我的作品，忙于出差和出版发行。那个时候，我需要的是一位主妇，而不是知识分子。总之，玛蒂尔德的厨艺和她读书的档次一样：不会炒菜，不看复杂的作品。但是，她会办事，她的欣赏水平像我的读者，而不是怒气冲冲的评论家。她彻底改掉了我那些朋友想来我家就来的老习惯，并立下了礼仪规则：没有我们的邀请，一律勿进，无论是在查丝蔻纳、黑岛，还是塞巴斯蒂安之家。最重要的是：一认识这个女人，我已经休眠的性欲苏醒过来了。

我很高兴她是个有性经验的女子。从前她在拉丁美洲巡回演出的同时，也有过热烈的爱情体验。就在我和德莉亚的关系仅仅剩下我对她的友谊和同情的时候，玛蒂尔德浓妆艳抹、满面笑容、眼里带着热情的火花悄然走进了我在墨西哥城的病房。就在我带着玛蒂尔德逃往意大利的卡普里岛、扔下德莉亚安排我回国和秘密出版《漫歌》的那天夜里，一切注定无法挽回：玛蒂尔德那时四十二岁；德莉亚六十八。

我恳求那些为我幸福做出牺牲的人们原谅。她们是荷席、玛莉亚·安东妮塔、德莉亚和贝阿特丽斯，还有玛蒂尔德，还有沉溺于由我诗作引起的幻想海洋中的女性们。她们不知道诗人编造的话语都是装模作样，是骗人的把戏，而不是真话。什么时候的我表现得更为卑鄙、丑恶？是我在荷兰抛弃玛莉亚·安东妮塔和玛尔娃·马丽娜的时候吗？或者是我在意大利匿名出版《船长的诗》（灵感来自玛蒂尔德），尽管我已经跟德莉亚结了婚的时候吗？《船长的诗》是献给我的情人玛蒂尔德，献给她的柔情和令人迷醉的身体；也是对忠诚的德莉亚的凶狠一击。整个智利都会猜出《船长的诗》是我的作品，它的灵感源泉不可能是一位老太太。我回到国内时，德莉亚本人也起了疑心。

我种下的三个胎儿，玛蒂尔德都没能保住。如今面对这沉默、灰色和一动不动的海湾，它就像卡洛斯·埃默西亚的一幅版画，我试着设想一下：如果这些孩子出生了，那么我的生活又会如何呢？这样的设想已经晚矣，晚而无用。一天，我要玛蒂尔德别再尝试生儿育女了；我说不要孩子了，没有孩子我们仍然相爱。没孩子，我们有朋友；不生儿育女，我们出去环游世界；不讲童话故事，我们阅读波德莱尔、惠特曼和陀思妥耶夫斯基的著作；不买儿童玩具，我们收藏最有异国风情的东西：望远镜、酒瓶、贝壳、海星、坛坛罐罐、各种熨斗以及船头雕饰。

"玛蒂尔德，我们最好忘掉生儿育女的事情。"我建议说，"我可以成为我自己诗歌的父亲。"

四十八

"阿丽西亚？她说她叫阿丽西亚？"劳拉·奥莱斯特基高声问卡耶塔诺。二人谈话的地点是在瓦尔帕莱索一家老字号的咖啡馆——维也纳，它依然光彩照人，尽管智利食物匮乏，它照旧提供咖啡和一流的糕点。

卡耶塔诺一面点烟一面回答说："对，就是阿丽西亚。她还说聂鲁达在圣地亚哥修改新书校样呢！"

"是阿丽西亚·乌鲁蒂亚，不会有错。"

"这阿丽西亚是个什么人?"

劳拉说:"是玛蒂尔德的小侄女。是个胸部高高、脸蛋迷人的女孩。据说是聂鲁达的情人……"

这话难以相信,卡耶塔诺放下咖啡杯,看看窗外的绿宝石大街。外面有祖国与自由民族阵线的民族主义者在游行示威,他们手持棍棒,头戴钢盔,身穿白衬衫、黑裤子;高举智利国旗以及白旗,白旗中央画有一个巨大的黑蜘蛛,呈几何图形,像纳粹的党徽。他们高呼反对阿连德的口号,发誓要把国家从共产主义的威胁下拯救出来。人行道上有人热情地鼓掌、喝彩。也有人静静地观望。

劳拉坚持己见:"这女孩就是聂鲁达的情人。"

这么说聂鲁达又有了情人?他表示怀疑:诗人年事已高又身体多病,会有这事吗?不是说要诗人恪守清规、只能由那个摩洛哥用人照看,而是万事都有分寸啊!既然诗人又在玩爱情的冒险游戏,那么为什么同时又指派他周游世界去弥合往日的伤痕呢?这不是瞎扯嘛!全国都要因为仇恨和政治分歧窒息而死了;整个国家即将淹没在内战的血泊里。可是,诗人聂鲁达还在自己家里火上加油。如果此事被玛蒂尔德发现,她肯定要割下丈夫的睾丸来。卡耶塔诺想,对,尽管聂鲁达有癌症、年老体衰,她仍然会割下他的睾丸,干脆扔进塞巴斯蒂安之家的壁炉里取暖用,以抵御瓦尔帕莱索那没完没了的严寒,因为她是个敢动枪的女人。他松了松绘有羊驼、丁香花纹的领带结,又喝了一口咖啡,感到泄气。

他掩饰不住心中的惊讶,问劳拉:“这么说聂鲁达到了这个时候,带着浑身的毛病,还能有情人?”

“为什么不能?男人不死,性欲不停。”

“可我很难想象……”

劳拉补充说:“由于阿丽西亚的缘故,聂鲁达获得了在巴黎的大使工作。”

“那我就更不明白了。”他咬下一块松糕,香草奶油沾到了胡子上。他用餐巾纸擦掉。“那麻烦你给我讲讲聂鲁达因为阿丽西亚的原因去巴黎的经过。”

“几年前玛蒂尔德把小侄女阿丽西亚叫来住在一起,当用人使唤。”

“这个我已经知道了。”

“好。玛蒂尔德外出给丈夫办事。阿丽西亚管家,照顾聂鲁达。于是,机会来了,一对丰乳,诗人对衰老的恐惧,一句话,后来就……”

“就什么?”

“好啦!卡耶塔诺,少废话吧!”

“玛蒂尔德是怎么发现的?”

“当场抓住!有一天,她假装去首都圣地亚哥。但是,半路返回来了。捉奸在床！当时，她就决定俩人马上出国，离开小侄女！”

“她的遭遇与40年代她在墨西哥城对德莉亚所做的事如出一辙啊！”

“在马德里，德莉亚对玛莉亚·安东妮塔也是这样啊！女人跟女人是最大的仇家。”劳拉补充一句。这时，维也纳咖啡馆挤满了逃避街上骚乱的路人。

“就因为这个他们就去巴黎当大使去了？”

“聂鲁达只好低头弯腰。他恳求阿连德任命他为驻法国大使。这个职务谁能比他更适合呢？于是就去上任了。”

“但是现在又回来了，虽然依据官方说法，他还是驻法大使，回来是因为生病、感觉不好，阿丽西亚仍然在他身边。”

“我敢打赌，只要玛蒂尔德稍一不留神，诗人就会跟阿丽西亚结婚。你在报道里也写诗人这些私事吗？”

卡耶塔诺在思索：要不要继续演这出为古巴什么杂志写一篇关于聂鲁达的报道的假戏？他想，谎言自有破绽之处。这时，外面游行示威的人数增多了，来了一些戴头盔、持棍棒和长矛的人们，他们挥动着黑红两色旗帜，高举着切·格瓦拉的肖像。齐声高呼的口号声震动了绿宝石大街，棍棒疯狂地舞动着，长矛指向苍穹，石子在网袋里闪烁。卡耶塔诺想起了六月政变被粉碎的情景，当时他在阿里巴巴咖啡店，仅仅是一名旁观者。他感觉事情在以可怕的一致性反复发生：他又一次坐在了餐桌前，又是面对一扇大窗户，外面历史正以令人目眩的速度流逝。

“关于聂鲁达的爱情生活，我一个字也不会写的。”他回答道，其实还是在演假戏，“这是私事。谁也管不着。”

“你真让我失望啊！”

“为什么？”外面，左派革命运动组织的人跟民族主义者开始争吵起来了。双方互扔石子。有更多的路人躲进了咖啡馆。老板瓦卡雷卡下令关门，拉下百叶窗，因为防暴部队在追捕动乱分子。“小姐，我怎么让你失望了？”

“因为恰恰是聂鲁达的爱情生活描绘出了他的面貌，完全地揭露出他对妇女的看法。”维也纳咖啡馆里的灯光亮了，光线是乳白色的。百叶窗一落下来，咖啡馆就变成了密封舱。“他扔下了荷席，抛弃了玛莉亚·安东妮塔和女儿，把德莉亚像块毛草团一样丢掉了。如今，玛蒂尔德年老色衰，大不如前，他又扑向了她小侄女。你觉得这位诗人怎么样啊？那些坑害人的东西叫什么？十四行诗？田园诗？自由诗？你不去揭发，谁去？”

“你去啊，小姐！你不是正在给卢蒙巴大学写论文吗？”

“你就别惹人厌了！卡耶塔诺。你知道如果我把这事写进我的研究生论文里，肯定不会通过。你什么时候见过教会揭露圣徒的丑闻？”

四十九

卡耶塔诺从阿里巴巴咖啡店看到聂鲁达走进了戈雅多小巷。诗人的步伐很慢，些许驼背，披斗篷，戴帽子，由司机搀扶。他一口喝光了咖啡，留下几枚钱，走出店铺，感觉聂鲁达的健康与智利的政局以相同的节奏每况愈下。

他一推开花园的门，司机塞尔希奥就告诉他：诗人正在床上休息，如今床铺安置在餐室里了，因为诗人体力不济，难以登上卧室。卡耶塔诺飞快地跑上楼梯，看见诗人躺在窗户旁边，腿上盖着毛毯。第一次来访时见到的那匹旋转木马，已经不在这间客厅里了。

“她在哪儿?”聂鲁达问道。问话之前，他起身倚靠在枕头上，露出意外而激动的表情，静静地拥抱了卡耶塔诺，还不停眨动着蜥蜴般的眼皮。

“估计她在玻利维亚，巴勃罗先生。”卡耶塔诺回答说。

“在玻利维亚？小伙子，她在玻利维亚做什么?”

他汇报了调查进展情况，但暂时省略了缇娜的事。他不想让诗人抱有过高期望。

“你能肯定这个贝阿特丽斯就是我在1941年在墨西哥城认识的那个贝阿特丽斯?”诗人一直在听，没有打断他的话。听完后，这样问他。

“巴勃罗先生，就像二加二等于四一样。”

“问题是我不明白莱比锡大街那套房在整个事件中的作用啊！如果贝阿特丽斯如今生活在玻利维亚，那怎么会有她的照片出现在东柏林呢？马上给我看看那张照片！”

他从夹克里掏出一个信封，从里面拿出一张照片。

“您能认出里面的人吗？”

聂鲁达接过照片，用放大镜仔细观看。

“这个女的就是贝阿特丽斯啊！”他声音颤抖地惊叫起来，一面睁大了眼睛，“就是这个样子。对，就是她！这是安赫尔·布拉卡蒙特，好人一个，遗憾的是我们的激情让他受到了伤害。那个时候，我和贝阿特丽斯已经成了情人。有可能就是在这次招待会之后，我俩就偷偷约会了，我还亲吻了她的嘴唇，搂住了她的细腰，做了爱。”

往事让聂鲁达伤心。卡耶塔诺打算让诗人回到现实。

“巴勃罗先生，那时候你们刚刚认识啊？”

这话没用。

“1941 年 10 月。这张照片没表现出贝阿特丽斯的美貌，可我一下子就认出她来了。卡耶塔诺，她高兴是因为我的缘故。明白这话的意思吗？她是蒙娜丽莎，只有你和我知道她为什么微笑。那时候，我俩爱得发疯，是地下恋情，不知道距离永远分开还有两年的时间，距离孩子出生不到三年……"湿润的眼睛在望着他，"卡耶塔诺，那是我俩的女儿呀！"

卡耶塔诺发现聂鲁达尽管大谈青春和希望、老迈和信心，实际上却生活在主观臆测和对往事的浪漫化和理想化之中，他坐在床沿，感到郁闷。远处，太平洋的海水在北风的刺激下拍打着瓦尔帕莱索，海岸山脉的山头与安第斯山的雪峰遥相呼应。

聂鲁达满意地表示："小伙子，我相信你已经变成了真正的侦探。你也看到了，侦探小说并非纯粹的娱乐品。"

"有可能吧！巴勃罗先生。不过，对不起，我觉得无论在墨西哥城还是哈瓦那，马格雷探长对我都没有多大的指导作用。"

"当然没有多大作用。这话我以前就对你说过。卡耶塔诺，马格雷是巴黎人，跟杜宾先生一样。而你是了不起的拉美人。你和他们不一样，是地地道道的侦探，我们的侦探，散发着像阿连德说的智利馅饼和葡萄酒味道的侦探，或者说是散发着墨西哥玉米馅饼和龙舌兰酒味道的侦探，又或者说是散发着古巴鳗鱼和朗姆酒味道的侦探。但是……"

"但是什么？"

"你为什么认为贝阿特丽斯在玻利维亚呢？"

"巴勃罗阁下，根据这另外一张照片。"

聂鲁达捏住照片，焦急地查看。呼吸又急促起来了。他借助放大镜细看。

"就是她啊！过去好多年了，可仍旧是她！毫无疑问。"他低声说道，极力克制着内心的激动，"这女人就是贝阿特丽斯·布拉卡蒙特，我温柔的墨西哥情人。是她的眼睛，是她的脸蛋，是她那高高和苍白的前额，是她那曲线优美的嘴唇，只是年岁渐长……"

"巴勃罗先生，她有六十岁吧！"

"小伙子，这个时候她还不到五十岁，有个女儿。"

卡耶塔诺想，最好让事实说话，于是详细说道：

"巴勃罗先生，她对面是圣克鲁斯的一家社交俱乐部，位于玻利维亚热带地区。"

"他呢？是谁？是她丈夫吗？"

"这是我还没掌握的情况。"

"应该是现在的丈夫。这么漂亮的女人不可能长时间独身。"聂鲁达脸上露出追溯往事的自豪感，"追求她的人可能会大排长龙。这照片你是在什么地方弄到手的？"

"巴勃罗阁下，是在莱比锡大街的一个房间里。"

"卡耶塔诺，是套房，不是房间。要学会智利人的说法。那套房是谁的？"

"是柏林人剧团一个女演员的。她大概收到了贝阿特丽斯的信件。"

"一个女演员……"他好像陷入了沉思，但立刻像闪电一样迅速地抬头看着卡耶塔诺，“年轻的还是老的？”

卡耶塔诺觉得诗人就快接近答案了，虽然这答案也许只是一场空。他无可奈何地回答说：

“三十几岁吧！”

“叫什么名字？”

“缇娜·费尔巴哈。”

聂鲁达双脚落地，拖拉着便鞋向燃烧的壁炉走去，双手背后，一路沉思。远处的海湾在烁烁的阳光下像一块毛玻璃。

“那女演员长什么样？”

“巴勃罗阁下，我想她不是您的女儿。”

“我也没这么认为。我问你，缇娜·费尔巴哈长什么样？像我吗？”

不像。柏林人剧团舞台上温柔的维吉尼亚不像眼前这个焦急的老家伙。

“为什么一定要像您呢？”卡耶塔诺反问道，口气有些挑战的意味。

“你见到的那个女演员像不像我呀？”诗人不耐烦地挥舞手臂，抑扬顿挫地再次发问。

“她更像德国人。”

“贝阿特丽斯有一半德国血统。难道你从照片上看不出来吗？所以，即使缇娜像德国人，仍然有可能是我女儿啊！”诗人强调说，同时用颤抖的手在吧台的酒瓶中间翻动着。他往两个杯子里放了冰块和一些威士忌。

"巴勃罗阁下，您肯定喝酒没事吗？"

"别扫兴。你不是医生。"他提醒道，一面端起两个琥珀色的酒杯，"这么重要的日子，不庆祝可不行。"他给卡耶塔诺递过去一杯，重新坐到床上去了。他喝了一口酒，闭上眼睛，做出不高兴的样子。"她像不像我呀？"

卡耶塔诺看到诗人如此困惑，就放松了警惕。他犹豫了。尝了一口威士忌，他说道：

"巴勃罗阁下，可能是您女儿。"

一说完他就后悔了。这做法就像玛蒂尔德他们。雇他来可不是看中他这种表现呀！

"什么叫'可能是'？"

"因为我不敢肯定。"这是真话。但更为真实的是他害怕出错。所以他不敢听凭直觉的判断。直觉告诉他：那希望不是假的；但他宁可认为应该做出客观判断，听凭事实让他说出尖刻的含糊话语。

"那你为什么不给我带一张她的照片呢？她不是女演员吗？"

卡耶塔诺试图拖延时间。

"是啊！巴勃罗阁下。她在《伽利略传》里扮演维吉尼亚，那位天文学家的女儿。就是说，她化了妆。在剧场门厅的海报上，她不像本人，像伽利略的女儿。清楚了吗？”

“一回事嘛。”诗人口气粗暴地说，“最好直截了当地告诉我：她像不像我？”他又重复了一遍这个问题。说罢，他很有活力地站了起来。

聂鲁达要强迫他做出断言，仿佛插在诗人和女儿之间的唯一障碍就是卡耶塔诺的怀疑。但诗人如此固执地追问像不像反而引起了他的逆反心理。

“巴勃罗阁下，她是德国人，有拉美人特点；但是……”

“但是什么？”

“安赫尔·布拉卡蒙特也是拉美人啊！”

聂鲁达把酒杯放在床头柜上，旁边是一部书稿。他垂头丧气地坐到了床上，好像被一支吹箭给射伤了。

“你说得对呀！”诗人难过地承认道，弯着腰喘气，双手撑在膝盖上，“我把安赫尔给忘了，又一次忘了。”他沉默了一会儿，然后看也不看卡耶塔诺，就提了下一个问题，好像用这种方式宣告自己没办法再采取任何积极步骤了：“那现在我们怎么办呢？”

五十

这时，一场天大的事从天而降把聂鲁达和卡耶塔诺从那失望的状态中解救出来。一架直升机转动着十字螺旋桨向塞巴斯蒂安之家靠近。一阵飓风刮跑了戈雅多小巷里的纸片,吓坏了毛利剧院的狗群。起居室开始剧烈晃动,好像地震来了。聂鲁达和卡耶塔诺来到大窗户前,互相吃惊地望了一下。二人从窗前看见了直升机。它在高空像一只硕大的蜻蜓,长着闪亮的玻璃巨头和粉红色的尾巴。它轰隆轰隆地围绕着塞巴斯蒂安之家盘旋,在上午的阳光下射出愤怒的光亮,像铁皮鼓一样震撼着苍穹,让佛罗里达山上的全体居民惊慌失措。

诗人举起双手,喊道:"塞巴斯蒂安·戈雅多·毛利[1]在坟里要乐得翻身啦! 他真的梦想成真啦! 他们要降落在为飞船准备的跑道上啦!"

直升机在塞巴斯蒂安之家上面做低空飞行,正琢磨它的阳台。狗群在狂吠;孩子们在斜坡路上飞跑;女人们不再晾晒衣裳;甚至连在商店前面排队的人群都忘记了累人的等候和食物的匮乏,纷纷抬头看天,惊恐地想看他们此前从来没有如此近距离看见过和想象过的如此闹哄哄的飞机。这时,直升机掠过一些金属薄板制成的屋顶和旗杆,紧贴着电线和香蕉树冠而过,因此可以看清楚飞机内部有两个人。

---

① 塞巴斯蒂安·戈雅多·毛利,出生于瓦尔帕莱索的名门之家,毛利剧院的建造者,戈雅多等街道的设计者。

聂鲁达一看见司机塞尔希奥出现在起居室，就兴奋地喊道："要在屋顶平台上降落了！上楼去！那个跑道从来还没人降落过呢！"

三人沿着螺旋楼梯爬上去：聂鲁达喘不过气来，勉强挪动双腿，一路咒骂着疼痛的膝盖；卡耶塔诺和塞尔希奥紧随其后，着急，好奇，但没说话，一路上从小圆窗向外窥视发生的一切。登上木制书房后，他们担心螺旋桨产生的飓风会把书房连根拔走。聂鲁达急忙打开糊有惠特曼大照片的木门，三人来到屋顶平台。强风吹乱了他们的头发，猛烈地摇晃着他们的衣裳。突然，强风夺走了诗人的帽子，吹得那顶帽子漫天飞舞，转了一圈又一圈，一路向瓦尔帕莱索的山头敬礼。此情此景让卡耶塔诺想起古巴岛上的飓风；这一切吓坏了司机塞尔希奥，因为他从来没见过这样的景象，吓得他躲藏到门后不敢到平台上去。

忽然，聂鲁达在直升飞机的水平旋翼和狂风的喧闹声中，大声呐喊道："是萨尔瓦多·阿连德！"

"谁？"

"总统！"聂鲁达再次喊道，一面兴奋地向直升飞机挥手。

这时，卡耶塔诺认出了坐在飞行员身边的那个人物。是阿连德。他在玻璃窗后面招手呢！总统戴着墨镜，头发梳到后边，身穿条纹夹克衫，打着领带。对，是他。没错。

卡耶塔诺连忙说："巴勃罗阁下，我还是走吧！"

“别傻了！留下，我给你介绍。”

卡耶塔诺喊着回答：“他来看您，不是看我！”

直升飞机的黑色轮子已经落在屋顶平台的裂缝上。瓦尔帕莱索似乎已经在大风中恢复了自己的颜色和宁静。

“别出洋相了！去衣柜那里把那身侍者服装拿出来！”聂鲁达命令他，“穿上！去吧台那里为我们准备饮料！你别错过这个机会。他喜欢喝冰镇威士忌，不加水。也给我一杯。去找出窖藏十八年的起瓦士，还有冰块。一定要十八年的。别弄错了！”

因失去女儿而产生的悲伤似乎已经消散。卡耶塔诺同意参与游戏。他返回书房，取出侍者服装，穿衣服的同时还看看窗外总统如何下飞机。阿连德步伐坚决，挺胸向聂鲁达走来。二人拥抱。卡耶塔诺在厕所照照镜子，觉得自己很像真正的侍者。胡子加上眼镜让他有了高级餐厅侍者的样子。就在他刚刚找到那瓶威士忌的时候，聂鲁达和总统走下了螺旋式的楼梯。二人面对大窗户落座。诗人坐在他的云椅上；总统坐在那把绣花扶手椅上。他谈起这次出行的情况，谈起从空中俯瞰到的中央谷底的绿色美景，谈起大风吹过弯弯曲曲的街道、城里没完没了的阶梯和山头时引起的混乱景象。看他们谈话的样子仿佛并不觉得有什么灾难在临近。

过了片刻，总统侧目看看聂鲁达在餐室里安置的床铺，说道：“好，巴勃罗，我来了。如果你愿意的话，给我朗诵一下你的新诗。我知道有些政治内涵。是这样,我从南方来,中途我让贝尔卡拉上尉在你家停一下。你不去看我,我就得来看你。”

聂鲁达十分郑重地感谢总统来访,他解释说,有部稿子要交给基曼图出版社。他希望总统能成为第一位读者。

“我正是为这事来的。”阿连德说,“身体怎么样?记住:别对医生撒谎!尤其是医生兼总统。”

“萨尔瓦多,我身体垮了,可还在挣扎。你是知道的:我们别互相隐瞒。可你来这里不是听我诉苦,而是来了解我的新诗。来杯威士忌,好吗?”

卡耶塔诺连忙端上来斟好酒的杯子。把托盘送到总统面前时,他的手直发抖。总统亲切地看看他,问候他:“你好啊!”声音和蔼、动听。他把托盘送到聂鲁达面前时,手还在抖呢!聂鲁达诡秘地挤挤眼,很高兴他能出色地扮演侍者的角色。卡耶塔诺想,聂鲁达说得对:生活就是一场扮装游行。

诗人要他帮忙:“麻烦一下,帮我把书稿拿过来,在我的床上呢!”

他赶忙去拿书,顺便瞅了一眼封面。书名是用打字机打的:鼓动刺杀尼克松并赞美智利革命①。把书稿交给聂鲁达后,他回

① 这是聂鲁达生平最后一本诗集,于 1973 年 3 月出版,聂鲁达于 1973 年 9 月 23 日去世。

吧台去。诗人用威士忌漱漱口，开始朗诵用绿墨水写的诗句。尽管卡耶塔诺假装忙于洗杯子，擦拭柜台，放水冲洗，实际上，他一句不漏地听着诗人那不寻常的朗诵。聂鲁达的声音有气无力，很单调，极力使用可以拉长元音的鼻音，把朗诵变成了一种绝望的呻吟，一种孤儿之歌。与此同时，总统在倾听，目光注视着海湾，双腿交叉，下巴撑在拳头上。他时而一动不动，时而双腿分开，抓抓一边的太阳穴，优雅地拉拉衣袖，但始终在倾听。诗人则时而背诵，时而朗读，时而用酒润润喉咙。卡耶塔诺以为在梦境里。现在，他不仅给世界上活着的最伟大的诗人当私人侦探，而且成为这一会晤唯一的目击者——将来他肯定会被认为是历史的见证人。是不是在做梦啊？可那二人的确就在眼前啊：一个是诗人聂鲁达，一个是创造历史的革命总统。那是真的吗？或者是他过去在佛罗里达生活时想象出来的瓦尔帕莱索的场景？一切都不是真的，没有阿连德，没有聂鲁达，没有塞巴斯蒂安之家，没有在瓦尔帕莱索港口的长期逗留。

诗人刚一结束朗读，总统就十分激动地在扶手椅上高声道："巴勃罗，这是一首庄严的政治史诗。从来没有人写过如此真实描写革命和敌人的诗歌。它的力量和美感有排山倒海之势。应该让全世界都知道。它真实而艺术地揭露出美帝国主义对我们的野蛮侵略，我们是受害者。"

"谢谢，总统。"诗人回答道，一面合上了那蜥蜴般的眼帘。

"亲爱的巴勃罗，我只有一个疑问。"总统喝光杯中酒后，说道。

"总统，什么疑问？"

卡耶塔诺全神贯注地倾听。不愿意错过谈话的细节。

"我怎么能支持身为大使的诗人鼓动全世界的诗人去刺杀美帝的总统呢，即使是在诗歌里？"

这个问题聂鲁达早就解决了。

"别担心。"他回答说，双手放在打开的书稿的最后一页上，"我现在当着您的面辞去我在巴黎的职务。是保卫智利革命的时候了。在这场战斗中，我不能缺席。如果当大使，就不能说出身为诗人时想要说的话。萨尔瓦多，我陪你放开手脚一搏吧！"

阿连德起身。诗人也站了起来。接着，卡耶塔诺看见二人面对窗户默默地拥抱。海湾在远处闪亮，天空晴朗，远山遥遥相望。他一面把洗了几遍的酒杯反复擦拭，一面觉得二人是在告别，是永别。他想道，自己来自遥远、炎热的古巴，却由于生活中的种种巧合，幸运地目睹了这二人的诀别。

总统登上了通往屋顶平台的楼梯。诗人在后面。卡耶塔诺身穿侍者服装跟在二人身后。他们在书房歇了一下。总统看看那台老打字机和书架上摆得满满的侦探小说。阿连德拿起了埃里克·安布勒[1]的《迪米特里奥斯的假面具》，请求诗人借给他看

① 埃里克·安布勒（1909—1998），英国作家。

看，因为国防部长奥兰多·莱特赖尔最近推荐他阅读此书。随后，三人登上了刮着清风的屋顶平台。司机塞尔希奥正在跟那位飞行员聊天呢！

卡耶塔诺看见总统和诗人再次拥抱。与此同时，直升机的螺旋桨开始轰隆轰隆地旋转起来了。总统上了飞机，关上了舱门，在飞行员身边坐下来。他又回到了自己的位子上了。

风吹乱了聂鲁达稀疏的头发，诗人面对总统方向微笑，双手插在衣袋里。突然，直升机腾空而起，摇摇晃晃地飞过了佛罗里达山上屋顶的上方，阿连德还在挥手。从戈雅多小巷、德国大街和棕榈树广场上，从家家户户的窗口和木质阳台上，居民们高呼着阿连德的名字，挥动着国旗，与总统遥相呼应。这就好像瓦尔帕莱索又过了一次狂欢节。聂鲁达和卡耶塔诺双手一直高举，直到最后直升飞机变成了一个小小的金色蜻蜓、消失在安第斯山峰中方才作罢。

二人低下头，默默地回到了室内。片刻后，卡耶塔诺觉得有责任再谈谈那个话题。不是为了缓和紧张气氛，而是要对刚才的谈话负责。

“巴勃罗阁下，我应该去玻利维亚。”

聂鲁达没吭声，也没望着他，似乎正考虑。

片刻后，他费力地喘口气，说道：“小伙子，看来我让你读的书有效果了。对了，我给你留了另外一本书，很有趣，是康斯坦丁·西蒙诺夫[1]写的《春天里的二十三个时刻》。你应该读一读。苏联间谍在纳粹柏林卧底的故事。”

卡耶塔诺随声附和。总统来访肯定让诗人激动不已，很难将话题转入下一个行动。

他问：“比西默农的作品还好吗？”

“作为守纪律的党员，我会说：是的。但这里只有你和我，所以你应该知道：无论在饮食还是文化上，没人能超过法国人。应该看看那部小说。我讨厌只看好书的人。这说明他们不了解世界。”

“巴勃罗阁下，那去玻利维亚的事情呢？”

仍然是迟迟不回答。可接下来，诗人再次让他吃了一惊。

“不去。小伙子，不去了。这件事到此为止。”

这一回，不说话的是他了。可是心里那个侦探要逞强，他说：“这事怎么就了结了呢？”

聂鲁达双手背后在房间里来回走动。

“我错了。”诗人没有看他，回答道，“这一辈子，我多次犯错。但是，这一次总统来访让我睁开了眼睛。我没权利迷恋个人私事，迷恋我过去的一个幽灵，因为现在智利的命运、社会主义的

① 康斯坦丁·西蒙诺夫（1915—1979），苏联作家、军事记者、诗人与剧作家。

命运、我相信的种种事情、我为之捍卫的事业，都处于危险中。年轻时，我活得像个梦游患者，整天钻在自己的梦想和算计中，远离现实生活，脱离群众，后来觉悟了，是共产主义思想和西班牙内战唤醒了我。‘不，是时候了，快逃吧！/血的影子，/冰一样的星星，给人们让路/把黑影从我这里赶走！’”他朗诵多年前写的诗歌，好像要从中找出重新振作起来的力量。“现在，历史在重演，是一样的，完全一样。卡耶塔诺，这里有太多的事情要做，不能只盯着自己，不能去捕捉幽灵。”

他不说了，但是没有看卡耶塔诺。后者则相反，目不转睛地盯着诗人。

“巴勃罗阁下，这个幽灵可有血有肉啊！您从前就放她跑了。”

聂鲁达的口气变了。

“卡耶塔诺，你不是我雇的第一个侦探。多年前，这个故事就让我心烦意乱了。我花了好几万美金请私人侦探调查。他们一无所获。其中还有人打算骗我。有照片，有各种资料。最后是玛蒂尔德做得对，她把侦探都轰走了。那不单单是出于嫉妒。不单单是对我不相信。”这时，他瞅瞅卡耶塔诺，但眼神与刚才不一样。里面飘浮着冷漠和疏远。“所以，我才求助于你，卡耶塔诺。我需要可信任的人。你的青春活力让我感到可以信任。但你也是我的一次虚构。”

卡耶塔诺觉得有必要进行自我辩护。

“巴勃罗阁下,我已经不是虚构了。我为您找到了线索和铁证。”

“卡耶塔诺,用来证明什么的线索和铁证?”诗人站在起居室中央,望着他,眉头紧锁,“这里,智利正朝可想像得到的可怕深渊滑去,可我们却在瞎猜某人长得是否跟我和一位德国女演员相似上浪费时间。本来我们应该全神贯注地盯着这里和当下,我却派你去调查三十年前发生的事情!”

聂鲁达像从前多次那样又逃跑了。也许他是自己欺骗自己,虽然他说政治局势火烧眉毛,却骗不了卡耶塔诺。聂鲁达像伽利略一样害怕痛苦;那种最深层次的害怕,对于心理准备不足的人来说,恐怕不是来自眼下的环境,而是来自往事、心灵、记忆的深处。

“三十年前,您丢下了自己的女儿。现在又辞去职务,并且继续放弃这个,放弃那个。这谁不会呢?这样的活法当然容易了……”

这位前大使没有生气。作为一个惯逃者,他肯定听见过不止一次这样的责备。

“卡耶塔诺,你没有明白我的意思。”诗人说道,仿佛经过长时间的潜泳之后刚刚浮上水面,“难道你没听见我对总统说的话吗?如果我当大使,就不能说诗人应该说的话,因此得辞去大使的职务。我的真话都在我的诗歌里。让我能存活下来的是我的作品呀!”

“巴勃罗阁下,您在派我去古巴之前说的可不一样。”

诗人完全想起来了。他不否认,可是不能再坚持原来的看法了。

“卡耶塔诺,那时候,我爱幻想。要活下去就得幻想。如今,如果坚持那样的看法,我觉得是变相的自私自利。假如像你说的那样,那女人是柏林人剧团的演员,生活在东柏林最好的居民区里,受人爱戴和尊敬,她还需要我做什么呢?卡耶塔诺,你生活的道路还长着呢!如果你愿意,就继续当侦探吧!你已经表现出职业侦探的嗅觉和韧性了。”诗人的声音无法掩饰心中的火气,但说起话来鼻音很重,很伤感,“而我现在不应该幻想和装腔作势了,必须面对现实!假如命运安排我没子女,只有著作,那还不如老老实实、很有尊严地照办呢!”

卡耶塔诺想,聂鲁达除了是诗人,仍然还是外交官。因为实际上,诗人向他提了一个协议:他可以继续当私人侦探,但必须让诗人过安静日子。他们应该签订协议,但内容要换一换。

“巴勃罗阁下,您是智利人。我是古巴人。您对智利有诺言。我来智利是因为一位把我给抛弃的女人。那就让我去玻利维亚吧!这样一来,我们各自都坚守在自己的岗位:您当诗人;我当侦探。对我们都好。”

卡耶塔诺觉得自己一生从未如此雄辩过。这大概是从这位外交官或者诗人或者他推荐的书本里学到的东西吧！聂鲁达沉默片刻后，又在室内走动起来了，闹得木板地面吱吱作响，他说："明天早晨你就去拉巴斯[①]吧！那边有我认识的一个同志，说不定可以帮上你。现在，最好让我独自待一待，我的加勒比马格雷探长！有时我的确会感到活着真累啊！"

五十一

在玻利维亚首都拉巴斯度过的第一夜卡耶塔诺备受煎熬：高山反应在痛苦地折磨他，他心里想：这恐怕是我的末日了。从他走下玻利维亚航空公司的飞机，打算加快脚步走完跑道好快点走进机场大楼开始，就感觉有块大铁板压在胸口上，他喘不过气来，没法吸入那像山泉一样冰凉的稀薄空气。他不得不在长凳上坐下来喘气。

一个缺牙的印第安老人端上来一杯古柯叶茶给他，并且说道："先生，喝了这个，就没有高山病了。但是，看在上帝的分上，千万别去找拉巴斯女孩纠缠，您会直接下地狱的！"老人语气严肃，手上端着茶杯，身上穿着披风。

① 玻利维亚首都。

他走进旅馆大堂时，疲劳的程度有所降低。聂鲁达的朋友在那里迎候他。这位朋友名叫埃米尔·拉斯卡诺，早年间(具有传奇色彩的社会大变革的时代)在圣地亚哥智利大学攻读文学。六十年代过去了，那个时代智利一片沸腾，全国乱哄哄，造反的是留长发的年轻人，是迷恋海洛因的瘾君子，是热衷性解放的青年。他们身穿花衬衫和大喇叭裤；他们追捧珍妮丝·乔普琳[①]和乔·库克[②]；他们是和平主义者，不相信三十岁以上的人的任何话。卡耶塔诺感谢埃米尔的热情好客，谢谢他说话的慢节奏以及发字母S的方式。二人在总统府[③]旁边不远的一家狭长、可以看见大梁的餐厅里吃晚饭：美味可口的菜豆烩羊肉。

埃米尔·拉斯卡诺一面喝啤酒一面建议卡耶塔诺："这几天最好坚持饮用古柯叶茶。高山病可不是好玩的。它夺取了好多外来游客的性命。他们高高兴兴来到拉巴斯，吃喝玩乐过度之后，高山病来讨债，结果躺在飞机棺材里飞走了。"

埃米尔·拉斯卡诺是科学院院士。60年代，他在圣地亚哥康浦里坎剧院的一次共产党的活动中认识了诗人聂鲁达。有一段时间，聂鲁达花钱帮助埃米尔住在智利首都。埃米尔听说了

---

① 珍妮丝·乔普琳(1943—1970)，美国著名女摇滚歌手。

② 乔·库克(1944—)，英国著名摇滚歌手。

③ 俗称"被烧毁的宫殿"，因19世纪60年代在动乱中被烧毁，后来多次重修。

聂鲁达的病情，但是没有想到可能有死亡的危险。聂鲁达打电话告诉他有个使者要去玻利维亚完成一项需要特别保密的任务（包括在党内），请他多多帮忙。他也没敢打听诗人的健康状况。

卡耶塔诺拿出一张贝阿特丽斯跟一位男士站在社交俱乐部门前的照片给他看并且问他是否认识那女人。

埃米尔·拉斯卡诺仔细看过之后，说道："从来没见过。"

"那位男士呢？"

"也没见过。他俩站的地方是圣克鲁斯最高级的俱乐部，只允许大富豪入内。"

"您肯定没见过这个男人吗？"

"您找谁？男的？还是女的？"

"女的！"

"如果您打听一位外国女人的情况，那没有问题。"埃米尔严肃、干脆地说道，"但是，如果您跟踪一位玻利维亚有社会影响的人士，那可得多加小心。这里的情况不妙。假如有人发现您是智利派遣来的特使，那结果会很麻烦。"

"我要找到这个女人，或者至少找到这个男人。巴勃罗·聂鲁达向我保证：我一定能得到您的帮助。这事与政治没有半点关系。"

"不管怎么说吧！我劝您小心谨慎为好。"

"也许您的党内同志里有人能找到这个男人的下落，或者帮助我们找到那个女人。”

从外面进来一些人，他们个个摩擦双手，浑身冻得发麻，人人身穿毛皮大衣和羽绒外套。他们沉默寡言，不喜欢吵闹，与古巴人大相径庭，后者总是吵吵嚷嚷，大呼小叫。卡耶塔诺想起了古巴，眼瞅着外面的刺骨寒风如何吹打着人们的面颊。

埃米尔再次申明："我只能再说一遍：情况很复杂。局势很困难：一方面是矿业工会罢工；另外一方面是军人政变。这个国家就是这样恶性循环的。”

“喂，埃米尔，我以我们的朋友聂鲁达的名义给你一个提议。”

埃米尔·拉斯卡诺点燃一支香烟，低头望着桌面，惴惴不安地听着是什么事会把他掺和进去。

卡耶塔诺压低声音说："如果您帮助我找到这个人，我答应送给您第一版的《漫歌》，有诗人亲笔签名。明白我在说什么了吗？是第一版的《漫歌》，上面有西语界仍在世的伟大诗人的签名啊！这点小事，您帮不帮忙？”

第五章　特莉妮达

五十二

西蒙·阿德尔曼是出生在德国的犹太律师，他发财的原因是代理了矿业公司的法律事务。但是，他的思想属于左派；如今他致力于揭露劳工被欺压的事情以及寻找纳粹战犯——他们躲在偏远的贝尼省伪装成清白的拓荒者。他有七位亲人死于德国的布痕瓦尔德集中营的大屠杀中，那座集中营位于歌德和席勒的故乡——美丽的魏玛——附近，在埃特斯山上；因此阿德尔曼仔细研究了每个在玻利维亚隐居的老德国人。

埃米尔·拉斯卡诺把阿德尔曼介绍给卡耶塔诺的时候，后者感到阿德尔曼身上有两件事让他困惑。一是从服装上看，西蒙·阿德尔曼像个乡村教师，这在拉巴斯是不可容忍的，因为有钱人在很大程度上是透过轿车和衣着来表明自己的社会地位。裤子发亮、夹克有皱褶、衬衫里没领带，这个样子没法让人猜出他是位有名望的大律师。二是尽管他属于社会上层（大部分是天主教徒和保守派），他却与左派立场一致。

据埃米尔·拉斯卡诺说，可以信任此人，但是党组织不看好他，因为西蒙·阿德尔曼是托洛茨基分子。但是，他在国内的信誉很好，为人谨慎，善于同社会精英周旋，并且出入他们的俱乐部。唯一不可饶恕的瑕疵就是西蒙·阿德尔曼仰慕托洛茨基；他经常去托洛茨基在墨西哥的住宅拜谒，总是献上花圈和一块石头在托洛茨基的墓前。

卡耶塔诺开门见山，拿出照片给西蒙·阿德尔曼并且问他："据说您认识这位女士，是吗？"

"是的。我还了解这个俱乐部。"西蒙·阿德尔曼说道，一副若无其事的样子，"那里有时代特色，大厅里有枝形吊灯、斜镜、油漆地板；经常举行晚宴和豪华的舞会，很多玻利维亚人的命运就是在那里被决定的。另外，那里还是支持圣克鲁斯分离主义的人的大本营。"

三人在斯特鲁德尔咖啡馆里占据了一张餐桌。咖啡馆的墙壁是木结构的，张贴着巴伐利亚的海报，开这间咖啡馆的人是门诺教派[①]教徒。从半敞开的门口，钻进来冷气；窗户对面可见到泥灰剥落的建筑物。

卡耶塔诺说明："我感兴趣的是这女人。她叫贝阿特丽斯，是布拉卡蒙特医生的遗孀。但不知道她在这里使用的姓名。怎

① 十六世纪欧洲再洗礼派中的一个分支。

么才能找到她的下落呢?”

“我在招待会上见过她两次。”西蒙·阿德尔曼的眼睛是蓝色的,头发花白,脸型消瘦,有七十多岁,“但名字不是您说的那样。”

“什么?”

“不叫贝阿特丽斯。”

“那叫什么?”

“塔玛拉。塔玛拉·桑克尔。”

“您肯定她就是照片上的这个女人吗?”

“完全是。她是德国人,缅因河畔的法兰克福的。我甚至跟她聊起过不动产项目。”

“有子女吗?”

“不知道。拉巴斯小虽小,但不是村庄。”

服务生用破旧的大杯子端来咖啡。卡耶塔诺瞅瞅周围。穿西装打领带的政府官员很多,他们默默地抽烟,看报纸,或者悄悄聊天。卡耶塔诺想,安第斯高原上跟哈瓦那一样,时间似乎绰绰有余。

“这照片上的男人,您也认识吗?”

西蒙·阿德尔曼用询问的眼神望着埃米尔·拉斯卡诺,问道:“他真是您可信赖的朋友吗?”

埃米尔不大有信心地点点头,把视线转移到街上去了。一些土著妇女走了过去，她们身穿宽大的服装，头戴帽子，全然不睬下午阴郁的蒙蒙雨。

“这么说吧！这张面孔在玻利维亚并不为人们熟悉。”西蒙·阿德尔曼在这位来自加勒比地区的小胡子面前小心谨慎挑选着字眼，“就是说，只有几个人认识他。”

“为什么呢？”

西蒙·阿德尔曼的目光再次寻找埃米尔·拉斯卡诺的眼睛，问道：“他真的可靠吗？”

埃米尔低着头，口气肯定地说：“他虽然从智利过来，可为人可靠。”

“卡耶塔诺·布鲁雷先生，此人就是鲁道夫·萨奇尔上校。1967年领导玻利维亚情报局一支机密小分队。”

“我不明白。”卡耶塔诺把照片放在桌子上，啜了一小口咖啡。虽然咖啡的味道比预料的难喝，但并未让他感到失望。

“萨奇尔上校是总统府与美国中情局之间的联络官。”

“联络什么？”

“您了解切·格瓦拉的故事，对吧？”

“当然。1967年死在这里，因为受到特种部队的伏击。”

“确切地说，他是在拉伊盖拉小学校里被杀害的。运他到这座学校的时候他受了伤，但不严重。有个军官甚至还跟他照了相。他是用担架抬进来的，大家不知拿他怎么办才好，因为他真是一条好汉。华盛顿州下了暗杀命令，尽管有人说命令是玻利维亚总统府下达的。”

“萨奇尔上校在这中间扮演了什么角色？”

“就是此人混入了城里支持游击战的组织中。切·格瓦拉的情妇塔玛拉·朋克不知道这个情况，就把萨奇尔领到了切·格瓦拉那里。此前，塔玛拉·朋克就赢得了玻利维亚军政寡头们的信任。她从哈瓦那得到的命令是明白无误的：不得与切·格瓦拉发生联系。但是，她没有服从。知道为什么吗？”

“因为革命热情吧！”卡耶塔诺答道，同时不由自主地联想到自己的老婆：此时身穿橄榄绿军服正在古巴的湿地里匍匐前进呢！

“因为爱切·格瓦拉。”阿德尔曼纠正道。他沉默了，点点头，好像不相信自己说的话。“萨奇尔只要跟上塔玛拉·朋克就可以找到切·格瓦拉的队伍了。他不仅抓住了切·格瓦拉少校，而且下令在拉伊盖拉小学处决了少校……”

“他真的有这么大权力做出这样的决定吗？”

“至少可以在那些被切·格瓦拉吓破胆的小兵面前发号施令吧！那时的总统巴里恩托斯一点都不知道发生的事情。到最后，还为塔玛拉·朋克安排了隆重的葬礼。塔玛拉·朋克之前已经有了玻利维亚国籍，甚至在当卧底的时候还为民间文艺的研究做了贡献。古巴人指责雷吉斯·德布雷①出卖了游击队，实际上，切·格瓦拉的失败是他的一个德国恋人造成的。”

卡耶塔诺推开咖啡杯，再次细看那张照片。萨奇尔上校的面部特征像狐狸：尖下颌，眼睛细长，眉棱突出，头发稀疏，梳向脑后。他在纳闷：为什么贝阿特丽斯要改名换姓呢？为什么会前后出现在那么多矛盾重重的地方呢？也许贝阿特丽斯不是塔玛拉·桑克尔。聂鲁达或者西蒙·阿德尔曼在看到这张照片的时候，把人搞错了。

卡耶塔诺瞅瞅窗外之后，问道：“我怎么才能找到塔玛拉·桑克尔呢？”

“恐怕很难找到她。”

“您不是说过知道她的住处吗？”

“从前知道。她老早就从拉巴斯消失了。卖掉全部财产之后，她就走了。”

“去哪儿了？”

阿德尔曼叹了一口长气。

他说：“可能是德国吧。”

“什么时候走的？”

---

① 雷吉斯·德布雷（1940— ），法国作家、思想家。曾经去南美洲与切·格瓦拉并肩作战。1967年4月被捕，在军事法庭被判三十年的刑，但在1970年获释，1973年回到法国。

“大约五年前。不过,我也可能搞错。”

“那位萨奇尔上校怎么样了呢?”

“死了。”

“他还不到死的年纪啊!”他说。随即想到,刚刚这句话说得真愚蠢。当人们希望他死的时候,他就可以死了。

“他死于车祸:驾驶轿车去机场的路上摔到悬崖下面去了。”

“是在切·格瓦拉生前还是死后?”

“死后不久。”

“是在塔玛拉·桑克尔失踪前还是消失后?”

“失踪前。”律师简洁地回答道。

五十三

卡耶塔诺把古柯叶茶杯子放到床头桌上,从房间模糊的玻璃窗向外观看天上的银河。夜空如同一块黑色的花岗岩,上面镶嵌着钻石。摸着胡子时,他想自己正像聂鲁达常做的那样仰望这个世界。无法成眠。空气稀薄,像儿时学校对面出售的棉花糖细丝。

既然聂鲁达的情妇在墨西哥姓布拉卡蒙特,在古巴姓勒德赖尔,在东德姓莎尔,在玻利维亚姓桑克尔,那么就有两种可能了。第一种可能:这是几个不同的女性,他从调查一开始就走错了路，因为当侦探要比西默农说的或者聂鲁达想的复杂多了。如果是这样，聂鲁达在墨西哥爱上的那个女子不留痕迹就消失了，就与哈瓦那、东柏林和拉巴斯的女人没有关系。但是，如果说那几个女人就是同一个人，也是有可能的：就是那位背叛了古巴医生的年轻老婆、被聂鲁达诗歌所诱惑的二十岁美女，而聂鲁达那时是跟一个六十岁的老妇人生活在一起的。这种可能并不一定意味着贝阿特丽斯的女儿就是聂鲁达的女儿。卡耶塔诺有些头晕喘不过气来，觉得这种可能露出了令人不安的棱角，他又喝了一口古柯叶茶。这个有好几个名字的女人像个特别神秘的人物：40 年代是一个共产党诗人的情妇，后来出现在革命的哈瓦那，60 年代定居在德意志民主共和国、柏林围墙的东边，在为第三世界的青年灌输革命思想的学校里工作。可是，忽然之间，她又出现在玻利维亚，身份是一位上校的伴侣，她自己还是企业家，而这位上校又参与杀害切·格瓦拉的行动。

他起身，拨了西蒙·阿德尔曼的电话号码。

"是西蒙·阿德尔曼吗？"

"是我。"

"我是卡耶塔诺。"他朝着台灯吹了一口香烟，戴上眼镜，好像眼镜可以帮助他讲话，"我需要再跟您谈谈。现在行吗？"

"现在？"

"因为我明天就要离开玻利维亚。"夜幕蜷缩成一团，从密封性不好的窗户缝隙里溜进来冷气和卡车的轰鸣声。

“招辆计程车，去法国俱乐部等我！”阿德尔曼发出指示，“那是个大家都熟悉的地方。我马上过去。”

卡耶塔诺在明亮的法国俱乐部正门下车的时候，西蒙·阿德尔曼还没到达。他在门灯下等候，天冷，他将双手插在羊皮夹克的口袋里，这件衣裳还是安贺拉在门多萨给他买的呢！此时此刻，他已无法得知老婆或者说前妻的确凿消息了，她可能在木棉树和棕榈树之间扎营呢！大概正倾听着蛙鸣和热带树叶的沙沙声，脚踏军靴，为在智利建设社会主义站岗放哨吧！他想，阿连德真可怜啊！一方面总统在自己的住宅里为如何巩固这和平革命的果实而无法成眠，而另一方面却有人背地里在哈瓦那策划人民战争，这打仗的思想是从教科书里搬来，与智利的实际情况完全不符，如同乔治·西默农小说中的街道、酒吧和餐馆一样陌生。

片刻后，阿德尔曼快步走来了，身穿一件长大衣。一个服务生用手电筒为他俩开路，他们穿过一个黑暗和热闹的大厅，来到一张有小红灯的桌子前。人们在聊天，喝酒，哈哈大笑，餐桌围绕着舞台前台摆设；舞台上有个西装革履的男子在演唱一首波丽露舞曲，两把吉他为之伴奏。他俩点了掺可口可乐的皮斯科酒。

“出什么事了？”阿德尔曼严肃地问道。他里面穿的还是下午那件夹克，没扣领口。

“是那个塔玛拉·桑克尔的问题。关于她的情况，您没有全都告诉我。”

“您错了。我都说了。我没必要隐瞒什么。”

“要是这样的话，您就不会再来见我了。”

一阵不大起劲的掌声从黑暗的人群里响了起来。那位歌手开始唱《我们》了，带着流亡者所特有的惆怅。

阿德尔曼问他：“您是侦探吗？”

卡耶塔诺想起正在阅读的一本小说。书中的马格雷探长已经头发花白，身体超重，外出休假，但是被卷入一桩大案里——巴黎各大报纸头版头条都刊登了消息。他觉得自己就像这位马格雷探长，也是被迫无奈地去管他人的闲事。

“我不是侦探，可是凭着直觉我感到您还掌握塔玛拉的更多情况。”他点燃一支香烟。火柴的光亮在西蒙·阿德尔曼律师的瞳仁上舞蹈。“她应该是德国侨民集居地的人。这事不可能逃过您的眼睛。”

“我知道的全都告诉您了呀。”

“您肯定早就调查过更多的情况。您经常光顾德国俱乐部，肯定早就认识塔玛拉·桑克尔和那个军官。正是这种人才会引起您这个律师的兴趣。”

“所有这些事情，下午我都告诉你啦！”

“并非所有的事情。有的事情显然应该引起了您的注意，比如，那位上校死后，塔玛拉·桑克尔突然就失踪了。”

“那是警察管的事情。”

“阿德尔曼，我需要您的帮助。”卡耶塔诺说道，“我来玻利维亚需要帮助。因为这是一桩人道主义的案子。”

演唱波丽露舞曲的歌手们走下舞台，观众的态度十分冷漠。这让卡耶塔诺感到难过，因为他推测这些歌手有妻有女，需要在拉巴斯郊外租住简陋的房子，要支付衣食开销，他们一直梦想着能够成名成家。可是，舞台上刚出现一位金发女子，全场立刻响起了一阵阵雷鸣般的掌声。她身穿男装，脚踏高跟鞋，开始随着《粉红豹》的节拍扭腰摆臀，红嘴唇对着空中微笑。

“我把我知道的一切都告诉你了。”阿德尔曼说道，急切的目光紧盯着那脱衣舞娘的动作。

卡耶塔诺等着那舞娘脱下上衣和露出仅着黑色乳罩的胸部，一发觉舞娘的动作还要拖延一些时间，便开口道：

“我对塔玛拉从事什么工作不感兴趣。我只想见见她，因为是受人之托，多年前那人是她身边的人。”

“那人是谁呀？”

“我不能说出那人的身份，但是可以告诉你：是个病入膏肓的老人，想跟她说说话。西蒙，所以我才来到拉巴斯。说老实话，那人快要死了。”

"我说过了:不知道她的下落。不知道怎么才能找到她。"阿德尔曼喝了一口皮斯科酒,目不转睛地盯着舞女。这时,她仅仅穿着内裤和胸罩在跳舞。

"我不信。要是您真的不知道怎么找到她,您就不会问我那个需要联络塔玛拉的人的姓名了。"

阿德尔曼不说话了,他望着那舞娘,手摸着酒杯。舞娘疯狂地在舞台上摇摆着臀部,考验着雪白肌肉的耐力,招惹得观众发出窃窃私语和赞赏的口哨声。

卡耶塔诺坚持说下去:"是为了让二人短暂地见一面,塔玛拉也会感激不尽的。她大概以为我的雇主早就去世了呢!以为他把二人的秘密带进了棺材。"

舞娘在舞台上转过身去,让观众欣赏她的后背;同时,双手慢慢解开胸罩的带子。扔下胸罩后,她转身面对观众。此时,她怀抱着乳房,伴着有些悲伤的昆比亚舞曲走来走去,最后放下双臂,让观众欣赏她那有些下垂但仍丰满的乳房,然后脱掉内裤。这神奇的动作,让观众看得鸦雀无声。她站在舞台中央,完全赤裸,满面笑容,高举双手,双腿交叉,聚光灯照射并抚摸着她完美的身躯。观众持续地给予掌声,夹杂着欢呼声和口哨声。卡耶塔诺在熄灭烟头和品尝杯中酒之前,心想,这金发是假的。

掌声一结束,他态度坚定地提出:"我保证不会有人知道您对我说出了她的下落。”

“我真的不知道她住在什么地方啊!”

“假如塔玛拉是企业家,我相信她能一夜之间从玻利维亚消失。但是,我不信她能在这么短的时间里处理了财产。”

“这与我有什么关系啊?”

卡耶塔诺的手臂交叉放在餐桌上,扶扶鼻子上方的眼镜,严肃地盯着阿德尔曼律师。

“您肯定知道谁替她做的结算表。”

那假金发美人刚刚消失在幕后,一个上了年纪的瘦弱谢顶男子便出来不高兴地收拾舞台上的衣物。

西蒙·阿德尔曼用怀疑的眼神看看那人,说道:“据说这个男人是她父亲。我可不管这种闲事。”

“西蒙,别岔开话题!塔玛拉·桑克尔的会计应该知道她的下落。”卡耶塔诺反驳道。他又把一支烟放到唇边,没有点燃,因为觉得俱乐部的臭气令人窒息。“您可别说什么不知道如何找到那位会计……”

五十四

诗人聂鲁达不耐烦地喊叫道:“你总算来电话了!好奇心让我没法合眼。又是一个失眠之夜在等着我呐!上年纪啦!是该跟活人告别的时候了。玛蒂尔德在黑岛，我们可以谈谈拉巴斯的事情进展得怎么样了吗?”

虽然夜深了，卡耶塔诺还是决定打电话到塞巴斯蒂安之家，因为他预感到聂鲁达要找他说话。但他没有料到诗人的情绪如此之好。这样更好:赶快报告新情况。

“好消息:我们要找的那个女人曾经在这里住过。”

“如今在哪里呢?”

幸亏聂鲁达好像已经恢复了乐观情绪。卡耶塔诺解释了这一天活动的结果，但没说贝阿特丽斯又改变了身份。现在诗人给人感觉似乎是拿他的出差旅行当作娱乐，好像在阅读一本侦探小说，里面的主角就是他。

“东德大使馆给我送来了一本小册子，里面有柏林人剧团的海报。”诗人告诉他，“包括《伽利略传》的演员照片，缇娜演维吉尼亚，但是看不清楚。她会给自己取什么样的化名啊！是啊，这种夸大其词的做法一上年纪就丢了。知道吗？年轻时我给一本书题名为《无限人的试炼》。”

本来他很高兴看到诗人情绪很好，但是这轻松的情绪却又让他感到别扭。他伤心地听凭诗人讲下去，并不去关注内容。他只见过缇娜一面，但是一想起她来，就觉得她身上永远带着孤独打下的深深烙印。他打算不去想她了。他准备弯腰脱鞋，却突然感到血液涌上头部，一种痛苦的压迫感在胸膛里越来越强烈，同时，一种极度的疲倦感，好像整个人忽然变得衰老似的，占据了全身。他斜靠在床铺上，没有放下话筒。一阵嗡嗡声刺激着大脑。

“小伙子，你在听我讲话吗？”

“是的，巴勃罗阁下，我听着呢！”他闭上了眼睛。他感觉耳朵被什么堵塞了，好像在哈瓦那防波堤下面的海水里潜泳。

“总之，我们得聊聊，因为今天黄昏的时候，太阳从安恰海滩方向落下，发出了珍珠般的光辉，可我又睡着了，我们这些上了年纪的老人一在扶手椅上躺下，就会睡着。知道我梦见什么了吗？”

“不知道。巴勃罗阁下。”

房间在他周围旋转，就像发疯的旋转木马一样。他感觉恶心、发冷。他睁开眼睛，数了数头顶那些潮湿的霉斑，它们像黑云一样划过天花板。在更远一点的地方，他看见褪了色的窗帘，穿衣镜上的玻璃里面映照出他头顶上那个被钉在十字架上的基督。一切都在不停地旋转。

“当然了。卡耶塔诺，我真傻。你怎么会知道呢？我是在做梦啊！”

刚刚他对诗人表现得太随便了，诗人和解的口气让他有了开口的勇气。

“巴勃罗阁下，这很正常。别担心。事情越是有进展，我们就越着急。治疗的情况怎么样啊?”

但实际上,聂鲁达的病情肯定很糟糕。

诗人说:“别拿我当孩子!”老人深深吸口气,不高兴地又说:“你知道这个病没有办法。所以你也用不着给我提愚蠢的问题,别说什么可怜我的谎话。活着就算是运气了。”

口气很强烈,证明他在说反话。但他回答说,有道理;无论他怎样努力,聂鲁达的话他几乎没听进几句。他熄掉了电灯。这时,房间旋转得像他在毛利剧院看的一部希区柯克导演的电影中的旋转木马。他喉咙发干,浑身打冷颤。他妈的,高山反应,讨厌的高山病来讨账了。他想起机场上那位印第安老人的警告。眼下就是古柯叶茶也救不了他的命!

诗人继续用那种绝望的傲慢口气说道:“一句话,我梦见自己在舞台上演出呢!我像缇娜一样,也是演员,我演埃涅阿斯[①]。卡耶塔诺,记得埃涅阿斯吗?”

“差不多吧!巴勃罗阁下。”

“小伙子,不应该单单阅读西默农的作品。埃涅阿斯是特洛伊人,离开家乡的原因是丘比特命令他去意大利建造罗马城。途中,他经过迦太基,爱上了狄多女王。这个女人不顾一切地爱上他。等他一离开,她就自杀了。卡耶塔诺,这些故事都写在

---

① 特洛伊英雄,安基塞斯王子与爱神阿佛洛狄忒的儿子。

《埃涅阿斯纪》[1]里面了。你一看完西默农的作品就先去读读维吉尔和荷马的著作吧。”

“这事一办完，我就读书。”

“你还好吗？”

“好，巴勃罗阁下。”他骨头生疼，牙齿咯咯响，浑身冒黏糊糊的冷汗。他才是侦探。所以聂鲁达没有试图再查问下去。

“于是我成了埃涅阿斯，去了一趟阴间，看见了狄多女王——我老情人——的影子。不知怎么回事，我开始背诵埃涅阿斯的话。我刚刚在《埃涅阿斯纪》里找到了这段话：‘悲惨的狄多啊！信使告诉我，你已经死于刀剑之下了，这是真的吗？天啊！真痛苦。造成你的死亡的真的是我？我对着星星，对着诸神，对着我的信仰，如果地狱深处有信仰的话，我发誓：啊！女王啊！我离开你的国土是身不由己啊！’卡耶塔诺，你在听我念吗？明白我梦里发生的事情吗？”

“当然明白，巴勃罗阁下，请继续。”

“‘由于躲不开众神的统治，他们命令我这样做，强迫我

① 《埃涅阿斯纪》是维吉尔最重要的作品，内容取材于古罗马神话传说，叙述了特洛伊英雄埃涅阿斯在特洛伊城被希腊联军攻破后，率众来到意大利拉丁姆地区，成为罗马开国之君的这段经历，是一部罗马帝国的“史记”。

走这些黑暗的地方，走到布满地衣的土地，走在漆黑的夜里；我绝对没想到我一离开会让你痛不欲生。停下你的脚步吧！别逃离我的视线。你要逃向何处？我告诉你，在命运的安排里，这是尽头了……’”

卡耶塔诺听见自己的眼镜落到地上的声音。这声音让他回到拉巴斯旅馆的房间里，回到了跟诗人有气无力的谈话中来，回到了诗人在塞巴斯蒂安之家阅读或者朗诵的《埃涅阿斯纪》里。

聂鲁达问他："发现没有？埃涅阿斯就是我；狄多就是贝阿特丽斯。就是说，我的故事在两千多年前就已经由维吉尔讲述出来了。但是这还没完：如果我是埃涅阿斯，那我便是利用了狄多，那时她年轻，跟一个正直的男人生活得很幸福。我到了她的国家，用我四海为家的风度，用我的花言巧语，引诱了她，让她红杏出墙、背叛了丈夫，然后又抛弃了她。卡耶塔诺，也许贝阿特丽斯已经不在人世。我只好无可奈何地带着这样的想法悔恨而死：我利用了她，又没查出真相来。"

诗人的面具终于摘下来了，尽管声音像以往一样仍然跟演戏似的，仍然在演聂鲁达的悲剧，唯一和不容混淆的主角仍然是聂鲁达。可是，卡耶塔诺早就学会了从幕后看戏的方法。

"巴勃罗阁下，这里是晚上。您累了。最好还是休息吧！努力睡个好觉，您会看到明天的阳光普照安第斯山脉，万物看起来都有不同的颜色。”

“我现在觉得自己就像胡安娜·克鲁斯[①]说的那种人:‘是残骸,是尘土,是幻影,是虚无……’”

太伤感了,简直有点可悲了。从来没见过诗人这个样子。他不愿意看见诗人这个样子。

“巴勃罗阁下,够了!”

“卡耶塔诺,贝阿特丽斯不是我唯一的狄多啊!荷席也是,她那深藏不露的嫉妒心以及发亮的匕首。还有玛莉亚·安东妮塔,我厌恶的女儿的母亲。”

要没完没了了。卡耶塔诺分不清这是忏悔呢,还是朗诵的内容。

“巴勃罗阁下,您想吓唬谁呀?”

话筒里没有声音。

“后来,我对德莉亚也是埃涅阿斯那一套,她老了,我不要她了,她没法再找别的男人了。我背叛她的时候,她正秘密地拿着我的书稿奔波,为我冒着生命危险。可我报答她的方式却是找了一位比她小三十岁的女子。德莉亚没法跟她竞争年龄相貌。卡耶塔诺,我就是一个埃涅阿斯,一个肆无忌惮的人,一个狗娘养的。逃离就是我的艺术,到了暮年我方才明白这点。我注定

---

① 胡安娜·克鲁斯(1651—1695),墨西哥女诗人。

要在死前回忆我在寻找自己幸福的道路上给别人造成的伤害。一心只追求自己幸福的人，完全不为别人着想啊！卡耶塔诺，卡耶塔诺！你在听我说话吗？”

五十五

会计是个上了年纪的人，褐色的眼睛周围全都是深深的皱纹。他问道：“西蒙·阿德尔曼博士，您说的是圣克鲁斯的那位塔玛拉·桑克尔夫人吗？”

“正是。就是那个曾经买下了安托法加斯塔学校的女人。”

会计艾梅尔·索托·埃本舍尔的办公地点位于市中心一座大楼的夹层，距离总统府不远。那个街区里到处是饮食摊位和流动小贩，他们中大部分是土著，他们把要出售的东西摆放在人行道上，底下只不过铺了一块布而已。

广受拉巴斯的德国移民喜欢的这位会计离开了凌乱的办公室，走到隔壁房间，几个职员正在检查发票。卡耶塔诺和西蒙·阿德尔曼静静地等候着，他们望着外面正在建设的楼群，第一层虽然已经有人居住了。

会计返回办公室的时候怀抱着几本黑皮账簿。

他翻过去几页之后，问道：“您说的是塔玛拉·桑克尔·鲍尔，对吗？”

“我说的是安东尼奥·萨奇尔上校的女人。”

“愿他在天上安息！那我们说的是同一个女人了。”

“卡耶塔诺·布鲁雷先生希望能找到她的下落，是一位她过去的老朋友委托布鲁雷打听她的情况。”

会计一面用食指划过账簿上的名字，一面低声说：“阿德尔曼博士，她过去是我的客户。可现在我不知道能不能帮上您的忙。当然了，她是个有魅力的女子，高雅、谨慎。付款特别准时。”

卡耶塔诺指着贝阿特丽斯在圣克鲁斯拍的照片，说道：

“我们现在说的是这个女人，对吧？”

会计仔细看了看照片，然后摆出权威的架势，说道：

“没错，就是她呀。她跟上校在一起嘛！”

“那是她丈夫。”

索托纠正说：“没办法律手续的丈夫。”他双手交叉在一起，身后的墙壁上悬挂着一个胶木制作的基督受难像。“他俩的婚礼不是照章办理的。我之所以知道这个，是因为我只帮她一个人报了税。”

卡耶塔诺把照片放回了衣袋里。

“她很久以前就出境了，对吗？”

“是的。”

“离开得很突然，很神秘……”

"确切地说，就是一天时间。但不能说是非法离境。"会计露出一丝迁就的微笑，"她在这里的日子很好，收入又高，与低调有吸引力的精英人士交往。上校之死对她可能是毁灭性的打击。"

"这是她出走的原因吗？"

"这是我的猜测。还有作为一个外国人，还是离开为好。"

"这么说决定塔玛拉·桑克尔夫人离开的原因就是那场车祸啦？"

"这是我的猜测，因为那场车祸很奇怪。上校的道奇跑车摔进悬崖下方，他方向错误；可那是一辆新款跑车。车祸的说法有好几种。"

"比如说？"

"据说是政治报复。"他盯住了卡耶塔诺的眼睛。

"报复？为什么呀？"

"嗯，传说是上校抓住了切·格瓦拉。他的特长是搜集情报。明白吗？"

"明白。萨奇尔上校的事，我了解一点。那桑克尔夫人现在会在什么地方呢？"

"卡耶塔诺·布鲁雷先生，有一大堆人问这事。"

"可是，既然她在玻利维亚有投资，那就不可能一夜之间失踪。"卡耶塔诺捻捻胡子尖。

"您忽略了一个细节：她是个优秀的德国人，把事情安排得从容和细致。”索托的表情变得庄重起来了，“她在走之前把全部财产都处理了。”

卡耶塔诺点燃一支烟，深深吸了一口，朝着窗户吐烟圈。

“她在走之前没有给您留地址吗？既然您是她的会计，她肯定会留下地址的。税务方面总会有未了之事嘛！”

“我给客户办事总是很谨慎的。”

阿德尔曼插话说：“索托先生，这是一件生死攸关的事。”

“博士，恐怕您也不愿意……”

“索托先生，卡耶塔诺先生的客户已经病入膏肓了。”

会计起身去隔壁办公室了。回来时，手里拿着一个红皮本。

“说实话，博士，这也就是看您的面子……桑克尔夫人走之前，决定给我留下她的资料，准备用于办理卖地最后时刻的转让手续。对卡耶塔诺先生不一定有用处，因为是临时住址。我们把转让手续给她办好了，给她寄去了交易的复印件，可是没有收到回执。”

卡耶塔诺问道：“给您的是什么地址？”

“地址上的名字是玛伊亚·埃尔森，地点是O大街。”

卡耶塔诺嘟囔一声：“玛伊亚·埃尔森。那是什么地方？”

“智利圣地亚哥。但是，卡耶塔诺先生，这可是五年前的事了。我怀疑如今还能不能在那里找到塔玛拉·桑克尔。”

五十六

1973年9月10日上午智利圣地亚哥机场的跑道上，智利航空公司的一架飞机的起落架在触地时刻激起一片灰尘。卡耶塔诺在出站大楼里拿到行李后，给聂鲁达的瓦尔帕莱索住宅打电话。没人回应。然后，他又打电话到位于首都贝拉维斯塔区的查丝蔻纳之家。那里的人说，诗人住在太平洋边上的黑岛里。

他又试试黑岛，运气很糟。有个男的说，诗人在睡觉，请他晚些时候再打来吧！出于好奇，他打听阿丽西亚·乌鲁蒂亚这个人，可对方说，不认识。他决定利用在首都停留的时间研究一下那位玻利维亚会计在拉巴斯交给他的地址。他叫了一辆计程车，直奔圣地亚哥。本来为修建地铁在白杨树街上挖出来的沟渠，现在给分别支持和反对阿连德政府的两方充当战壕了；双方在用棍棒和石块争夺首都的街道。

“这不会起作用的。”计程车经过总统府前的时候，司机说道。总统府有士兵、公用车和防暴警车的保护。高高飘扬的国旗表明阿连德总统在办公室里。“先生，您是来旅游的，想象不出这是怎么回事。这个国家要完蛋了。”

计程车的另外一侧，圣地亚哥呈现出杂乱无章、物资匮乏、被无形的敌人包围着的样貌。商店和超市前面排着的队伍一眼望不到尽头。公车站没有公车停靠。有些建筑物上挂着支持阿连德的标语;也有反对的标语,要求他辞职。一条又一条街道上,燃烧的轮胎散发出黑烟和恶臭,左派和右派在殊死搏斗,同时,巡警车发出“呜呜”尖叫,穿过呐喊的人群和催泪弹的烟雾,烟雾污染着城市的空气。在一个又一个街角处,防暴队和武警的车辆严阵以待,其实这些车辆里有的玻璃已经被打破,轮胎已经被扎坏。远处,成群结队的年轻人头戴钢盔、手持棍棒、高举红旗,要求没收《信使报》的财产,实行彻底的土地改革。计程车司机绕开市中心的混乱地带,开上维塔古拉大街,直到它与仍旧漂亮的路易斯·卡雷拉大街的交叉地带。

卡耶塔诺请司机等候他几分钟。他下车来到几年前塔玛拉·桑克尔给拉巴斯会计的临时住址前。1968 年这里应该属于玛伊亚·埃尔森,据索托说,这个玛伊亚是塔玛拉的亲信。房子很坚固,只有一层,白色的墙壁,瓦片屋顶,纵向很深,周围全是树和灌木,远处是超出屋顶高度的曼盖维小山。

卡耶塔诺按动栅栏上的门铃,同时望着后花园里一棵高大的棕榈树。花园深处停放着两辆轿车:一辆是白色的菲亚特 I · 25-S;一辆是朴素、米色的欧宝。他想,家里应该有人。但愿这里仍然是玛伊亚·埃尔森的住宅。他朝大窗户里张望。他看见陶瓷地面上有藤制家具、大叶发亮的橡胶树以及壁炉旁边的坛坛罐罐。忽然,他发现邮箱的小口上露出来几封信件。他悄悄抽了出来。

第一封信是煤气公司寄来的,收信人是玛伊亚·埃尔森。第二封信是电话公司寄来的,收信人还是玛伊亚·埃尔森。第三封信收信人还是玛伊亚·埃尔森。他摸摸自己那条绿色羊驼图案、淡紫底色的领带,感到满意。这领带真的带来了好运。玛伊亚应该知道如何找到塔玛拉·桑克尔。一旦找到后,他将立即给聂鲁达打电话,告诉他这个头号好消息。他感觉自己正在变成加勒比地区的马格雷探长。他一面从口袋里掏出玻利维亚香烟,一面想:无论有没有人开门,反正问题已经解决了。他点烟,得意地吸了一口,感到自豪。聂鲁达一定会高兴。也许更有精神作诗了。现在应该做什么?去黑岛把这个好消息告诉诗人?

一阵汽车发动机的声音让他回到了圣地亚哥的现实中来。有人回来了。他乐了,一边把那些信件放回信箱里,一边想:河水回到原来的河床了。他向大街走去,嘴角上叼着香烟,第一次感觉自己成了真正的侦探。他走到街上一看,方才发觉发动机的声音来自那辆从机场送他来这里的出租车。它沿着路易斯·卡雷拉大街全速飞驰而去,车后只留下一缕白烟。他把出租车司机痛骂了几千遍,心里默默地想着自己的行李以及他在拉巴斯机场为劳拉买的土著娃娃。

五十七

卡耶塔诺整个上午都泡在高地区的警察分局里，他为自己的行李报了警。警察没有时间管这种案子，他们正忙于打击黑市，维持在商店门前排队人群的秩序，阻止某些人向运行中的卡车和公交车投掷石块。运输业和商业全国罢工、罢市已成事实；组织者宣称，一定要“坚持到底”，这是一种委婉的说法，意思是一定要推翻阿连德的政权。全国已经瘫痪和分裂。

他无法联系聂鲁达，也找不到去黑岛的公车。甚至买不到去瓦尔帕莱索的公交车票。开往瓦尔帕莱索港口的末班火车已经发车。他无计可施，只好住进旅馆。

他用口袋里剩下的钱，住进了距离总统府不远处的一家旅馆：卡拉饭店。上街去吃晚饭的时候，已经过了 9 月 10 日晚上九点钟。武器广场上空无一人。他找到一家饮料店，里面没客人，服务生给他准备了一份热狗，里面没有蛋黄酱，也没有泡酸菜；还有一杯淡咖啡。他一面快速吃喝，一面觉得自己像影片《日瓦戈医生》里在火车站徜徉的可怜人。回到旅馆，远处传来了爆炸声和枪声。广播台发布了一些令人不安的消息。反对派领袖提出总统辞职的要求，要求他把权力交给国会参议院长，举行大选。政府的电台则提醒人们内战的危险迫在眉睫。卡耶塔诺明白自己根本睡不着,便上街散步去了。他需要找聂鲁达谈谈国内发生的事情,特别是谈谈准备告诉诗人的好消息。

寒冷的浓雾散发着火药气味,弥漫在街头。他心情沮丧地漫步在市中心,走到一个转角处,突然看见总统府灯火辉煌地出现在眼前,那情景像是一艘幽灵船破雾而出。他穿过总统府前的宪法广场,总统府庄严地航行在一种不真实的平静里,然后一脚踏进了卡雷拉饭店的大门。他很想喝点烈性饮料。酒吧间里挤满了外国记者、外交官员、间谍和西装革履的绅士们;他们坚持认为只有军政府才能救国。在周围的人们的低语和叫喊声中,卡耶塔诺连续喝下两杯朗姆酒,用完了聂鲁达给的最后几美元;然后,他呆呆地看了几分钟反对派的电视节目。

显而易见的是,从他第一次出差到现在,局势每况愈下。如今是奥古斯托·皮诺切特将军统帅全军;此人过去以不问政治并效忠政府和宪法而脱颖而出,但他既没有卡洛斯·普拉茨将军的影子,更没有普拉茨将军的领袖气质。空军面临内讧。类似的事也发生在海军里,他们明天即将与美国舰队在智利海域举行联合演习。新闻画面表现了全国性的食物短缺、长长的队伍等待购物、街头治安混乱、右派的恐怖袭击活动、工人占领工厂、农民夺地以及左派和右派有经验的示威游行。几乎全国所有的公车和卡车都停靠在瓦尔帕莱索北部的地方。车上的关键零件全部被拆除了,避免有人驾驶。只有阿连德下台,反对派的罢工才会停止;这次罢工得到了在野党派和企业主的支持,华盛顿掏钱资助。属于人民团结阵线的各个党派要求总统坚决镇压政变分子,反对派则宣布关闭与总统对话的大门。卡耶塔诺手里端着酒杯,心里想:这个国家必然走向深渊,再也不会是原来的智利了。为了换换空气,让头脑清醒清醒,他向大堂走去,心中感到十分苦涩。从窗户向外望去,他再次看见了远处的总统府。它果真是一艘银色的巨轮,夜风吹张了巨帆,它便扬帆远航。总统办公室里有灯光;二楼正门左侧便是阿连德办公室。灯光说明阿连德仍然在工作。

一位饭店的常客,秃头,有胡子,身穿黑色西装,倚靠在吧台上说道:"看来阿连德不想离开总统府呀!"

另外一位说道:"先下手为强,后下手遭殃!"这话赢得一阵掌声。

第三位壮着胆子说道:"只有牺牲的共产党员才是好党员呐。"又是一片喝彩声。

他决定返回温暖的酒吧间去。他在稍稍远离吧台的一把扶手椅上坐下来,脑海里浮现出一连串这个国家处于无政府状态时的画面,他想:真奇怪呀!这家饭店居然没有遇到食物短缺的问题。朗姆酒、威士忌、鸡腿三明治、火腿三明治、乳酪三明治、香肠三明治,应有尽有啊!一个服务生忽然往他手里塞进一杯酒，他觉得应该是陈年的朗姆酒，确切地说，应该是名牌老酒。

他惊讶地问道："这是什么啊？"

那服务生摆出自命不凡的样子，说道："七年的百加德[1]啊！"

"饭店的礼物吗？"

"在门厅里等您的那个人送的。"

卡耶塔诺闭上眼睛尽情地喝了一大口；他很快想到了柏林门房里的库尔特·布兰施多夫。他起身，跟着服务生，手里端着酒杯，好奇心催促着他的双脚。他向窗外望去，宪法广场那边的树后，总统府上空，在九月的夜空里，飘舞着国旗。

"请吧！"服务生指指窗前座位上一位女子，说道。

"您是卡耶塔诺·布鲁雷先生吗？"她站了起来。她个子很高，皮肤白皙，头发金黄。"很高兴认识您。"她微微一笑，"我是贝阿特丽斯。布拉卡蒙特医生的遗孀，贝阿特丽斯。"

五十八

卡耶塔诺在门厅里惊得目瞪口呆。门厅地面是大理石的，天花板上吊着水晶灯，四壁有帷幕，两角有斜面镜。那个服务

① 世界名酒，产于古巴，是一种朗姆酒。

生回酒吧间去了。酒吧间里的老顾客们的喧闹声已经小了许多。

毫无疑问,她就是贝阿特丽斯,布拉卡蒙特医生的遗孀,就是他要寻找的女子,就是诗人聂鲁达几十年前在墨西哥城爱上的女子。激动的心情壅塞在胸口。记忆力不可能背叛他:这就是在圣克鲁斯社交俱乐部门前拍照的那张面孔;照片是他从柏林那间套房里偷出来的。面部特征他研究了无数次,已经清晰地铭刻在心。贝阿特丽斯依然苗条,保养得很好,目光炯炯有神,依然楚楚动人。

"我也很高兴。"他低声道,尽量掩饰惊讶的心情,握握对方的手。

"我能知道为什么您要找我吗?"她问,眼神突然变成探询式的了,这让他感到害怕。

"您怎么知道是我在找您呢?"

"您到过我家。我猜测您要找的应该不是我丈夫。"

这证明了他原来的推测,他不由得松了一口气。1969 年拉巴斯的塔玛拉·桑克尔到了智利圣地亚哥以后变成了玛伊亚·埃尔森。根本没有什么玛伊亚·埃尔森。玛伊亚·埃尔森就是塔玛拉·桑克尔,或者干脆就是贝阿特丽斯,布拉卡蒙特医生的遗孀。

"不错。我是去过您那里。"

她追问道："为什么要找我？"

"因为我给您捎来一个口信。"他回答说，同时理了理那条印花领带。

"能说得明白些吗？"

"也许我告诉您有人还记得您在勃根森湖边学校的事，您就能听懂我的意思了。"

"不明白您说的是什么。"

"那么如果我告诉您在拉巴斯有个会计还在等着您在回执联上签字……"

她沉着地建议道："我们最好出去转一圈。我的车子就在附近。"

二人走下台阶，身穿制服的守卫连忙为他俩开门，并向他们鞠躬。饭店对面停着一辆欧宝，二人上了车。刚刚过了子夜时分。卡耶塔诺想，圣地亚哥表面上的平静预示着暴风雨就要来了。那女子驾车驶过总统府门前，进入白杨树街，向东方开去。

卡耶塔诺问："您熟悉东柏林的莱比锡大街吗？"

她好像没听见他的问话，继续开车。随后，问道：

"卡耶塔诺，您为谁工作？"

"您大概已经猜出来了，否则的话也不会来看我。您先说吧！您到底是谁？"

"这您已经知道了。我在智利已经住了好几年了。"

“可是以前您住在拉巴斯，您是一位玻利维亚军官的妻子，从事不动产投资。再往前说，您在勃根森湖边工作过。再往前说，您到过哈瓦那。您还在墨西哥城住过……”

她讽刺地笑了：“瞧，您什么都知道了，干吗还要问？”

“因为我发现前后矛盾的地方太多。您究竟从事什么工作呢？”

轿车继续向东方行驶。经过富丽堂皇的联盟俱乐部大楼之后，他们又路过智利大学总部门前，那里的墙壁上有幅巨画，号召人们抵制动乱。迎面开过来好几辆军用吉普。开到啤酒公司的领地时，他们看到几个工人在往篝火堆上添柴。从标语牌上看，这家公司已经由工人掌握了。越是深入高地区的林阴道和花园，首都的样子就越来越不那么荒凉恐怖了。

“贝阿特丽斯，我在全世界到处找您。可是，结果反而是您找到了我。急着要见您的原因是巴勃罗·聂鲁达需要跟您谈谈。”

“巴勃罗？”

“别装了。您知道我说的是谁。”

“我没装。三十多年来，我一直没有见过他。我知道他病了。”

“需要人照看。”

“为什么要见我呀？”她口气冷漠地问。

“贝阿特丽斯，他雇我就是为了找到您。别的事情不归我管。”

“我还是不懂。”

“我猜想，他想跟您谈谈40年代在墨西哥城发生的事情……”

“为什么到了现在他突然为爱情低下头来呢？”

“这事您明白。”

“不，卡耶塔诺，我什么都不明白。”

“他是为了缇娜。缇娜·布拉卡蒙特。”

“等一等，等一等！”她发火了。车子到了亚涅斯大街路口的红绿灯前停住了。“少来这套陈年芝麻往事！他找缇娜干什么？”

“您能猜得出来吧！这一切我没资格说什么。”

她换上一挡，踩油门。卡耶塔诺觉得她管不住自己的情绪，也管不住轿车的发动机了。她全速侧转弯，轮胎吱吱作响。片刻后，他们经过天主教大学门前，那里悬挂着反政府的标语，旁边有头戴钢盔、手持弹弓的大学生站岗。

她的看法是：“政府要垮台了，巴勃罗才来操心这些事情。看见没有？这些右派学生占领了大学要捍卫民主，说阿连德会威胁民主。可是等到明天，军人一用铁腕掌权，他们会立刻自告奋勇表示合作。好好看看他们吧！别把他们给忘了。今天他们穿雨靴、长裤、派克大衣，胸前挂着十字架，手持双节棍；明天就会西装革履地站出来为无理行为辩护。”

车子重新启动，全速沿着没有人烟的街道飞奔。他们经过意大利广场，那里有很多人排队，身边有篝火，他们在等候次日超市开门；随后两人来到“祖国与自由”总部，那是一座褐色的堡垒，门窗都钉上了木板，面对白杨树街的墙壁上画着一只巨大的蜘蛛，恐吓着圣地亚哥的黑夜。

望着一条“雅加达流血事件即将重演”的横幅，贝阿特丽斯说道：“这些民族主义者今天以爱国者的面貌出现，明天又会为枪杀和逮捕智利人鼓掌。然后他们会像彭晓·比拉图斯[①]那样洗掉手上的血迹。卡耶塔诺，最糟糕的事情即将发生，这个时候巴勃罗居然还要谈谈几十年前发生的事情吗？”

他听着她愤怒地批评聂鲁达，听她说聂鲁达仍然像从前一样自私自利。她说，改正历史错误已经晚了。她还说，到了这个地步，他如何猜想二人之间发生的事情都已经没用了。已经没什么办法了，木已成舟，往事不可更改，包括往事孕育的现在。

二十分钟后，车子到了马古尔区，眼前是教育学院的大门，左派学生占领着。校园里也有篝火。屋顶上有戴头盔的人们监视动静。人民行动团结运动党的红绿标语要求阿连德勇往直

---

① 彭晓·比拉图斯，生卒年月不详，古罗马统治者，以心黑手狠闻名。

前。左派革命运动组织的红黑标语则要求成立民兵队伍。

她问道:“看见没有？这些毛头小子,在父母跟前还是孩子呢！1968 年前人们支持弗雷·蒙塔尔瓦执政,到了最后一刻,看到阿连德可能在 1970 年获胜,就加入了人民团结阵线。如今他们都当上了大使、部长或者审计官员,他们比谁都热衷革命,好像一贯如此。可如果现政权倒台,他们会首先平安无事,会立刻否定一切去适应新政权的要求。他们都是小资产阶级,拿革命当儿戏,利用革命安慰自己的良心。他们知道将来会有在教会、军队、司法机关和大公司里的亲朋好友出面为他们摆平麻烦,所以一点也不担心。”

轿车沿着荒凉、黑暗、布满坑坑洼洼的街道返回了市中心。在一个街口,他俩看见几个乞丐睡在纸板下面,身边有野狗陪伴。贝阿特丽斯还没有回答卡耶塔诺的问题呢！如果他还要追根究底,她便会假装没听见,会继续谈论国内悲剧,继续骂聂鲁达自私自利、不负责任。

她又说:“他一向如此。本来应该把事情说清楚的时候,他从墨西哥逃跑了。等到如今一切解释都没用,都流于形式了,他反而又来了。卡耶塔诺,不能这样对待生活呀。”

“贝阿特丽斯,我明白您的意思。可是您还没跟我说清楚缇娜是谁的女儿呐。安赫尔·布拉卡蒙特的？还是巴勃罗·聂鲁达的？”卡耶塔诺的态度忽然坚决起来了。城市的风景如同电影镜头一样从欧宝汽车的车窗前掠过。“您回答，还是我来回答？”

“卡耶塔诺，那我们最好接着谈下去。旅馆的事，不用操心。我送您回瓦尔帕莱索。”

五十九

通往瓦尔帕莱索的公路在欧宝车灯的照耀下，像一把军刀一样刺入夜幕的喉咙。二人都保持沉默。车子的隆隆声是广播里的政治评论的背景音。国内危机由于社会党领袖卡洛斯·阿尔塔米拉诺号召打入海军以及如果发生政变就把全国变成越南而走向了一个极端。他俩时不时地看到远处有篝火，那是要求土地还家的农民点燃的。坏消息越来越多了：军事小分队激怒占领工厂的工人；反对派的声明越来越有暴动的倾向；左派除去总统和共产党人之外，纷纷唱起激进的高调。

就在这个时候，卡耶塔诺的目光撞上了智利军车的车牌。

“贝阿特丽斯，您站在哪一边啊？”他问。他看见黑暗里一个在路边站岗的士兵刺刀的闪光。这让他联想到多年前某个夜晚，聂鲁达及时发现荷席在蚊帐外面举着一把闪亮的匕首。

“我站在哪一边？”

“从您在哈瓦那和东柏林生活的情况来看，您应该支持阿连德政府。但是，从我在拉巴斯和圣地亚哥看到的事实来看，您又与右派有牵连。您是个摇摆不定的矛盾体。”

“事情比您想象的要复杂得多，并非总是外表的模样。您还年轻，心肠好，有理想主义的毛病。所以您帮助聂鲁达寻找他梦想中的女儿。但是，卡耶塔诺，生活是一座冰山，关键部分我们是看不见的。”

“说得好。可您没有回答我的问题。”

“跟明白人，无需多言。”

他追问道：“在人民团结阵线领导下的智利，您从事什么呢？智利的房地产开发已经停下来了。没人盖房子。没人投资。现在您靠什么生活呢？”

他俩看见一串满载着海军陆战队士兵的吉普车和卡车向反方向开去。车队从瓦尔帕莱索港口开来，向首都开去。卡耶塔诺纳闷：现在谁在领导国家呢？阿连德此时此刻真的在总统府里高举国旗领导国家吗？还是政权已经落到了别人手中？

她说：“幸运的是我还有些积蓄。用不着工作。这能说服您吗？”

“您女儿现在生活在东柏林，姓氏与您不同。在玻利维亚，您与一名军人有关系，而他和杀害切·格瓦拉的事有关。我认为，如果萨奇尔上校知道了您女儿居住在东德政治精英居住的社区里，他肯定不要您这个女朋友。”

她仍然默默地驾驶，一直开到古拉卡伟大街，方才把欧宝停在一家空空荡荡的餐厅门前。夜色黑得如同一杯冰凉的咖啡。

“卡耶塔诺，您听我说：这里已经没事可干了。”说着，她关闭了引擎，“政府已经成了纸上空谈。军人已经窃取了政权。军事政变迫在眉睫。”

“您是怎么知道的？既然您知道这么确凿的消息，那为什么不做点事挽救一下呢？”

“难道您不明白历史有自己的逻辑吗？谁也破坏不了这个逻辑！除非他自焚！三年前发生在这里的事情本就不应该发生。在今天这样的国际环境里，人们不可能接受这种事。谁会支持智利？莫斯科太远，古巴太穷，尼克松转为攻势。我是从内部了解这些事情的。明白吗？另外，对您来说，您是古巴人，事情会越来越糟。听我的劝告，离开智利吧！”

“您说话时的肯定口气给我留下了深刻印象。您从哪里得到的消息？谁通知您我在找您？是玻利维亚军方还是智利军方？”

二人下了轿车，走进亮堂堂的餐厅。一个角落里燃烧着一个大火炉。收音机里传出歌手维克多·哈拉演唱的《为工人祈祷》。他俩落座，要了咖啡。

“我能说的都说了，您就知足吧！”她提醒道，脸蛋上反射出壁炉的光亮，“卡耶塔诺，只要知道没人能救您就行了。”

“我们别搞世界末日那一套了！最好给我讲讲巴勃罗阁下

的猜测是不是有根据吧？”

贝阿特丽斯等着服务生用热水沏好咖啡后走开。接着，她微笑着用不大确定的口吻说道：

“知道这事也改变不了历史。就算今天巴勃罗知道了真相，又能怎样？安详地死去？缇娜会怎么样？”她拿着小勺玩来玩去。“扰乱她的生活？为什么呢？对我来说，又能改变什么呢？有什么不一样吗？”

他再也没办法让她再次打破沉默。等到车子从桑托斯·欧萨大街驶入瓦尔帕莱索的时候，她选择从哥伦布大街向南开去，从法国大街上山，几分钟后到达了昏暗中弯弯曲曲的德国大街。

“巴勃罗的住宅就在这里，对吧？”她把欧宝停在毛利剧院对面。阿里巴巴咖啡店已经打烊。戈雅多小巷中的黄色瓷砖孤零零地在地上延伸着，并在路灯下发出柔和的亮光。毛利剧院的天棚下，一只狗在挠跳蚤。

卡耶塔诺说：“诗人一来瓦尔帕莱索就住在塞巴斯蒂安之家。今天他在黑岛，因为健康……”

“下车吧！”

二人穿过戈雅多小巷。港湾展现在他俩眼前，犹如一个巨大的闪光手风琴。远处，智利舰队的船只正在出海迎接美国舰队。现在是联合演习月，每年的这个月都举行海军联合演习。卡耶塔诺和贝阿特丽斯静静地欣赏着瓦尔帕莱索港口。他俩身后就是聂鲁达的住宅：花园旁边那栋结实而又如同幻影般的楼房。

过了一会儿，卡耶塔诺低声说："有一事我还是不明白。"

"探长，现在还有什么事情让您不安呢？"

她的眼神是严肃和询问式的，但是并不咄咄逼人。

"您是怎么从布拉卡蒙特医生的贤妻一下子变成……怎么说呢，现在这个样子的？"

紧挨着塞巴斯蒂安之家有一条通向山下的石头台阶。贝阿特丽斯在台阶上坐下来，发出一声叹息。卡耶塔诺将之理解为"厌倦"。接着，她说道：

"巴勃罗的政治奋斗目标把那个时候的我给征服了。我是个小女孩，需要一点能让我的思想得到升华的信仰，一点乌托邦式的理想。"

"他提供了这样的信仰。"

"在某种程度上，是他塑造了我。"

卡耶塔诺出神地摸摸胡子。他望着这个神秘而杰出的女子的眼神，此时她正面对海湾，仿佛在等候从海上传来的资讯。他想着，原来她和他一样，也是诗人聂鲁达想象出来的一个普通人物。原来诗人不仅写诗，还塑造有血有肉的活人，虽然他错误地认为他只能做自己的父亲。也许这个女子、他本人、海湾、这个被仇恨分裂的国家里发生的一切，还有哈瓦那、东柏林和拉巴斯的所有事情，通通只是聂鲁达笔下最后一篇伟大诗篇中的诗句而已。想到这里，他打了个冷颤。

过了一会儿，贝阿特丽斯站起来说道："我必须回圣地亚哥去了。"

二人回到了德国大街。卡耶塔诺说，他喜欢徒步回家。贝阿特丽斯钻进了欧宝。

卡耶塔诺俯身到车子的驾驶窗口，固执地说道："您还没说为谁工作。"

"卡耶塔诺，我为正义的事业工作。"她严肃地回答道，"我有信仰。对信仰做过承诺。所以我在奋斗。我一直在为这个事业奋斗。我工作就像我女儿演戏一样：化妆，表演，假装成一个非我的角色。我不像我，卡耶塔诺，我总是另外一个人。我说得明白吗？大概现在您明白了我为什么跑来跑去，为什么改名换姓，为什么漫游在互相矛盾的世界里了吧。"

"那您是……"

"我不能告诉您我的身份，因为我总是扮演别人。我只能说：我不是我外表这个样子。行了吧？"

"谁通知您我在找您？是西蒙·阿德尔曼律师吗？"这时他想起了聂鲁达那句生活就是扮装游行的话。

贝阿特丽斯的双手已经放到驾驶盘上了。她微微一笑，低声回答说：

“一个身穿白色雨衣的男子告诉我的。”她诡秘地看了他一眼。“您见到巴勃罗的时候，请转告他：很遗憾，现在不能见面。告诉他：我女儿名叫缇娜，这个名字是为了纪念一个他和我都十分钦佩的意大利女摄影师。”

“是缇娜·莫多提①吗？”

“正是。她是胡里奥·安东尼奥·梅拉②的伴侣。”

“我会告诉诗人的。”

她把一张黑白小照片递给他，说道：“把这个带给他。这是缇娜在柏林人剧团前拍的，是她第一次登台彩排。”

他激动地接过来照片。

“放心吧！他肯定会非常感谢您的。”

引擎发动时，她又说：“还有一件事。更重要。”

“您说吧……”

“麻烦您告诉他：缇娜姓特莉妮达。”

“特莉妮达？”

“对，跟他亲爱的奶奶一个姓。这就会让他放心了。”

欧宝缓缓地渐行渐远了。卡耶塔诺走在马路中央，手里捏着那张小照片，没了行李，孤独一人行走在港口之夜，他知道家

---

① 缇娜·莫多提（1896—1942），意大利著名女摄影家。

② 胡里奥·安东尼奥·梅拉（1903—1929），古巴著名革命家。古巴共产党的创始人之一。

里没人等他，也明白自己终于掌握了真相。他感觉心里又激动又高兴。这个缇娜·费尔巴哈有聂鲁达乳母的姓氏，只能意味着一件事，想到这里他心头一震，眼睛模糊了。他加快了步伐，过了一会儿，他回头再看太平洋，觉得舰队在夜幕下正在全速返航，黑幽幽地开进了瓦尔帕莱索港口。

六十

次日他做的头一件事就是打开床头桌上的收音机听消息。麦哲伦广播电台说，中部地区和复活节岛有倾盆大雨。他觉得九月下大雨不太正常。他睁开眼睛，向窗外望去，初春的太平洋上空碧空如洗，城市建筑的外观清晰可见，熠熠生辉，仿佛有人用洗衣粉擦洗了一遍。起床后，他感觉有些不知所措。左派电台的播音员一再强调的内容里有些令人不悦的东西。

电话铃响了。他拿起来一听，是劳拉·奥莱斯特基——智利大学文学课女老师，她在安恰海滩校区。

"听说正在发生的事了吗？"

"我刚刚醒来。出什么事啦？"

"发生政变了……"

"你说什么？"

"军队叛变了。"她激动地喊道，"首都成立了军事委员会。"

他终于明白了为什么昨天夜里舰队入港时没有亮灯，为什么舰队没去找美国舰队演习。透过百叶窗，他向外张望。智利舰队正在海湾里转弯。看上去像玩具。他准备告诉劳拉：昨夜他亲眼发现了舰队返航的秘密，可是劳拉已经挂了电话。

他连续拨了几次她的号码，没有成功。于是，他等着劳拉再打回来。毫无回音。他试着拨打贝阿特丽斯给他留下的紧急情况下使用的号码，但没有结果。电话通讯系统似乎已经瘫痪。他试着联系佩特·卡斯蒂约，结果一样。奇怪的是一个女人接了他打到塞巴斯蒂安之家的电话。他询问聂鲁达的情况。回答跟他猜测的一样：他不在。

"哪里能找到他？我有急事啊！"

"一点都不知道啊！"

"我是卡耶塔诺，巴勃罗阁下的朋友。需要马上跟他谈谈。"

"巴勃罗阁下不在这里，也不在圣地亚哥。"

"难道在黑岛吗？"

"有可能吧。"

就在他拨打黑岛的电话号码的时候，电话没声音了。他紧张地打开厨房里的收音机。麦哲伦电台报告说：军政府的成员——皮诺切特将军、梅里诺将军、雷将军和门多萨将军——责令阿连德总统交权；但是，阿连德已经进入总统府的战壕里，准备抵抗到底。

卡耶塔诺急忙穿衣裳，心想总统真是一条有种的好汉，换了别的拉美总统早就携带行李跑到机场逃命去了。恐惧占据了心头：怎么办呀？他老婆是负责紧急情况下与人民团结阵线各政党联系的人。可是，眼下安贺拉可能正在加勒比的烈日下，在零点基地的泥潭里像鳄鱼一样地爬行呢，她在演习一场永远也不会开展的战争。假如有一天夫妻重逢，她可能会说自己要求武装人民抵抗叛乱是正确的。她会嘲笑他：不要武装的革命？只有在童话故事里才有。这时他听见一架直升机飞至上空的隆隆声，这让他回想起总统在塞巴斯蒂安之家与聂鲁达拥抱告别的情景。一想到阿连德总统会倒在军人的枪下，他就像被剑刺中一样地动不了了。他猜想，军人不会让聂鲁达写诗，不会允许诗人参加电话会议，会烧毁他的书稿，聂鲁达会郁闷而死。无论如何应该赶到黑岛去，一定要赶在军人前面，把拿到的消息告诉聂鲁达。或许他的消息有助于诗人战胜逆境和度过人民政府倒台后的困难时光。

他找那件条纹夹克衫，后来想起来已经在圣地亚哥丢在出租车司机手里了。麦哲伦电台号召人民不要接受挑衅，要去工作岗位上保卫阿连德。他不明白老百姓没有武器怎么保卫阿连德呢？站在工作岗位上保卫？拿什么保卫？他看看大街。一辆海军的卡车正在陡峭的巴特洛梅·奥蒂斯大街上爬坡，运载着步兵。晨光下，钢盔发亮。从远处传来了机枪和手枪的回声；南边，安恰海滩上方，一架直升机正在空中盘旋。

他跑下楼去，沿着里维拉大街直奔目的地，一路上呼吸着太平洋温暖的气息。他心里想，要不是发生了这些事情，这是多么春光明媚的一天啊！跑到厄瓜多尔小广场的时候，各种消息早已扰乱了人们的日常生活。行人纷纷跑回家去，眼神里流露出恐惧和怀疑。大街拐角处，两个两个的士兵在站岗。卡耶塔诺走到埃拉苏黎世大街，以为有人会拉他去黑岛。此事不易，但要试一试。他想：也许这个 9 月 11 日仅仅是又一次六二九政变而已，阿连德还会镇压叛乱，还会在晚上召集人民在全国的街道和广场上欢庆胜利。

过了好久，才有一辆太平洋太阳公司的大巴士停在街上，让乘客下车。他这才上车。巴士是开往金特罗斯的，这终点正合适，因为黑岛距离金特罗斯不远。车上的人都不说话，显得紧张和疲惫，巴士沿着海边飞奔。南边的瓦尔帕莱索港口上还可以看到海军战舰的雄姿。

巴士刚刚驶入金特罗斯大街，司机就说：终点到了，因为他就住在这里。乘客们无可奈何地下了车，没人敢出声。卡耶塔诺回到公路上去，继续向北走。他看见了一家冷饮店，旁边有一只动作迟钝的老鸭子。他要了咖啡，希望有人从公路上经过。店里的收音机正在播送：如果阿连德不投降，空军的霍克猎人战斗机将准备轰炸总统府。他感觉口干舌燥。简直难以置信啊！

就在他急急忙忙往聂鲁达家奔去的同时，智利的战机却已经要轰炸国家元首所在的总统府了。这不可能。直觉告诉他：这不是又一次六二九政变，而是一场骇人的惨剧。他心里说，阿连德是不会投降的，他妈的！智利总统绝对不会投降。他再次想起阿连德和聂鲁达在直升机旁边的告别式拥抱，想起了那一天群众从窗口、大街小巷欢庆直升机升空的景象。眼下，收音机里传来的是激动的呐喊声、枪声、炸弹的呼啸声、警车和救护车的笛声和战斗机低空飞行时的尖叫声。这是战争啊！

他要了一瓶啤酒或者随便什么带酒精的饮料。真想做点什么英勇无畏的举动，可这周围的环境再次迫使他被动等待。女店员送来一杯皮斯科酒，他双手颤抖着捧着杯子一饮而尽，面对粼波闪闪的太平洋，有一种不真实的感觉。就在炸弹纷纷落到首都时，一群鹈鹕姿势优美地掠过长空。这时，广播电台命令人民团结阵线的领导人去最近的兵营投降，接着宣读了一长串名字，有部长、省长、议员、市镇各级领导和官员，他们必须去投降，否则会被消灭。一听到参与动乱的外国人也应该去附近的兵营和警察局报到，他不由得更加担心起来了。他问自己：你是什么？单纯的外国人？还是参与动乱的外国人？

买单后他离开了冷饮店。眼下他急需一辆车送他去黑岛。他不能在街上、露天地里停留。走在公路上时，从分散在两侧的农家屋的窗户里传出来各种令人胆颤的消息：正规军和坦克包围了总统府，守卫总统府的武警部队已经撤退，只留下了总统和自己的保镖，军人与保卫政府的平民在激烈交战，战斗机对圣地亚哥扫射和轰炸。简直是一场噩梦呀！前一天晚上，他还看到总统府上空国旗飘扬呢！眼下，阿连德和手下则在总统府的破墙后面顽强抵抗。他在一棵山楂树下坐下来，伤心欲绝。一小时后，有辆破旧的客货两用卡车，上面满载着锅碗瓢盆和闪闪发光的大铜盘，停靠在他身边。

“伙伴，去哪儿啊？”是个吉卜赛老人，独自坐在驾驶座上。

六十一

在不得不买了吉卜赛老人一把有凸纹和黑铆钉的平底锅之后，卡耶塔诺告别了老人，在一座绿色售货亭前面下了车。那里摆着面包、蔬菜和饮料。由于客货车上没有收音机，他失去了新闻来源。他用发亮的平底锅跟售货亭女主人换了两瓶啤酒，然后在路边坐下来等候。售货亭里传出来军政府广播系统的进行曲。

女主人急忙换台。然后，卡耶塔诺听出来收音机里的是阿连德的严肃而镇定的声音，背景声是机枪声。阿连德还活着呢！难道轰炸停了吗？会不会是又一次的六二九事件呢？会不会总统要宣布正常秩序已经恢复呢？很快，他发觉自己错了。阿连德还在总统府抵抗。一想到总统府正处于飞机和坦克的进攻下,他就浑身震颤。总统在对全国讲话。他宣告誓死忠于宪法赋予他的责任;指责造反的将军们是叛徒;咒骂武警司令门多萨是卑鄙小人。总统的话里有令人不安的内容:他号召人民不要牺牲;他宣布用自己的生命报答人民的忠诚;他说:“我们在成千上万智利人心中播下的种子,一定会生根、发芽、开花。”卡耶塔诺觉得这讲话是一种希望、一种被打倒者对未来的希望。

从金特罗斯大街方向传来了零星的枪声和冲锋枪的闪光;接着是一片沉寂。在这片沉寂之前,阿连德曾断言,高大白杨树迟早会开花的,一代新人会在白杨树街上通行,会去参加新社会的建设,还会高呼“智利万岁”、“劳动人民万岁”!售货亭女主人急忙扭动收音机上的旋钮,着急地想找回总统的声音。但是,传出来的只是“吱吱啦啦”的尖叫;然后是军歌。但是,她不甘心放弃,继续热切地在调谐度盘上找来找去。结果只有乐曲和军歌。忽然,女主人啜泣起来了,站在收音机前不住地用手绢擦眼泪。卡耶塔诺从马路对面望着此情此景,机械地喝着啤酒,无言地坐在上午的烈日下。突然,女老板看了他一眼。他赶快装成看天空的样子。此时此刻,在同一片蓝天下,东边七十公里处,战斗机群正在攻击总统府。此时,眼前的公路闪闪发亮,寂静中偶尔传来枪声和直升机的隆隆声。他觉得太平洋在燃烧啊!

“先生,快回家吧!”那女人在朝他喊叫。她开始关闭售货亭了。“戒严开始啦！您要是在街上被抓住，会被枪毙的。”

卡耶塔诺看看手表，又看看空空荡荡的公路。他喝完了第二瓶的最后一口酒。哪里也去不成了。女老板的建议没有可行性。

他问：“金特罗斯大街上有小旅馆吗？”

“夏天有。这个季节没有。”

他想起了东柏林的女子谢博尔特。几周前，他在贝尔瑙打听旅馆时，谢博尔特就是这样回答的。他不打算向女老板提出住宿的要求。在这样的环境下，她肯定不敢给陌生人提供住处。穿过公路，他又买一瓶矿泉水，然后开始步行，他相信会有人带他去黑岛的，不会撞上大兵的。是哪个混蛋逼他来到这天涯海角的？从古巴跑到国外还不够吗？干吗还要继续找麻烦呢？他一边走，一边想安贺拉：她大概在收听智利的消息，肯定满腹疑团和失望。他在心里嘲讽道：等到你去上阵已经慢了好大一步了。他还想起了劳拉，那位在工业与贸易管理局工作并梦想出版一本关于聂鲁达的著作的文学女教师。他还想到了诗人聂鲁达，他大概在黑岛家中，疲惫而无力地收听新闻，急切地等待着可以让他瞑目的消息。

走在公路上时，他听见远处有汽车的声音，立即高兴得容光焕发。终于来车啦！现在他要去聂鲁达的住处，告诉他：墨西哥城那红杏出墙的女子果然给他生了一女！望着那消失在小山后面的弯道，他想，那可能是戒严前太平洋太阳公司的末班车吧。肯定是末班巴士正在穿过这炎热、多石块的地方，这里到处是仙人掌、波尔多树、山楂树，西边则是巨浪摇晃的海岸。

汽车越来越近了。一阵寒颤传遍了脊背，他被吓呆了。是军车！卡耶塔诺双手紧握瓶子，不知如何是好。卡车在他身边刹住，震动了地面。车上装满了俘虏，个个的双手都被捆绑在身后。直觉告诉他：事情不妙。几个大兵命令他爬上后面的挂斗。他扔掉了瓶子，瓶子在地上摔得粉碎；然后举起了双手。车上挤满了男女老少。没人对他说话。那路边的售货亭已经关闭。卡车喘着气开走了，很快就全速驶入大路。右边是绿油油的小山；左边是太平洋。这时，他觉得海水在愤怒地咆哮。

六十二

两周过后，他被释放了。遍体鳞伤，饥肠辘辘，疲惫不堪。但是，他觉得自己还算幸运，因为别人的情况比他更糟糕。他甚至猜测军警放错了人。离开布琼咖维集中营的时间是9月23日礼拜天炎热的上午。那个名叫但丁的警官，假装慈悲，审讯他的时候，指控他是古巴大使馆的奸细，告诉他他必须尽快出境。

“我们正在建设新智利。”这个有着栗色头发、大手大脚的警官送他出集中营大门的时候说道，“这里不再是国内外极端势力的圣殿了。”

他始终不知道这些人为什么要抓他又为什么要释放他。有些被捕的人说，军警是按照几个卧底、屈打成招者和告密者提供的名单抓人的。有时，他猜想帮助他的人也许是安贺拉的父亲——那位首都的企业家，此人肯定是支持政变的。他还推测帮助他的也可能是美国大使馆，因为他是从古巴流亡到美国的，现在手持美国护照。他也不排除这样的可能性：他被释放也许与玛伊亚·埃尔森有关系，她借助与军方的关系，可能悄悄地帮了他一把。阳光火辣辣的，岩石发热，山楂树在远处呈波浪状。等到重新上路的时候，他已经得知阿连德在总统府牺牲，皮诺切特当上了独裁政权的首领；他还得知被杀、被捕、被流放的人数多达上万。

一辆太平洋太阳公司的巴士免费送他到了黑岛。一下车，他便快速行走，满怀希望地朝着聂鲁达的家中走去，他相信一定会看到诗人，诗人不会出事的。

看门人的老婆一开门就惊恐万状地告诉他："半夜里就把先生送到首都去了。"海浪拍打着岩石，海浪形成的白色细雨洒在花园里的小船和旧火车头身上。"先生病倒了，都站不起来了。军事政变把他给打垮了。"

"我必须见到他。有急事找他。"

"我怀疑他能不能认出您来。"她低声道，同时用围裙擦手。

她请他吃炒鸡蛋，喝咖啡；请他去看军人搜查造成的混乱状况。二人穿过挂着油画和船头雕饰的走廊；穿过橡木家具、有帆船模型和玻璃制品的柜子以及摆满了新书、贝壳、宝石和五颜六色玻璃瓶的架子；穿过地上躺着的碎瓮、散乱堆放的书籍和摘下来的图画，仿佛它们的主人因为过于匆忙而没能将它们带走。那女人准确地说道："巴勃罗先生是坐救护车去圣地亚哥的。"

"是哪家医院？"

"这个我不清楚。玛蒂尔德夫人急急忙忙跟上他走了。没时间说话。"

"那司机塞尔希奥呢？"

"也是十一日那天被军人带走的。我丈夫也是。"她说着就哭了，"一点消息也没有啊。"

卡耶塔诺重返大路，感觉一切都完了，来不及把贝阿特丽斯的消息带给诗人聂鲁达了。他上了一辆巴士，用那女人给的钱买了车票，心里想，无论如何也要在首都找到聂鲁达。他走完半个世界，也查明了谜底，现在目标近在咫尺的时候可不能放弃。尽管聂鲁达重病在身，但是他肯定在等候他的消息呢，现在他会住在哪家医院呢？圣地亚哥有几家大医院。如何不引起警方注意又能找到这样一位名人呢？他心想，找聂鲁达等于大海里捞针，这比喻真恰当啊。可是当后来巴士沿着两侧有白杨树和金合欢的大道向安第斯山方向前进的时候，他想诗人可能会认为这个比喻太夸张了。接着，当他看见满载着俘虏的卡车驶过的时候，他怕得浑身发抖，同时又很同情那些被捕的人，还想起了自己在布琼咖维集中营里的日子。他知道这些被捕人士的结局是什么。有传闻说，军事法庭正在枪杀阿连德分子；还说——尽管令人难以置信——军方把被捕人员捆在钢条上，然后将他们从直升飞机上扔到太平洋里去，让他们永远不能浮出水面。

一小时后，巴士在一个军事检查站前停车了。一长串车辆在那里等候检查行李和证件。这需要很长时间，因为检查得很认真。巴士车里没人敢吭声。就在这个时候，卡耶塔诺看见最前头有一辆救护车。他满怀希望地做出判断：那只能是聂鲁达所在的车子。他下车，向排队的车辆前头跑去。远远地他就觉得看到了玛蒂尔德浓密的头发。玛蒂尔德正在跟一名军官交涉。几个士兵正在从后门检查救护车里的情况。他怒火中烧地想道，这些混蛋在盘问诗人聂鲁达呀！他本来就飞快的步子更加飞快了，因为终于能再次见到诗人的希望鼓舞着他。

“站住！站住！”有人在朝他喊叫。可他继续飞跑，没有听见命令。就在他马上要跑到救护车跟前的时候，一个大兵猛然把他推倒在地，摔得他一嘴泥。眼镜也落地了。

“倒霉鬼！跑哪儿去？”有人在喊叫。他腰眼上挨了一脚，右肩膀上挨了一枪托。

一抬头，他看见了黑洞洞的枪口，没看清那大兵的面孔。他打算去拿眼镜，可是一只皮靴子踩住了他的手。他不得不将脸蛋贴在热乎乎的沥青路面上。他的身上又挨了几脚。有人问他为什么要跑。

“我要找救护车里的病人说话。”他痛苦地解释道，浑身都是伤。

皮靴放松了压力。他慢慢伸手，拿到了眼镜。完好无损。他心想，还好，还好，同时吐掉嘴唇上的石子。他笨拙地戴上眼镜，看清楚了救护车的轮廓、车子旁边士兵们的面孔以及春天给这片中央谷地带来的萌芽。又是一阵乱踢，这让他回想起布琼咖维集中营里的待遇。

“混蛋，老老实实地排队去！这里要守秩序。”一名腰间挎着手枪的军官说道，“为什么对救护车里的老头那么感兴趣啊？”

“因为他是我朋友。”

“你也写那些阴阳怪气的东西吗？”

“我要跟他说再见。他快死了。”

“这里不许乱跑！”军官看看那辆已经启动的救护车说道，“再说，车子已经开走啦。你的行李呢？”

“我没行李，上尉。”他模仿智利人的口音回答道。要是他被发现是古巴人，结果还得被捕。在布琼咖维集中营里，一个智利大学戏剧学院的演员，也是俘虏，告诫他别露出加勒比地区的口音。还劝他刮掉胡子。但他不愿意，因为胡子是他身份的重要组成部分。“上尉,我乘坐的巴士在队伍的最后面呢!”

“那就像个娘们一样回去等着吧。轮到你再说!到了圣地亚哥,你就有时间找那位诗人了。”

“上尉,首都很大啊!现在见不到的话,那就永远见不到他了。”

“不是说这位诗人特别有名气嘛?既然是名人,找到他就不会费事的。够了!回你的车上去!妈的王八蛋!”

六十三

宵禁前三十分钟,卡耶塔诺到达圣地亚哥。他在马布切火车站附近找到一家情侣旅馆。在一家饮料店,他吃了一份牛肉乳酪馅饼、很多鳄梨,喝了两瓶啤酒,回旅馆的路上他假装打嗝,从坐在破屋门槛上的妓女面前走过。她们纷纷用促销的价格提出宵禁之夜可以整宿陪客。看来大家都觉得宵禁不好,因为人人都得早早回家,很少人能够夜不归宿。

由于新政权下令放开物价,商店的橱窗里又是琳琅满目了。黑市已经没了。面包、奶油、大米、面粉、食用油、通心粉、鸡肉,甚至牛肉都回来了,但是价位很高。能够掏腰包的人才能照吃不误,因此如今城市显得疲惫、拘谨,一副要死不活的样子。随着黄昏临近,巡逻车逐渐占据街头、广场和小巷,在筑成墙壁样的沙袋后面进行自卫。只要夜幕一降临首都，就可以听到阵阵枪声和直升机的轰鸣，时不时地还有步枪的齐射声。

聂鲁达家那位女看门人说过，军事法庭在从重、从快地杀人。他们喜欢将处决的时间选在夜间，为的是恐吓老百姓。卡耶塔诺打算躲开军事检查站快点回旅馆。最后，他走进了五月二十一日大街，整条街道像伤感派画家的炭笔画，显得狭长、荒凉和灰暗。突然，他看见有辆军用吉普转过了街口。刚好转进他这条街道。一想到可能再次被捕，他就哆嗦起来了，眼下他没任何证件。他背靠墙壁而立，傻等着，不知如何躲藏才好。

身后有人在敲打玻璃。他连忙转身，简直吓坏了。那辆吉普越来越近了。不消几秒钟，他就有可能被发现。他松了一口气：原来敲打玻璃的是一只机械猴，身穿农夫衣裳，大小像真的黑猩猩。它用根木手杖有板有眼地敲打着商店的玻璃窗。卡耶塔诺不知不觉中在这间商店里找到了临时避难处。这是一家生产帽子和头巾的工厂兼店铺，名字是玻利瓦尔式的：美洲联合帽子店。吉普越来越近。卡耶塔诺跪倒在地，在店门旁缩成一团。吉普隆隆地驶过，士兵们心不在焉地看看那个用木杖敲打玻璃窗的伤心猴子。

他一身冷汗地回到了旅馆二楼房间。他不得不跑完最后几条街，因为宵禁已经开始。他透过纱窗向外面窥视。街上静悄悄，路面湿漉漉，两边的房屋一片漆黑。一架直升机飞过屋顶。

卡耶塔诺能看见飞机舱门处怀抱机枪的士兵嘴脸：眉头紧锁，神情严肃，怀抱机枪，密切注视着城市。他裹衣躺在床上，浑身冷得或者怕得发抖，具体是哪一种就不清楚了，随后熄灭床头灯，同时想：西默农的作品绝对没说到（也不了解）类似眼前的情况。西默农的故事不论结构多么巧妙，都与他眼前的这片土地无关，它们是文学作品，是一位著名作家通过技巧用想象力构画出的虚构世界呀！而他眼前面对的则是拉美残酷无情的混乱现实，是一个没有名作家、也没有预设的脚本的故事，其中演绎任何变化都是可能的。

夜色渐深，枪声、喝令声、满载俘虏的卡车隆隆声越来越响。他难以成眠，担心警察会闯进房间。忽然，他听见大楼在震动。他下床，跑到窗口去看，发现一长串卡车满载着被捕人员，在军用吉普护卫下驶过。他赶忙打开从服务台借来的收音机。可是每个电台都在播送《莉莉·玛莲》这首歌。

他重新上床，体重压得床铺吱吱响。他盖上一条又脏又臭的毛毯。不管怎样，总比睡在集中营的水泥地面过夜好过千百倍吧！他想起了那些被捕人员，想起他们被装上卡车像牲口一样被赶到屠宰场去，想到了他们的家属，想到他们可能会备受折磨并被杀害，想到所有那些难以置信的事。在这个动荡的不眠之夜，他惦记三件事：一是警察会不会搜查旅馆；二是何时天亮；三是能不能见到诗人聂鲁达。

几辆载重汽车来到了他窗前，震动了旅馆大楼。卡耶塔诺出汗了。他觉得心脏要跳到喉咙里来了。他悄悄去窗口窥视。下面有一辆拉着被捕人员的卡车；还有两辆军用吉普。忽然间，探照灯光扫到了对面大楼的正门，几个士兵开始踹门。一个上了年纪的妇女身穿衬裙来开门。大兵一把推开她，冲了进去。片刻后，他们拉着两个穿着短裤和衬衫的年轻人走了出来。接着，用枪托把两个青年推上了卡车。探照灯熄灭。车队开走了。那妇女躺在门外的地面上无助地啜泣。过了一会儿，有个邻居扶着她进了自己家门。随后，死一般的寂静笼罩着社区。

第二天清早，卡耶塔诺起床后感觉忧伤和无奈。他洗了脸，用床下找到的旧报纸擦一擦，下到一楼。服务生正在披着毯子喝咖啡。小厅仍然处在昏暗中，木板小窗户还没有打开。

服务生说："对面两个小子被抓走了。可怜的老太太早晨就出门寻找去了。她不知道永远也见不到儿子啦！"

卡耶塔诺给劳拉打电话。她立刻接了。他问她怎么样，她说，还不错，就是担心随时会有人上门来找她。

"那你为什么还不躲一躲？"

"有什么用？还是说说我能帮你做什么吧！"

"我需要找到诗人聂鲁达。"

"你疯啦！以后再说吧！这时可得处处小心啊！"

"我要找他谈谈嘛。"

“据说阿连德被埋葬在维尼亚德尔马[①]的一座没有名字的墓穴里了。公墓周围全是军警监视，不让游行示威。”

“我从新闻里听到了。我需要见聂鲁达呀！”

“他好像被送进了圣地亚哥的圣塔·玛莉亚医院。小心呀！每个探视他的人都会被盘问。”

六十四

医院对面有手持冲锋枪的士兵站岗。从附近山头上吹下来阵阵春风，空气里有桉树花的香气。阳光灿烂。在问讯处的窗口前，卡耶塔诺小心翼翼地打听聂鲁达住在哪个房间。

“在三楼。”女接待员一面指指纸上的楼层号，一面对他说。

他上了三楼，沿着走廊寻找那个房间。一个短发、穿黑色衣裳、戴墨镜的男子问他找什么。他害怕那人是便衣警察，就说了另外一个房间的号码。

“往前走！右手边。”

他假装遵照指示前进，一发现没人注意他，就转身回来了。接着，他在聂鲁达的房间前面停住脚步。敲门？还是直接闯入？他敲门，等着里面传出“请进”的声音来。可是里面没有声音。

---

① 瓦尔帕莱索附近的一座城市。

他想，大概只有诗人自己在里面，这样更好啊。他可以立刻把调查结果即有关贝阿特丽斯和她女儿的情况告诉他，如果没有别人在场。诗人一知道缇娜的第二个姓氏[①]，肯定能推断出真相，肯定会高兴起来，甚至将忍受得了几周来的痛苦。

他再次敲门。走廊仍然空空如也。他想，说不定诗人在睡觉呢！他轻轻转动门把，门很容易就开了。床上无人。床单乱糟糟。室内一个人也没有。但是，他闻到了诗人常用的法国润肤香水的气味。他迈进屋内，随手关门。说不定诗人在厕所里呢！但门是敞开的，厕所里黑压压。他想，最好等一等，也许他正在做放射化疗呢！

一位女护士走进了房间。

她摆出一副孤僻的样子问道："找谁？"

"找诗人。"

"他在一楼。"

"哪个房间啊？"

"最好到走廊里去打听。"她一面从床边的铁架子上摘下生理盐水的瓶子，一面答道。

他下了楼梯，进入走廊。那里有几个病人在一个屏风前面等候，看他的眼神都像是把他当成不速之客。

---

① 即特莉妮达。

“我在哪里能找到巴勃罗先生？”他问一位女护士。这时从城里传来枪声和警笛声。

她指指走廊尽头。

“再下一层楼。”

地下室有潮气，一切都处于半明半暗之中。门牌上有字母，但是看不清楚。他试着推推几扇门。都用钥匙锁上了。他闻见了腐臭味，极力克制着失望情绪。他想，这关闭的门、冷冰冰的黑影和他皮鞋走在水泥地上时发出的毛骨悚然的脚步声，就是对这几天智利的隐喻。他继续向前走。诗人应该就在前面不远处了。化疗常常在这一层。又走了几步之后，他看到了有张床贴墙放着。有人躺在床上。再次传来响彻天空的轰隆声，随后一片寂静。

他在那病人耳边轻声说道：“对不起。哪里能找到巴勃罗·聂鲁达阁下？”

那病人不说话，在睡觉。他仰面朝天地睡着，很安详，似乎不在乎被人放在什么地方。卡耶塔诺决定找下去。忽然，他觉得闻见了诗人用的香水味。

“巴勃罗阁下！您在这个鬼地方干什么呀？”

诗人继续安睡。

“巴勃罗阁下，他们为什么把您搁在这个地方啊？我是卡耶塔诺呀！我回来了。给您带来了好消息。您能想象得到的好消息。您听见了吗？巴勃罗阁下！”

诗人继续安睡。看来，诗人是刚刚离开化疗室啊！他想起来了：诗人以前也经常如此。化疗后，诗人十分疲惫，一睡就是几个小时，无论什么事情或者什么人都无法叫醒他。他常说：治疗后别打搅我。卡耶塔诺只好耐心等待，因为他特别想把出差的结果告诉诗人。可是，他一摸诗人的手背就被吓了一跳：冷冰冰的。他觉得好像被电流击中了。再摸，冷的。完全是冷冰冰的。冷得像大理石一样。找脉搏，没有了。一点脉搏也找不到了。诗人的脸色惨白，胸口纹丝不动。卡耶塔诺放声大哭起来，在诗人的遗体前号啕痛哭。他来晚了。聂鲁达离开了人世，不知道调查结果就走了。他哆哆嗦嗦地靠近了聂鲁达的面部，心中有一种可怕的重压，心想：会不会弄错了人呢？他用羊驼图案的领带擦擦眼泪，仔细看看那张昏暗里的面孔。大眼皮紧闭，饱满的天庭，有黑痣和胡子的面庞，嘴角露出的轻松表情，双手交叉放在腹部，他喜欢的方格夹克衫，厚底的鞋子……就是他啊！

“巴勃罗阁下！巴勃罗阁下啊！您怎么就不等等我呢？还是您说得对啊！诗人的直觉没有欺骗您。为什么不等等我啊？要是您稍微等一等，您想想事情会怎么样啊？真糟糕，巴勃罗阁下，怎么您就走了呢？”

在自己的哭声中，他听见有人从楼梯上下来的脚步声。他害怕来者是大兵。

他听见有人说:"就是这里。"

他双手按住了诗人的双手,在聂鲁达的前额上吻了一下,把缇娜·特莉妮达的照片塞进了诗人的上衣口袋里。那是缇娜的母亲在瓦尔帕莱索跟他告别时交给他的。随后,他沿着黑暗的走廊急忙走了,带着满脸的泪水。

六十五

第二天早晨,卡耶塔诺从贝拉维斯塔区望出去,这个区里有诗人在首都的住宅,立刻看见很多人走在社区蜿蜒的街道上,还看见士兵身穿作战服出现在街头巷尾。这证实了前一天晚上滞留在瓦尔帕莱索的佩特·卡斯蒂约(短发,没胡子,西装革履)说的事情:这个星期一举行葬礼。

能搭上从港口返回圣地亚哥的巴士真是不容易。前一天,他离开医院后,曾经试着与玛伊亚·埃尔森联系,但是没人接电话。于是他决定去瓦尔帕莱索。城市空气紧张,一片死寂,而且夜间还有枪战。劳拉是找不到了。哈达德的阿里巴巴咖啡店还关着百叶窗呢!舰队仍然停靠在防洪堤下面。

在花廊咖啡馆见到佩特·卡斯蒂约纯属偶然。佩特变得几乎认不出来了,脸色苍白,惊恐万状。二人喝咖啡的时候,佩特告诉他打算去芬兰大使馆避难,还说出准备给聂鲁达下葬的事情。随后，他俩就分开了。第二天一大早，卡耶塔诺就来到山下，在咖啡馆吃些东西，翻翻几份允许发行的报纸（左派报社已经被全部查封）；然后在太平洋海运公司黄绿大楼的旁边乘上一辆开往圣地亚哥的巴士。在这之前，他把最好的服装给穿上了：西装、白衬衫、印有羊驼图案的淡紫色领带。

一到首都的马布切终点站，他连忙在智利大学法律系附近过河，进入贝拉维斯塔区。圣地亚哥的上午非常凉爽，天空灰蒙蒙的。几个年轻人在士兵巡逻队的监视下，用石灰盖住雷蒙纳·帕拉[①]壁画队画的革命题材的壁画。卡耶塔诺想，这是在抹去城市的记忆啊！他因为发现自己说话的口气像聂鲁达而感到不安，心想，诗歌真有感染力啊！从基曼图出版社内院袅袅升起一股黑烟。有人在焚书，是人民团结阵线政府时期的群众出版物。大火不仅吞噬了托洛茨基的《俄国革命史》，马克思、恩格斯的《共产党宣言》，奥斯特洛夫斯基的《钢铁是怎样炼成的》，还有胡利奥·科塔萨尔、胡安·鲁尔福和杰克·伦敦的小说。

虽然说上午首都那灰蒙蒙和动荡的样子让他忧心忡忡，但是在贝拉维斯塔区，还有些乐观的事让他感到振奋。纷纷前来与诗人聂鲁达告别的人们使得社区的忧伤气氛变成了几乎不加

---

① 雷蒙纳·帕拉(1926—1946)，智利共产党员，女壁画家。1946 年被右派杀害。后来智利共产党用她的名字组织了一个专门画壁画的队伍。

掩饰的团结力量。让卡耶塔诺激动的是男女老少、工人和学生出现在聂鲁达住所门前，尽管脸上有恐惧和失眠的痕迹，却依然佩戴康乃馨并手持聂鲁达的著作。一架直升机在人群的头顶上方盘旋。

卡耶塔诺走到费尔南多大街才发现他不可能靠近聂鲁达住所了，因为密集的人群挤满了街道。人们看着那座水泥建筑，一面抽着烟低声交谈，一面查看天空和周围的情况。沿着石铺的路面流淌着一股黏稠的脏水。有个人在他身后说，军人为了淹没聂鲁达的住所，把一条排水沟给改道了。另一个说，大兵不仅抢了聂鲁达在圣地亚哥和黑岛的财产，而且洗劫了塞巴斯蒂安之家。第三个人低声说，军人也冲进了阿连德总统在汤玛斯·摩罗大街的住宅，还恬不知耻地在电视台展览总统的衣柜和酒窖。卡耶塔诺双手插进夹克衫的口袋里，感觉这个上午可能发生严重的流血事件。他觉得监视这场政变后最大规模游行的军警人数在增多。

突然间，人们好像服从一道秘密的命令那样鼓起掌来。开始时，掌声有些犹豫，听不清楚；但是后来越来越有力量，越来越坚决；再后来就震耳欲聋了。卡耶塔诺看向聂鲁达的住所方向，感觉毛发耸立。一群人走出大门，肩扛着聂鲁达的灵柩。咖啡色的棺材后面低头走着玛蒂尔德。人们开始高呼聂鲁达的名字，开始鼓掌，好像在参加聂鲁达作品朗诵会。有个颤抖的声音从某个角落传了出来："聂鲁达同志!"人群异口同声地回答："在此！永远和我们在一起!"激动情绪改变了大家的表情，人人热泪盈眶，声音嘶哑。有人再次喊道："聂鲁达同志!"汹涌的人潮淹没了各条街道，众人齐声呐喊："在此!"聂鲁达的名字再次响起来的时候，已经加入了阿连德的名字。人们再次齐声回答和鼓掌。卡耶塔诺再也克制不住内心的激动，使出浑身的力气回答："在此！永远和我们在一起!"

他一面呐喊，鼓掌，啜泣，一面推推搡搡地挤开人群，来到了灵柩跟前。"聂鲁达万岁!""阿连德万岁!""人民团结阵线万岁!"的口号声此起彼伏，向军人发起挑战，闹得大兵无言以对。眼下是军警害怕了。送葬的人们群情激昂，在春光下欢呼。那架直升机又来了，像一只牛蝇一样绝望地在屋顶和烟囱上方乱叫，但最后还是朝着圣塔·露西亚的方向快速飞走了。大胆的口号声和呐喊声益发高涨起来了，好像是发生在以往民主辉煌的岁月里的政治游行示威。

卡耶塔诺用指尖摸摸光亮的灵柩，那里面可是睡着诗人聂鲁达啊！接着，灵柩就被装入礼车中了。在人群再次呐喊之前，他朝着玛蒂尔德的方向看去。他完全可以相信：玛蒂尔德与他对视了好大工夫。她的眼神既亲切又悲伤，仿佛以此表达对他完成调查任务的感激和亲密之情。莫非她真的知道他是谁？知道她丈夫雇他的原因？还是说仅仅是他自认为她在注视他的双眼？他无法确定，只是望着玛蒂尔德神情恍惚地在朋友们簇拥下，向一辆外交部的轿车走去：车门敞开着在恭候她。就在这个时候，忽然之间，人潮涌动起来，把他和聂鲁达遗孀之间的距离拉开，接着人潮又像《圣经》里被分开的红海那样聚拢在一起，一下子挡住了玛蒂尔德的身影。他只好加入到送葬的队伍里，人们涌向一条条街道。忽然间，街道上的军警全都不见了。只剩下了高唱歌曲、高呼充满希望口号的男女老少。

六十六

从诗人咖啡馆的收音机里传出来胡安那斯的歌声，他那强劲、明亮的歌喉正在演唱《黑色衬衫》。卡耶塔诺快速喝光他那杯已经凉了的拿铁，因为不知不觉中，回忆已经使他被一种势不可挡的孤独与忧伤淹没了很久。

从 90 年代开始，诗人聂鲁达的遗体与玛蒂尔德的遗体合葬在了黑岛之家的花园里，面对着太平洋。关于谢博尔特，他再也没听过她的消息，尽管柏林墙早在十七年前就已经倒塌，他完全可以去看她。他也不知道缇娜·特莉妮达的情况，与贝阿特丽斯也失去了联系；据说她晚年是在德国茨维考的一个工人区的一间狭小的木板房屋里度过的，独自一人，已经退休，1989 年东德消失后，她曾经工作的机关也被解散了。他是从马尔库斯那里听到那些片片断断的消息的。马尔库斯住在东柏林，经常出去给人做讲座——关于他当间谍的经历。至于他的前妻安贺拉，他得知她如今居住在纽约曼哈顿，跟华尔街一个金融巨擘结了婚，致力于动物保护和推动素食。他想，所有这一切都是从瓦尔帕莱索开始的，起点是他用指关节敲打塞巴斯蒂安之家那扇旧门的冬天有雾的那个上午。

如今他眼前的这座城市处于小型公车的喇叭声、流动商贩的叫卖声、乞丐的歌声以及公车的轰鸣声中。这么长的时间过去了，城里有的地方没变化，有的地方变化很多。现在有了供游客享受的时尚旅馆、精心装修的餐厅和诱人的咖啡馆。有些街道两侧的建筑门面干干净净、油漆一新；有些餐厅准备了译成几种语言的菜单；还有动人心弦的花花艺术世界，有嘻哈和说唱，也有怀旧的披头士、吉卜赛人罗德里格斯①和蓝光乐队的歌曲，还有音迪·伊利玛尼②、哈伊瓦斯和贡戈雷索乐队③的演奏。聂鲁达的住所如今是供来自全球各地游客观光的漂亮博物馆。希望之星似乎再次鼓励瓦尔帕莱索人振作起来，城市正在复苏，正在废墟上被重建，废墟是那些伟大战略失败的结果，是腐败的政客造成的。他把给女服务员的小费留在餐桌上，走出诗人咖啡

① 吉卜赛人罗德里格斯(1943—1996)，智利歌唱家。

② 音迪·伊利玛尼，1969年成立的智利乐队。

③ 贡戈雷索，1967年成立的智利乐队。

馆，向埃拉苏黎世大街走去，他有些疲惫，因为昨夜睡得太晚了。

幸运的是，一位表情杀气腾腾的计程车司机用了不到十五分钟就把他送到了维尼亚德尔马市的北大街八号办公楼面前。时间是一点二十分。阿鲁公司在第十八层。他乘电梯，直上十八层，推开一扇落叶松木的沉重大门，迈进一间灯火辉煌的大客厅，墙壁上有玛塔[①]和西恩富格斯[②]的油画。向窗外望去是太平洋、赌场和挤满消夏者的雷尼阿卡海滩。

“阿尔马格罗和鲁西埃罗两位先生在吗？”他问女秘书，“我是卡耶塔诺。两位先生中午就在等我了……”

“好的。”女秘书赶忙拿起电话，“是佩德罗·巴勃罗阁下吗？卡耶塔诺·布鲁雷先生来了。”

女秘书为他推开一扇有铜制把手的门。他随即迈进一间有空调的办公室，里面的陈设极为简朴：松木地板，直背椅配一张桌子，办公桌上有平面电脑，对面有皮质扶手椅。桌旁有两个男子站着，六十多岁，身穿白衬衫，打着丝绸领带。卡耶塔诺心里想：从办公室的高雅风格和二人的服装打扮上看，他们高高在上，生活里总是充满微笑；楼下肯定有奔驰或宝马以及专职司机恭候。女秘书走了，随手关好了房门。

---

① 玛塔（1911—2002），智利画家。

② 冈萨罗·西恩富格斯（1949—　），智利画家。

他觉得那个有胡子的男人自己依稀见过。

“卡耶塔诺，你没认错。”那男子热情地握住了他的手，“我是佩德罗·迪亚戈·阿尔马格罗。很多年前，在人民团结阵线期间，一天夜里，我们见过，是在吴思科饼干厂。你正在站岗。记得吗?”

他回想起饼干厂那些旧机器的震动声、一辆军用吉普上的探照灯扫射在潮湿寒冷的路面的情景、远处的枪声以及一把敲响警报用的锤子。那么他呢？佩德罗·迪亚戈，他那时候是什么人?

“我那时在念建筑系。”佩德罗继续说道。他摸摸下巴。卡耶塔诺因此得以欣赏到了对方腕上的百达翡丽表[①]。“你那会儿正在找一个了解聂鲁达的人。我建议你去找我表妹。”

“劳拉?”

“对。”

“可那时你是普林德斯啊！是卡米罗·普林德斯司令啊!”他惊叫起来了，无法掩饰心中的怀疑。

“卡耶塔诺。那就是我，千真万确。你不知道看见你我有多高兴啊！你看上去不错，当然，壮了些，头发少了。但还是老样子。那是多么疯狂的年代啊!”佩德罗摸摸金色的鸳鸯扣，说道，

① 知名且昂贵的腕表品牌，为许多收藏家喜爱。

“那时候我是卡米罗·普林德斯，自称游击战士，指挥占领工厂的行动。当然，后来发生了政变。你知道，我流亡到了国外。来，请坐啊！我重返巴黎大学读书去了。60年代，我就曾在那里读过书。记得吗？”

“劳拉怎么样了？”卡耶塔诺没有坐下，而是去看挂在白墙上的雷内·波尔多卡雷拉①画的反映哈瓦那老城的油画，“我一直没有她的消息。”

“她很不错。在波兰首都华沙开了一家小餐馆。可怜的劳拉，流亡到了波兰。雅鲁泽尔斯基②下台后，她就留在华沙了。情况还好。但是没有再搞文学。生活就是这个样子啊！卡耶塔诺，看见你真高兴！”佩德罗·阿尔马格罗再次说道，再次摸摸下巴。

另外一位男士声音低沉地说道：“我们也认识。”他的长发梳成马尾辫，锦缎领带上有金别针，长相酷似理查·布兰森③——维珍航空业的金发企业家。“我是安塞尔莫·鲁西埃罗·曼弗雷迪。我把你记得清清楚楚，因为那是我第一次跟古巴人说话。我是从本地日报看到你的专业服务项目。”他强调道，同时露出

---

① 雷内·波尔多卡雷拉(1912—1985)，古巴著名画家。

② 雅鲁泽尔斯基(1923—　)，原来是波兰统一工人党第一书记。1988年到1990年担任总统。

③ 理查·布兰森，英国巨富，维珍航空创始人。

了一口洁白无瑕的好牙。“跟一位赫赫有名的大侦探握手，真是荣幸啊！你记得我吗？”

卡耶塔诺说：“如果我说记得，那是撒谎。”鲁西埃罗再次握握他的手，这一次像个举重运动员一样热情。卡耶塔诺说：“无论我怎么看你，我都联想不起来你是……”

“要是在几年以前提醒你我们认识的环境，肯定是不合适的。但是，现在情况完全变了……幸亏变了。”

“我还是认不出您来。请帮帮忙……”

“1973 年 9 月。在从瓦尔帕莱索到黑岛的公路上。想起来了吗？”

卡耶塔诺想起来在那阳光照射下晃晃悠悠的公路，想起了马路对面的售货亭，想起了那个从收音机里收听轰炸总统府消息的女人。接着，他想起了那辆满载被捕人员的卡车开过来的情景。他咬着嘴唇，还是想不起来这个鲁西埃罗，后者正微笑着用食指按住他那条绿色羊驼图案的领带。

鲁西埃罗说明了：“把你推上卡车的是我一个战友。他们把你送进了布琼咖维集中营。我下令把你关进了一个凉快的房间，从那里可以看到窗外的波尔多树和正在开花的金合欢，还有九月晴朗的天空。”

“您是但丁？”卡耶塔诺惊呆了，低声问道。这时，他才把眼前这位男士与在布琼咖维集中营里审问他的那个年轻军官联系起来。他表现得像个富有同情心的审讯人员，卡耶塔诺没有受虐待。但丁不像那个名叫萨利纳斯的军官，后者掴他嘴巴，逼他说出藏匿武器的地方。他一边回忆一边高声念出军官办公室悬挂的一块灰色纸板上写的《地狱篇》中的句子："弃绝一切希望吧！你们这些进到门里的人！""可是，卡耶塔诺，年轻的时候，谁不是诗人呢？"鲁西埃罗哈哈大笑起来，眼睛睁得老大，激动得满脸通红，"年轻时不是诗人的人，都是无情的人。"

"嘿，现在我知道你是谁了！他妈的！但丁！真他妈的，生活在兜圈子。我们又见面了！而且还是在你的办公室里！只不过如今已是民主社会了。"卡耶塔诺一边回答一边沉思，"他妈的，我算是看到这个国家的变化了。"

"最后，你只跟我们在一起待了几天时间。"鲁西埃罗斜视了一眼阿尔马格罗，"过去的事都是为你好。那个时候公路上已经很危险了。军警毫无道理地杀人。你也看到了，我们一插手就帮了你的忙。今天你在这里，在这个已经改革、和解、繁荣和现代化的国家里，你已经变成了私人侦探业界不可取代的专家了。"

"但丁，别这么恭维我啦！"

"真的，那个时候你的确有个令人羡慕的保护人……"

"你指的什么？"

"指的是抓了你几天后，上面命令我们放了你。命令来自圣地亚哥。卡耶塔诺，给你带来好运的不单单是我们。”鲁西埃罗说道，并再次哈哈大笑。

“这命令是谁下的？”

“不知道。但是来自上面。高层。卡耶塔诺，你很精明，很有眼力啊！”

阿尔马格罗和鲁西埃罗满面笑容，双手插在口袋里，领带发亮，露出一口白牙。

“现在我都想起来了。”卡耶塔诺说道，他感到不自在，心里纳闷：当时谁能出面帮他呢？“事情我没忘记。就是不记得你们的模样了。三十三年的时间里我们都变了样了。”

阿尔马格罗总结道：“卡耶塔诺，我觉得经过这么一个漫长的时期，我们还能继续合作，真是太好了。这说明国人已经和解了。我的这位伙伴很早以前就退伍了，我们俩不久前成立了这家国际咨询公司。一切进展顺利。这句话我们可以自豪地说。”他一只手放在胸口。“公司的岁数差不多跟民主时期一样；我们与政府人士、企业界有着很好的关系，跟各个部委和在野党派也有密切联系。我们以忠诚、负责的态度代理客户的委托事宜。这你是明白的。我们不能抱怨。凡是打算从政府那里捞到一点什么的人，不管他有什么政治信仰，都明白需要找阿鲁公司帮忙。我们掌握着他们需要的关键因素……

“对不起。可我还没领会我在这一切里面需要扮演的角色呢!”

阿尔马格罗说:“我马上给你解释。是这样的:不久前,我们成立了一家新公司。一开始我们是跟你的祖国古巴交涉。如今我们跟所有的前社会主义国家交涉。我们同样不能抱怨。”

鲁西埃罗不耐烦了,插话道:“你就跟他明说我们为什么要请他……”

“那我们就直入禁区吧!”阿尔马格罗双臂交叉在胸前,“我们想要雇你去完成一项绝对秘密的任务。酬金方面,你不用担心,因为我们对自己人特别慷慨。阿鲁公司永远忠实于自己的基本座右铭:为人人平等而努力!请坐!放松点听我说!不过在这之前,卡耶塔诺,先来一杯冰镇起瓦士怎么样?”

(全书完)

作者完稿于 2008 年 6 月 6 日,纽约—艾奥瓦州

译者完稿于 2011 年 11 月 18 日,青岛大学外语学院

译后记

翻译《聂鲁达的情人》这部小说让我对智利大诗人聂鲁达有了新的看法，使我明白伟人也是普通人。

我第一次知道“聂鲁达”这个名字大约是在上高中的时候，时间应在 1958 年，好像是《人民日报》报道了聂鲁达访问中国。那个年代凡是“国际友人”不远万里来到中国，我都觉得亲切，加上聂鲁达又是诗人的身份！那时诗人在一个中学生心目中可是“了不起”的啊，比如，贺敬之、臧克家、艾青、郭小川、邵燕祥，等等。他们都是“又红又专”的榜样。聂鲁达的形象在我眼里更加高大，原因是他获得了斯大林和平奖，正处于红得发紫的巅峰。但是，1964 年我在智利留学期间认识了另外一位大诗人，据说他还是聂鲁达的老师呢，名叫巴勃罗·德·罗卡。通过跟巴勃罗的交谈，我方才得知二人不睦，原因是互不服气。如今看来，这实属平常。1966 年回国后不久，“文革”开始了，我从大字报上得知，聂鲁达属于“修正主义分子”，当然也在打倒之列。1979 年 10 月中国成立了西班牙、葡萄牙、拉丁美洲文学研究会，开始有计划、大规模地译介这个领域的文学作品。与此同时，全国逐步为各种“冤假错案”平反。我记得有一次，大概是1985年吧，研究会专门开会讨论为聂鲁达“平反”的问题，实际上就是讨论能不能继续翻译介绍聂鲁达其人、其作。结论是“可以”。其实，这个时候聂鲁达已经离开人世十二年了。此后，聂鲁达作品的中文版纷纷面世了，例如，漓江出版社出版的《聂鲁达诗选》和云南人民出版社出版的《漫歌集》。

关于聂鲁达的“好色”，我是在1965年参观聂鲁达的故居黑岛时得知的：他以外交官的身份在泰国、马来西亚、印度、法国、墨西哥等地播种爱情，有时候还产生了爱情的结晶。这样一来，到了晚年——大约是1972年——虽然他当上了驻法国大使，1971年还获得了诺贝尔文学奖，应该说正处于功成名就的人生巅峰时期，他却觉得孤独、无聊。每当回想往事的时候，许许多多荒唐、不负责任、伤天害理的丑事一一在脑海里“回放”，内疚和悔恨啃噬着他的良知。悔恨之中，有一件事他觉得尚可“亡羊补牢”，那就是寻找在墨西哥出生的私生女。于是，他雇佣了一位侦探来办理此事。这件事让我看到了聂鲁达性格的复杂性，感觉到他虽然是诗歌方面的天才，但在生活的其他方面他也跟普通人一样，也要吃喝拉撒睡，也有七情六欲，也有阴暗心理，也在冲动和本能的驱使下干出过一些非理性的勾当。

由此我想到，古今中外有哪一位伟大人物不是娘一把屎一把尿拉扯大的呢？那么，他们是从什么时候开始变得“伟大”起来的呢？以聂鲁达为例，他是1904年出生的，到了1924年他在智利诗坛上已经小有名气了。可是到了1939年，正当他在拉丁美洲和西班牙诗歌界备受吹捧的时候，却有这么一位西班牙诗人、评论家为他画了这样一幅“抒情漫画”：“我感觉聂鲁达就是一个蹩脚翻译，不会翻译自己，更不会翻译别人。他就是一名可怜的矿工：挖掘自己和别人的矿脉。他混淆了原创和翻译。他既没有完全掌握自己的母语，也没掌握译出语。他的作品里有明显的错误，由无知造成的错误。这是读书不求甚解造成的。他不懂得诗歌是个有机整体。不错，他的直觉是罕见的，但是他没有自己的声音，没有深度批评。他有自己的‘仓库’，储藏着找到的一切，但是看起来却像垃圾堆或者粪堆；不错，破铜烂铁里面也有玫瑰、钻石、黄金，但是却缺乏表现力；他没有化腐朽为神奇的能力，抓不住事物的本质和人的灵魂。他的性格里缺乏理智和责任心。”这番话是胡安·拉蒙·希梅内斯说的，这幅“漫画”后来收在《三个世界的西班牙人》里。这一严厉的批评似乎传到了聂鲁达耳中，因为他从1946年开始创作《漫歌集》，于1961年完成创作，该作品的确通过对拉丁美洲大好河山的描写，揭示出了这块土地和土地上的人的本质和灵魂，成为拉美史诗中的一座丰碑。

不幸的是，《漫歌集》问世后，智利共产党便把他拖进了国内的政治斗争漩涡中，推举他做总统候选人，让他为和平夺取政权铺路；在国际意识形态斗争中，他们拉他参加苏联对中国共产党的攻击，使他在1964—1965年的中苏论战中扮演了帮凶的角色。看来，地球上凡是有人类的地方就会有团伙，帮派和“左、中、右”之分，聂鲁达不得不做出选择，或曰站队、选边，因此自然就会遭受攻击、诽谤和指责，同时自然也会受到吹捧、褒奖和歌颂。如果上帝真的存在，他很可能会觉得这些都是“蚂蚁打架”，会觉得无聊、无趣、没有意义。但是，人类从自己的利益出发，或者说从生存竞争的需要出发，必须打架，必须争个你死我活，因为土地有限，人类的欲望无限，草原的水草养育人类的能力有限，你不抢就饿死，不可能平分秋色、人人有份，只要看看大土豪、大财阀的贪婪和吝啬你就会明白了。至于权贵集团雇用的“喉舌”宣扬的什么人人都能得到幸福，只不过是忽悠小朋友乖乖做梦的把戏而已。

赵德明

2014年4月19日 北京大学燕北园

图书在版编目(CIP)数据

聂鲁达的情人/(智)安布埃罗(Ampuero,R.)著;赵德明译.
上海:上海译文出版社,2015.1
ISBN 978-7-5327-6772-4

Ⅰ.①聂… Ⅱ.①安… ②赵… Ⅲ.①长篇小说—智
利—现代 Ⅳ.①I784.45

中国版本图书馆CIP数据核字(2015)第197553号

图字:09-2013-105号

聂鲁达的情人
〔智〕罗伯特·安布埃罗 / 著　赵德明 / 译
责任编辑 / 刘岁月　装帧设计 / 张志全工作室

上海世纪出版股份有限公司
译文出版社出版
网址:www.yiwen.com.cn
上海世纪出版股份有限公司发行中心发行
200001　上海福建中路193号　www.ewen.co
上海信老印刷厂印刷

开本 890×1240　1/32　印张 11.5　插页 2　字数 166,000
2015年1月第1版　2015年1月第1次印刷
印数:0,001—5,000册

ISBN 978-7-5327-6772-4/I·4097
定价:40.00元